La librería
de los corazones solitarios

Robert Hillman

La librería
de los corazones solitarios

Traducción de
Isabel Murillo

Papel certificado por el Forest Stewardship Council®

Título original: *The Bookshop of the Broken Hearted*
Primera edición: julio de 2019

© 2018, Robert Hillman
Publicado originalmente por The Text Publishing Company Australia
© 2019, Penguin Random House Grupo Editorial, S. A. U.
Travessera de Gràcia, 47-49. 08021 Barcelona
© 2019, Isabel Murillo, por la traducción

Printed in Spain – Impreso en España

ISBN: 978-84-9129-308-8
Depósito legal: B-12907-2019

Compuesto en MT Color & Diseño, S. L.
Impreso en Rodesa, Villatuerta (Navarra)

SL 9 3 0 8 8

Penguin
Random House
Grupo Editorial

Para Ida

1

Ella no aguantó mucho para tratarse de un matrimonio: un año y diez meses. La nota que escribió también fue breve: «Me marcho. No sé qué decir. Te quiero, Trudy», y la herida que aquello le infligió a Tom Hope parecía, a todas luces, mortal.

Tom se quedó inmóvil junto a la mesa de la cocina, leyendo una y otra vez lo que le había escrito. Se dijo: «Tuvo que ser la lluvia». La recordó en el porche, con su vestido azul y su rebeca viendo caer la lluvia del cielo gris un día tras otro. Ahora, a media tarde, también llovía; no con fuerza, solo un tenue tamborileo sobre el tejado metálico.

Leyó la nota una vez más, deseoso de que aparecieran más palabras. Estaba escrita en el papel de carta de color rosa que utilizaba para las ocasiones especiales. Sobre la mesa, había dejado también una tostada a la que solo había dado un mordisco. El pan conservaba la forma del arco de su dentadura.

Después de su marcha, se quedó semanas encerrado en la granja. Sabía lo que pasaría si se aventuraba a acercarse al pueblo. «¿Qué tal la parienta, Tom?». La pregunta le caería encima desde todas direcciones, y no tenía respuesta. Trabajaba sumido en un estado de aturdimiento, intentando mantener la calma lo mejor posible. Limpió los canales del huerto, lo que le llevó cinco días enteros, luego reparó las alambradas de los pastos de la colina a fin de tenerlas preparadas para cuando subieran las ovejas en primavera. Trudy, vestida con pantalones de montar, lo había acompañado a repasar el estado de las vallas durante los primeros meses de su matrimonio. Y le decía: «Tom-Tom, ¿cómo se llama ese pájaro, qué nombre tiene?». Tom siempre le dejaba cargar con un par de herramientas para que se sintiera útil.

A veces, mientras trabajaba, pensaba que la tenía todavía con él, pero cuando miraba a su alrededor no había nada; tan solo las colinas, los eucaliptos y los pájaros verdugo. No había llorado jamás en la vida, pero últimamente tenía las mejillas constantemente húmedas por culpa de las lágrimas. Cuando las notaba, se encogía de hombros con indiferencia: ¿y qué más daba?

Pero no podía quedarse eternamente en la granja. Necesitaba tabaco, azúcar, té. Necesitaba aspirinas. Por las mañanas se despertaba con dolor de cabeza. Llegó al pueblo y un amigo tras otro le expresaron su desconcierto ante tan larga ausencia. Cuando le preguntaron qué tal su esposa, se limitó a responder: «Oh, se ha largado». Sin más explicaciones. Los que hablaron con él se quedaron con la impresión de que estaba pasando por un momento difícil, pero eso fue todo. Que Trudy se hubiera marchado no era una sorpresa para nadie. Tom y ella nunca habían hecho muy buena pareja.

Siendo honesto consigo mismo, albergaba aún la esperanza de que Trudy volviera, incluso meses después de su marcha. Por las mañanas, cuando pasaba el cartero, interrumpía lo que quiera que estuviese haciendo y fijaba la vista en el camino de acceso a la casa. Si Johnny Shields y su furgoneta roja se detenían junto al buzón de la carretera, Tom se sonrojaba y cerraba los ojos un minuto antes de acercarse a ver si Trudy le había escrito alguna cosa.

Pero no había recibido ni una sola carta, por mucho que lo anhelara, y cuando daba media vuelta para regresar a casa lo hacía meneando la cabeza y reprendiéndose por su estupidez. «Mi destino es estar solo», se decía.

Había más cosas, aparte de la marcha de Trudy, que lo empujaban a creer eso. Siempre se había sentido incómodo en presencia de otras personas. Tenía que recordarse que había que sonreír. Pero en el fondo deseaba estar rodeado de gente. Eso sí, sin que le pidieran ni hablar ni sonreír demasiado. Que solo le dijeran: «Tom, me alegro de verte», y: «Tom, entra un momento y saluda a los niños». Los animales le perdonaban su sensación de incomodidad. La yegua que le había comprado a Trudy para que se divirtiera le obedecía, a ella nunca. Su perro, Beau, un viejo pastor australiano, lo quería como quieren los perros. Aunque Beau, la verdad, quería a todo el mundo.

Había tenido por costumbre escuchar la radio por las tardes a última hora, un programa de canciones que habían sido populares en los años cuarenta, cuando él era un chiquillo. Después de que Trudy se marchara, a Tom se le fueron las ganas de escuchar música y dejó de sintonizarla. Pero con unas Navidades vacías por delante, entendió la necesidad de salir del pozo en el que se había sumido. Puso la radio y se sentó en el sillón a escucharla. Trudy se mofaba de su música de los cuarenta. A ella le gustaba la música pop que daban en 3UZ. Bailaba sola, poniendo caras de mucha intensidad, y cantaba al ritmo de la música y reía. En ningún momento esperó que Tom se le sumara.

Pero lo que Tom empezó a recordar fue aquel curioso juego que Trudy practicaba con tres barajas de cartas. Visualizó con perfecta claridad la forma de su esposa sentada en el sofá e inclinada hacia delante, con la barbilla descansando sobre una mano y las cartas repartidas en montoncitos sobre la mesa de centro. De pronto comprendió un comentario que Trudy hizo poco antes de marcharse. Cuando jugaba a las cartas hablaba mucho para sus adentros, decía cosas como: «¡Eres una chica lista!», o: «¡Mecachis en la mar!». Pero el comentario que Tom acababa de recordar era distinto. En aquel momento lo consideró parte de aquel extraño juego con tres barajas. Pero no lo era. Era algo destinado a él. «Una noche más en el paraíso», había dicho al trasladar un montoncito de cartas hasta un extremo de la mesa.

Tom se levantó del sillón y fijó la vista al frente. ¿Por qué habría tardado tanto en entenderlo? «Una noche más en el paraíso». Con los brazos cruzados tensamente sobre el pecho, empezó a deambular de un lado a otro de la casa. Le vinieron a la cabeza todas las cosas que podría haber hecho para hacer feliz a su esposa. Un tocadiscos. Canciones que ella pudiera elegir libremente. Un televisor comprado a plazos. Una bañera como Dios manda, no esa cosa de hojalata medio oxidada.

Entró en la cocina y cogió un papel y un lápiz. Apresuradamente, apuntó en una lista todas las cosas que haría de otra manera en el caso de que Trudy acabara regresando algún día. Agotada la inspiración inicial, se puso a andar de un extremo a otro del pasillo para tratar de pensar en más cosas. En cuanto le venía una nueva idea a la cabeza, entraba corriendo en la cocina y la incorporaba a la lista: «Cuatro: ¡Pícnics! Siete: ¡Mascotas, gato, periquito! Nueve: ¡Encender el fuego de la cocina lo primero de todo!». Fuera, Beau correteaba ladrando por el porche, desde la puerta de atrás hasta la puerta lateral, excitado por el movimiento que percibía en el interior de la casa.

A lo largo de los días siguientes se le fueron ocurriendo más cosas. «Alabar las cosas que hace bien». ¿Como qué? «Como cuando no quema las salchichas». Y como aquel día que él tuvo dolor de barriga y ella le preguntó tres veces si se encontraba mejor. «Como cuando te pregunta qué tal te encuentras».

Pero una tarde, cuando entró en la cocina para prepararse una taza de té, echó un vistazo a la lista que había dejado en la mesa y se dio cuenta de lo mucho que había estado presionando el lápiz para escribir. Lo de hacer aquel tipo de listas era una locura, ¿verdad? «Decirle a Beau que no le salte encima». Se imaginó a Beau escuchándolo, con la cabeza gacha.

Tom sonrió y anotó mentalmente algo en otra lista: «No seas imbécil». En una ocasión, y con una sonrisa, Trudy le había dicho que estaba «desequilibrado»: lo dijo por su capacidad para dar vueltas y más vueltas a cualquier problema de la granja durante horas, durante días, por su forma de estudiar las costumbres de la polilla del manzano hasta tener prácticamente clasificados todos los procesos físicos y mentales del insecto. Luego lo había imitado a la perfección, su forma de deambular arriba y abajo, con los brazos cruzados, la cabeza pegada al pecho, murmurando para sus adentros. A Tom le había gustado la imitación. Y también la risotada que Trudy había soltado al final de la actuación. Se había sonrojado, encantado con lo que hacía con él.

Con el tiempo, Tom acabó creyendo que era la granja lo que había alejado a Trudy de allí, no la falta de un periquito en una jaula o una bañera como Dios manda. Se dijo: «Si me da una segunda oportunidad, nos mudaremos al pueblo». Había heredado la granja de su tío soltero y, a pesar de que le gustaba el trabajo que desarrollaba en ella, no llevaba la tierra en la sangre. No le costaría nada volver al pueblo y a su antiguo empleo en los talleres de los tranvías. Al fin y al cabo, Trudy era una chica de ciudad. La había conocido en el Luna Park durante uno de los viajes que realizaba anualmente a Melbourne para visitar a sus hermanas. No le extrañaba que la lluvia y el barro la hubiesen cansado.

«¡No, al diablo con esta condenada granja!», exclamó, levantando la voz por encima del rugido del tractor cargado de abono para el huerto. Si Trudy volvía algún día, lo mandaría todo al diablo. En el pueblo irían al cine todas las semanas. La primera vez que quedó para salir con Trudy fue ron al cine, a ver *Los cañones de Navarone* en el Odeón. Ella le había cogido la mano en la oscuridad y la había retenido entre las suyas, y solo tres días más tarde ya lo estaba llamando «cariño». ¡Cómo le habría gustado poder compartir con ella la idea de volver a trabajar en el tranvía e ir al cine cada semana!

Pero Trudy apenas tenía familia; un padre perdido por Nueva Gales del Sur y su madre y su hermana viviendo con unos fanáticos de la Biblia que se las habían llevado a Isla Phillip. Tom había enviado dos cartas al lugar donde trabajaba Trudy cuando se conocieron, Foy and Gibson, en Bourke Street. Sin respuesta. Había enviado la primera carta a la atención del departamento de guantes y pañuelos, de donde Trudy era casi la encargada, y la segunda a su amiga Val, que trabajaba en la cafetería. No había recibido nada.

O a lo mejor Trudy se lo pensaba mejor y decidía quedarse en la granja. Haría eso. Conservaría la granja si ella así lo quería. Tampoco es que se pasara todos los minutos del día renegando de la granja. De vez en cuando decía cosas agradables sobre vivir ahí, a los pies de las colinas: el sonido del viento entre los árboles, el canto de las urracas, el florecer de los prados en primavera. Y tampoco renegaba de él todos los minutos del día.

Una mañana de verano, envuelta en su bata y con puntitos de luz en los ojos, Trudy había alargado el brazo por encima de la mesa del desayuno para cogerle la mano: «Volvamos a la cama». Después, le había besado la cara, el cuello, el pecho. «Eres bueno, Tom. ¿Lo sabías? ¿Sabías que eres bueno follándome?». El verbo «follar» había desbaratado cualquier respuesta posible por parte de Tom, incluso pronunciado en un gesto de gratitud. Pero a veces ella le había demostrado que le gustaba. ¿Que lo quería? No. Haberle gustado un poco, sin embargo, había merecido la pena.

Las hermanas de Tom se desplazaron desde Melbourne en el gran Ford de Patty para visitarlo. Durante su infancia y adolescencia, él siempre había sido el hermano mayor, pero, en un momento dado, primero una hermana y luego la otra adoptaron una actitud protectora hacia él. Era como si el desarrollo de su experiencia con los hombres les hubiera hecho conscientes de que su hermano carecía de la típica insistencia masculina; una insistencia que solía ser muy estúpida, pero que tal vez era necesaria. Tom era firme con los hombres, lo respetaban, pero estaba claro que sus hermanas creían que cierto tipo de mujer podía hacer con él lo que le viniese en gana. Y Trudy, evidentemente, era de ese tipo.

¡Bastaba con escuchar a Tom en sus cartas echándose toda la culpa de lo sucedido! Las hermanas habían llegado a la granja con un mensaje: «Olvídala, Tommy, cariño, y sigue adelante».

Tom tenía una única estrategia para lidiar con sus hermanas cuando se metían en su vida: mostrarse despreocupado. Mientras preparaba el té en la cocina, Patty dijo, gritando por encima del hombro:

—¡Peor para esa tonta si no quiere a nuestro guapísimo Tom!

A lo que Tom replicó:

—¡Seguramente es lo mejor!

Y sonrió como si tuviera la situación dominada.

—¡Ella y sus palabras cruzadas! —dijo Claudie, refiriéndose a los crucigramas del *Sun* que Trudy resolvía concienzudamente mientras mordisqueaba con afán un lápiz.

—¡Con esa sí que cruzaría yo un par de palabras si apareciera ahora por la puerta, os lo aseguro! —añadió Patty con agudeza.

Y los tres rieron.

Cuando las hermanas se marcharon a media tarde, Tom exhaló un suspiro de alivio. Pero al alivio le siguió una oleada de tristeza. Había hecho un par de comentarios críticos sobre Trudy para dejar satisfechas a sus hermanas y ahora se sentía un traidor. «¡Eres un cabrón!», se dijo, e incorporó a su lista de ideas para una segunda oportunidad el punto número treinta y cuatro: «¡No culparla de nada!».

Un vendaval del sudeste se llevó una plancha metálica del tejado de la vaquería el día que Trudy regresó. Era media tarde y Tom estaba encaramado a una escalera dando martillazos a la plancha para volver a colocarla en su lugar cuando la vio llegar. El autobús de Melbourne debía de haberla dejado en la carretera principal.

El mundo entero se detuvo, con la excepción de Trudy, que avanzaba por el camino de acceso arrastrando su maleta. Llevaba un mes lloviendo, igual que cuando ella se marchó e igual que llovía en ese momento. Las primeras palabras que se le ocurrieron a Tom cuando la sangre regresó a su cerebro fueron: «¡Gracias a Dios!». Bajó la escalera saltando de dos en dos los peldaños y corrió a recibir a su esposa con el corazón rebosante de la alegría que durante doce meses no había llegado a utilizar.

Cuando se reencontraron en medio del camino, él la abrazó, sin poder evitarlo.

—Deja que lleve yo esto —dijo, cogiendo la maleta.

Trudy estaba llorando. Incluso con la lluvia, con la cara completamente mojada, las lágrimas se abrían claramente paso mejillas abajo.

—No llores, mi amor —susurró Tom, pero los hombros de Trudy seguían sacudiéndose con la fuerza del llanto.

Una vez en la cocina, Tom ayudó a su esposa a despojarse del impermeable rojo y a sentarse junto a los fogones. Le trajo una toalla para el pelo y, a pesar de que ella la aceptó susurrando la palabra «Gracias», no la utilizó. Se quedó sentada con la toalla en la falda, llorando y temblando. Tom se situó detrás de ella y le posó las manos sobre los hombros.

—Tranquila, amor mío. No llores —le dijo.

De vez en cuando, entre sollozos, Trudy consiguió esbozar un «Lo siento» y en una ocasión logró alargarlo un poco más con un «Lo siento, Tommy». Tom no podía apartar la vista del amasijo de cabello rubio empapado. Y mientras Trudy seguía llorando, Tom le fue apartando con delicadeza los mechones de pelo que le caían sobre la cara.

Imaginó que Trudy no querría compartir con él la cama de matrimonio aquella noche y se dispuso a dormir en el sofá. Pero no, ella insistió en que él se acostara a su lado. Se había recuperado del llanto y su antigua y cálida sonrisa había empezado a reaparecer. Tampoco exhibió una pérdida de apetito: se comió un plato enorme de carne con refrito de patatas y col y, además de eso, una lata entera de melocotón en almíbar con nata. Y luego, después de que Tom pusiera en marcha el calentador, se pasó casi una hora en la bañera antes de meterse en la cama.

Trudy se acostó con un camisón de seda de color rosa que Tom no le había visto nunca. Antes de marcharse de casa, tenía la costumbre de dormir con pijama. Tom procuró no tocarla y se limitó a permanecer acostado en la oscuridad a su lado, esbozando una sonrisa al pensar en la buena suerte que había tenido. No le pidió explicaciones. Fue Trudy la que tomó la palabra en primer lugar, y fue Trudy la que se aproximó a él. El olor a jabón de su esposa estuvo a punto de hacer estallar el corazón de Tom.

—Tom —dijo—. Me volví un poco loca.

—Sí —replicó Tom.

—¿Sabes qué quiero? Quiero olvidar todo esto. Quiero olvidarlo para siempre.

—Sí —dijo Tom—. Olvidémoslo para siempre.

—Te he echado mucho de menos, muchísimo, cariño mío. ¿Me has echado tú también de menos?

—Mucho —contestó Tom.

Trudy le dio un beso. No había nada en el mundo más suave que sus labios, nada. Trudy le acarició la cara. De haber encontrado Tom las palabras, la habría bendecido por haber vuelto con él.

Trudy lo besó con más pasión y dijo:

—¿Me harás el amor?

—¿Quieres? —respondió Tom, que se había negado a tener esperanzas al respecto.

Trudy se sentó en la cama y se quitó el camisón por la cabeza, volvió a tumbarse y se pegó a él.

—Querido mío.

Tom empezó a pensar con agonía en su lista de ideas. Le habría gustado enseñársela a Trudy, pero temía que pudiera parecerle una tontería. Ella era más culta que él, había estudiado en el instituto dos años más de lo que el padre de Tom había considerado suficiente para él. Una persona sofisticada como ella lo consideraría un poco infantil, lo intuía.

Pero al final decidió que debía enseñársela. El estado de ánimo de Trudy durante los dos primeros días posteriores a su regreso había sido el mejor que Tom recordaba, pero, en los días tres y cuatro, empezó a mostrarse más abatida. Tom confiaba con todo su corazón en que la lista volviera a animarla. Por mucho que se riera al leerla, ¿no era eso mejor que pasarse el día contemplando las colinas desde el porche de atrás? Se reiría, si lo hacía, porque la lista le haría parecer un ingenuo, un pueblerino. Tom no se consideraba un ingenuo, pero le daba igual que ella lo viera así. Le era fiel en su amor. Y si la lista no le interesaba, le preguntaría si le apetecería mudarse al pueblo.

—¿Qué es esto? —preguntó Trudy.

Estaba aún en la cama, pero se espabiló para aceptar una taza de té y las seis hojas de papel que le entregó Tom. Tenía encendida la luz de la mesilla. Había estado leyendo un libro y se había adormilado. El libro había quedado abierto boca abajo en el lado de la cama donde dormía Tom. En la portada se veía una chica con una larga cabellera rubia y el pecho cubierto con una exigua tela de color granate. Había dos hombres a su lado, escoltándola. Un caballero cruzado y, supuso Tom, un sultán.

—Una lista de ideas que he tenido.

Se sentó en el borde de la cama.

Trudy empezó a leer lentamente, bebiendo a intervalos sorbitos de té. No decía nada. Tom consiguió no preguntarle qué pensaba de la lista mientras ella seguía leyéndola. En su ausencia, había olvidado lo bella que era, el modo en que sus ojos castaños capturaban la luz y brillaban. Deseó acariciarle el cabello y aspirar el aroma a sueño de su piel. Pensó: «Tendría que haberme afeitado».

Trudy dejó la lista en la mesilla.

—Oh, Tom —dijo.

Se recostó en la almohada y se tapó la cara con el brazo.

Tom, muerto de miedo, no se movió. Pero finalmente encontró la valentía necesaria para acariciar el cabello de su esposa.

—¿Qué sucede, Trudy? —preguntó—. ¿Qué te pasa?

Con los ojos aún tapados, murmuró algo que Tom no alcanzó a entender.

—¿Qué has dicho?

Trudy se destapó la cara. Tenía los ojos húmedos y brillantes. Se incorporó y cogió a Tom por la camisa, justo por debajo del cuello, y presionó el tejido entre dos dedos.

—Estoy embarazada.

—¿Embarazada? —repitió Tom.

—Tom, no te culparé de nada si deseas echarme de aquí. Te lo digo en serio. No te culparé de nada si decides estrangularme.

Cuando Tom se echó hacia atrás, el aire salió de sus pulmones con un sonido similar al de un suspiro. Era como si su cuerpo no estuviese seguro de si tenía que seguir funcionando. Preguntó por fin:

—¿Hubo otro?

Trudy no respondió nada. Miraba fijamente la cara de su marido.

—Discúlpame —dijo Tom.

Salió al porche y cerró de un portazo la puerta mosquitera.

—¡Santo Dios! —murmuró. Estaba destrozado. Cuando su padre murió se sintió igual. Destrozado. Un hombre sano que iba por la vida con los andares de un rey muerto en una semana por una enfermedad que ni siquiera tenía nombre. Tom levantó la vista hacia las colinas y repitió—: ¡Santo Dios!

Pero aun a pesar de la conmoción y el desengaño, supo que no la echaría de casa, y mucho menos la estrangularía.

Oyó una voz a sus espaldas.

Estaba al otro lado de la puerta mosquitera, apenas visible entre las sombras.

Tom no dijo nada. Sus ojos se adaptaron a la oscuridad y la forma de Trudy se volvió más nítida. Las lágrimas le daban un brillo especial a su cara.

—Lo solucionaremos —susurró Trudy—. Dime, por favor, que lo solucionaremos, Tom. Podemos conseguirlo, ¿verdad que sí?

Trudy iba con él a todas partes, hiciera lo que hiciese. Eso era «solucionarlo». La granja era bastante pequeña, una extensión de terreno para un solo hombre, y obtenía sus ingresos a partir del pequeño rebaño de vacas lecheras, la lana de las ovejas, la fruta, la leña que le vendía en haces pequeños a un comerciante del pueblo y la innovación de Tom, tomates cherry para la fábrica de conservas. Pequeña, pero suficiente para mantener a Tom todo el día ocupado. El ordeño no permitía pausas, tampoco el pastoreo de las ovejas. Trudy estaba siempre a su lado, engordando por el bebé, fuera cual fuera el trabajo. No hacía gran cosa, pero mantenía una alegre contención y cantaba canciones de la radio, Gerry and the Pacemakers, Kathy Kirby, Cliff Richard. Antes de ponerse a cantar una canción, informaba a Tom del título y el artista.

Tom se mostraba tierno con ella, más tierno, de hecho, que cuando la amaba.

Una tarde, a última hora, Trudy dijo de repente:

—¿Quieres que te hable de Barrett?

Estaba haciendo *scones* en la cocina. Últimamente había aprendido a preparar unas cuantas cosas al horno: *scones*, triángulos de hojaldre rellenos de manzana y galletas escocesas de mantequilla que no sabían a mantequilla. Tom estaba cocinando una trucha que había pescado en el arroyo que recorría la parte norte de la propiedad. Era mejor cocinero que ella.

Trudy no había hablado nunca sobre el hombre que había conocido durante su ausencia, y Tom nunca le había preguntado al respecto. Pero, ya que había sacado el tema a relucir, decidió dejarla hablar.

—No es un buen hombre —dijo. Levantó la vista de la masa de los *scones* para mirar por la ventana que había justo encima del fregadero—. Es…, es egoísta. Solo quiere lo que le conviene.

Tom no dijo nada y Trudy siguió trabajando la masa.

En Hometown todo el mundo se dio cuenta de que Trudy estaba esperando un bebé. Normal, claro. Debía de estar de cuatro o cinco meses. Y no hacía más de tres meses que había vuelto con Tom, ¿no era eso? Aunque a lo mejor Tom había estado viéndose con ella antes de que volviera de donde quiera que estuviera. ¿No? Que se atuviese a las consecuencias el que tuviera el valor suficiente como para preguntarle a Tom Hope si el bebé que esperaba su esposa era de él. Y en el caso de que no fuera suyo, ¿lo sabría Tom? Bev Cartwright, que vivía en la parte más alta de la llanura aluvial y había sido amiga de Frank, el tío de Tom, replicaba a cualquiera que sacara el tema a relucir diciéndole: «¿Te crees tú que es idiota? Tommy es un hombre inteligente».

Cuando llevaba ocho meses de embarazo, el estado de ánimo de Trudy sufrió un cambio. Se quedaba en la cama hasta pasadas las once de la mañana y lloraba con frecuencia. Decía que toda la comida le sabía a veneno. Hasta los siete meses, había persuadido a Tom para que hiciese el amor con ella, tumbada de costado. Ahora no soportaba tenerlo cerca y le había pedido que durmiera en la cama plegable de camping que tenían en la habitación de invitados, la que con el tiempo se convertiría en la habitación del bebé. Decía que el mundo estaba lleno de sinvergüenzas y mentirosos.

Cuando Patty los visitó —Tom había tardado cuatro meses en comunicar a sus hermanas que su mujer había vuelto—, Trudy comentó: «Esa es la más mentirosa de todas». Claudie vino a verlos dos veces en quince días, una de ellas por Navidad, e hizo un esfuerzo por mostrarse amable y comprensiva. Pero Trudy dijo luego: «Me odia. Yo siempre he tenido una dentadura perfecta y ella no tiene ni un solo diente en su sitio. No irás a decirme que es elegante, ¿verdad? Ese jersey viejo tan horroroso que llevaba...».

En momentos como ese, cuando Trudy rebosaba amargura, Tom lo achacaba al miedo. Estaba asustada por la llegada del bebé. Aunque no todas las futuras madres asustadas tenían tan mal carácter y eran tan maleducadas como Trudy. Intentó animarla, la única estrategia que tenía a su disposición que no fuera preocuparse por ella. «Alegra esa cara, Trudy. Que se te va a agriar la leche». Muestras de cariño, no. Compartía la casa con ella, eso era todo. La amabilidad que mostraba con ella era la que mostraría con cualquier desconocido.

Cuando Tom acompañaba en coche a su esposa a ver a la comadrona que atendía en el centro regional, mucho más allá de Hometown, Trudy se pasaba el viaje sin parar quieta un momento y quejándose todo el rato. Tom tenía que detenerse un montón de veces para que Trudy pudiera hacer pis. Su tarea consistía en sostener su propio abrigo a modo de pantalla mientras Trudy se ponía en cuclillas junto al coche. Ella siempre le daba las gracias y, curiosamente, eran los únicos momentos en los que Tom se sentía aún cercano a ella, como si todavía la quisiera muchísimo.

Todos los miedos de Trudy estuvieron con ella en el hospital cuando dio a luz. Gritó como si estuvieran matándola, hasta tal punto que la comadrona tuvo que decirle que mostrara un poco más de valentía. A pesar del escándalo que montó Trudy, el parto se desarrolló sin problemas, según la comadrona. Después, tuvieron que ordenarle que diera de mamar al bebé, un niño al que pusieron por nombre Peter.

La comadrona le dijo a Tom:

—¡No envidio en absoluto los meses que te esperan, querido mío!

Trudy, incluso pasados seis días, no quería marcharse del hospital. Alegaba dolores insoportables en las piernas, el cuello y el abdomen. El doctor Kidman le administró analgésicos, pero en privado le comentó a Tom que su esposa estaba haciendo una montaña de un grano de arena.

—Pero el bebé está bien, ¿no? —le preguntó Tom.

—Sí, supongo que sí —respondió el doctor Kidman.

Seguramente el doctor Kidman era demasiado mayor para seguir ejerciendo como médico. Tom lo había visto en alguna ocasión por el río, pescando con larvas de libélula a modo de anzuelo y bebiendo de vez en cuando de una petaca plateada.

Pero Trudy no podía quedarse eternamente en el hospital, razón por la cual la obligaron a volver a casa con el bebé. La cara de amargura que lució durante el camino de regreso a la granja fue la cara que conservó durante los tres años siguientes. Su queja constante, normalmente en voz baja, era que odiaba a aquel niño. Insistir demasiado en las cosas iba en contra del carácter de Tom, pero no podía consentir que el niño oyera aquello. Le ordenó a su esposa que nunca dijera semejante cosa cuando Peter estuviera despierto y escuchando.

El niño no entendía las palabras de su madre, pero debía de percibir su falta de cariño porque, incluso con solo cuatro o cinco meses, miraba a Tom en busca de consuelo. Y Tom se esforzaba constantemente en encontrar huecos en su jornada laboral para poder acercarse a casa de vez en cuando. Dejaba de lado los alicates que utilizaba para reparar la alambrada, la pala o la desbrozadora y volvía a casa para regalarle al pequeño unas palabras cariñosas y un abrazo y asegurarse de que Trudy lo había cambiado y le había dado de comer. Trudy los observaba sin interés, rascándose el sarpullido que iba y venía de sus brazos y sus espinillas.

«Mi vida se ha ido a la mierda —pensaba Tom—, pero el chiquillo va saliendo adelante».

En otras ocasiones, cuando estaba solo, pensaba en que eso del matrimonio era realmente un asunto impredecible. Buena suerte si funcionaba, mala suerte si no. No compartía nada de nada con Trudy, no tenían ningún tipo de interés en común, pero, con todo y con eso, en su día había llegado a estar locamente enamorado de ella. Ahora, simplemente lo tenía perplejo y preocupado. Si el chiquillo no la hacía feliz, ¿qué otra cosa podría conseguirlo?

Le habría gustado que Trudy fuese una mujer más feliz. Le habría gustado que se marchara en busca de su amigo Barrett si con eso lo conseguía. Pero le inquietaba la posibilidad de que pudiese llevarse con ella al pequeño.

Intentaba tranquilizarla sentándose en su cama por las mañanas y leyéndole el periódico. Elegía historias felices o, como mínimo, historias que no tuvieran nada que ver con la muerte. El principal interés de Trudy era la inminente ejecución de Ronald Ryan, que había matado a un policía. Tenían que colgarlo en febrero.

—Lo de colgarlo es un castigo demasiado bueno —dijo un día—. Tendrían que cortarlo a pedacitos con un hacha. —Y entonces rompió a llorar y su interior se ablandó un poco—. No deseo que cuelguen a nadie —añadió entre lágrimas—. Siento mucho haber dicho eso. ¿Puedes perdonarme por haberlo dicho, Tom? ¿Puedes?

—Por supuesto —replicó Tom.

¿Cuántas cenas debieron de compartir antes de que Trudy volviera a marcharse? Cientos y cientos, sentados detrás de la mesa de madera de cedro de la cocina, intercambiando apenas cuatro palabras, costillas de cordero con coliflor, guisantes y puré de patatas, trucha a la plancha, estofado de conejo con zanahorias y nabos, asado de cordero los domingos. Tom le daba de comer a Peter, sentado en su trona. El pequeño tenía el pelo negro como el carbón, las mejillas regordetas y sonrosadas y siempre buscaba los brazos de Tom, no los de su madre. Tom lo llamaba Petey; su madre rara vez se dirigía a él, ni siquiera por su nombre. Aunque, de vez en cuando, Trudy sufría ataques de remordimiento y prestaba de repente una atención desmesurada hacia el niño, peinándole el pelo pegado a la cabeza y vistiéndolo con un extraño trajecillo de lana que su madre y su hermana le ha-

bían enviado desde Isla Phillip. Esos ataques podían durar-
le hasta mediodía, pero siempre acababan con el niño inquieto y llamando a gritos y con voz implorante a Tom. Y
ese era el nombre que utilizaba el pequeño para dirigirse al
hombre que no era su padre: Tom.

2

Esta vez, Trudy se lo dijo a su esposo a la cara. Le dijo que Jesucristo la había llamado a sumarse a su madre y a su hermana en Isla Phillip. Pero que Jesucristo no había llamado a Peter, al menos por el momento.

Fue en el dormitorio donde Trudy le contó a Tom lo de la llamada. Al día siguiente, se levantó muy temprano para vestirse y preparar la maleta. Cuando Tom se despertó a las cuatro para ocuparse de las vacas, Trudy estaba sentada ya en la cocina, preparada para coger el autobús de las cinco que la llevaría a la ciudad. Llevaba su sombrero de felpa de color granate, el traje de chaqueta verde y sus mejores zapatos. Estaba guapa incluso bajo la luz de la cocina, perfectamente maquillada, con la barbilla bien alta y las manos unidas sobre el regazo. Se la veía relajada.

—Tom, no puedo seguir más tiempo contigo —dijo—. No puedo seguir con Peter. No puedo seguir en esta casa, ni siquiera una hora más.

Luego le habló a Tom sobre Jesucristo.

—Volveré un día a por Peter, cuando consiga entender bien todo esto —prosiguió—. Lo siento mucho, Tom. ¿Entiendes por qué tengo que irme? ¿Verdad que lo entiendes?

Tom siempre había imaginado que se sentiría aliviado cuando su mujer decidiera por fin marcharse por segunda vez. Pero en su corazón solo había tristeza. Miró a Trudy, sentada con serenidad en la silla de la cocina de madera alabeada, con las manos en la falda y su cabello rubio tan largo que se ondulaba sobre los hombros. Se dio cuenta de que se había depilado las cejas hasta darles una forma arqueada perfecta.

—Sí, lo entiendo —contestó.

No podía decirle: «Te vas porque estás aburrida y no has echado raíces aquí y porque tienes el corazón vacío», de modo que le dejó que creyera lo que le viniera en gana.

Las vacas habían empezado a mugir y se oía el repiqueteo de la verja que golpeaban con insistencia.

—Me marcho —dijo Trudy.

—¿Le dirás adiós a Peter? —preguntó Tom.

—Desde luego que no, no lo haré —respondió ella—. Solo lograría disgustarle.

Recalcar sus negativas era algo que hacía de vez en cuando.

Tom no se detuvo a reflexionar sobre la enorme dificultad que le supondría ocuparse él solo de un niño de casi tres años y mantener simultáneamente la granja. Antes de que

Trudy se marchara, había intentado llevarse a Peter con él siempre que le era posible; ahora tendría que llevárselo a todas partes, fuera posible o no. Si se hubiera parado a pensarlo, aunque solo fuera cinco minutos, habría visto que era una situación sin salida, de modo que mejor no pensar en ello. Al menos, la temporada de la esquila ya había pasado. Tom siempre colaboraba en la esquila y con ovejas de por medio no habría tenido tiempo de supervisar al niño.

Encaramado a la escalera, en el huerto, le gritaba al pequeño:

—¿Qué opinas?

Y el niño, que estaba jugando en la hierba con un camión amarillo, respondía:

—¡Demasiado alto!

Tom animaba al niño a corretear a su lado entre las ovejas, cuando subían a los prados.

—¡Mira qué gordas están las ovejas! —decía Tom.

Y el niño contestaba:

—¡Son bichos gordos!

Cuando descubrieron una serpiente oscura tostándose al sol junto a la poza de agua, Tom se agachó para explicarle al pequeño cómo debía comportarse con las serpientes.

—Cuando veas una, quédate quieto. Nada más. Y entonces grita bien fuerte: «¡Tom! ¡Una serpiente grande!». ¿Entendido? Y yo ya me ocuparé de ella.

Cuando llovía era lo más complicado. Tom cogía la tienda de campaña individual que utilizaba cuando iba de pesca y la montaba donde quiera que estuviera trabajando para proteger a Peter. Le decía al niño:

—Tom está ahí abajo limpiando los canales, ¿vale? Escúchame bien. Si me necesitas para alguna cosa, golpeas esta cacerola con este palo, ¿entendido? Si te sientes solo, le das también a la cacerola con el palo. Y vendré enseguida.

No consiguió encontrar la manera de tener al niño cerca cuando estaba ordeñando las vacas de cuatro y media a seis de la mañana, pero reclutó a Beau para hacer el trabajo. Obedientemente, pero con recelos, Beau se sentaba junto a la camita del niño y permitía que Peter le rascara las orejas y el morro cuando se despertaba a las cinco y media. Hacia las seis, el niño había agotado su interés por Beau, lo cual era inevitable. Desde la vaquería, Tom le oía gritar: «¡Tom! ¡Ven, Tom!». Y luego: «¡Por favor, Tom!».

Leían cuentos dos veces al día, libros de la biblioteca de Hometown. Por las noches, cuando Peter dormía, Tom se esforzaba por mantener los ojos abiertos hasta pasadas las nueve. Se aseguraba de que el fuego permaneciera siempre encendido y de que las cuentas estuvieran al día. Ni siquiera el agotamiento era capaz de arruinar la felicidad que le estaba aportando la vida. Cuando se metía por fin en la cama lo hacía con una sonrisa, recordando los momentos más placenteros de la jornada.

Sabía que Trudy llegaría algún día y se llevaría al niño. La idea siempre lo asaltaba cuando más feliz se sentía. La ahuyentaba sacudiendo la cabeza de un lado a otro y agitando la mano por delante de la cara.

Patty y Claudie llegaron corriendo de la ciudad cuando al final se enteraron de que Trudy había emprendido de nuevo uno de sus viajes. Encontraron a Tom en el cobertizo, reparando el colector del tractor, y a Peter trasteando con una vieja caja de cambios del coche.

—¡Oh, Tommy! —exclamó Patty—. ¡Esto nunca va a salir bien!

Tom le dijo que todo saldría muy bien y que no, que no pensaba trasladar a Peter a la ciudad para que se criara con los hijos de Claudie.

—Tom, escúchame bien —dijo Claudie—. Peter necesita el toque de una madre. Jugar con piezas de coche me parece estupendo, pero criar un niño conlleva muchas cosas más.

Pero Tom se mostró firme y sus hermanas regresaron a la ciudad sin Peter. En el coche, Patty le dijo a Claudie:

—¡Esa mujer, la despellejaría! ¡Y me encargaría personalmente de hacerlo!

—Pobre Tom —dijo Claudie—. Si existe un hombre que se merece una familia como Dios manda es precisamente él.

Pasaron dos años hasta que volvió a tener noticias de Trudy. Llegó una carta por correo para informarle sobre sus nuevas circunstancias y los planes que tenía para su hijo.

Querido Tom:
Te pido perdón por haber dejado pasar tanto tiempo antes de contactar contigo para saber de Peter. Espero que comprendas que he pasado una época muy difícil desde que llegué a Isla Phillip. Cuando vine aquí me

encontraba sumida en un estado de enorme infelicidad, pero me alegro mucho de poder contarte que Jesucristo me ha señalado un camino. ¡Fue como si me rescataran de una ciénaga! Fue como si me transportaran a un lugar cálido y seco.

Tom, le debo la vida a Jesucristo y lo seguiré eternamente a partir de ahora. ¡Fue como si todos los colores del mundo hubieran desaparecido para regresar de nuevo! Pero sé que debo pedirte perdón, mi querido Tom. Nuestro matrimonio no tendría que haberse producido nunca, me temo. Sé que me amabas locamente y que es probable que aún me ames. Para mí es muy difícil decir esto, querido Tom, pero yo nunca te amé de verdad. Mi corazón era como un prado seco donde no crece nada, pero llegó la lluvia y ahora sigo a Jesucristo con toda mi alma. Tom, necesito tener a Peter aquí conmigo para criarlo en el amor de Jesucristo. Es lo que me han revelado mis oraciones.

Viste lo peor de mí, Tom, pero te sorprenderías de verme ahora. Estoy preparada para ser una madre para mi hijo con todo el cariño posible. Iré con mi madre y con Tilly a recogerlo el miércoles 27 de este mes. Te agradeceré que tengas a Peter preparado. Te doy las gracias, Tom, por toda tu bondad, eres un buen hombre, lo sé.

Con Jesucristo en el corazón,
Trudy.

El golpe, por mucho que sea esperado, por mucho que te hayas preparado para recibirlo, no duele menos que el que llega sin que te lo hayas imaginado. Tom se sentó a la mesa de la cocina, aturdido, dolorido por todos lados. Se dijo: «No tiene derecho a hacer eso». Y a continuación dijo en voz alta:

—Me iré. Nos marcharemos a Queensland.

Se imaginó viajando hacia el salvaje interior del continente cargado con Peter. Podía hacerlo. Era mecánico, soldador y chapista de profesión y seguro que encontraría trabajo. Y, si no querían mecánicos, encontraría trabajo en una granja o en una gasolinera. Sabía esquilar, además. Sus manos podían con todo.

Pero antes de hacer algo tan impropio de él como arrojarse de cabeza al melodrama, pidió cita con Dave Maine, en Shepparton, el abogado que se había encargado del testamento de su tío, un buen tipo que conocía bien su oficio. Tuvo que llevarse a Peter con él y esperaron juntos en la sala, Peter sentado en una silla con un cuento con ilustraciones y un paquete de gominolas. Dave, con la corbata que siempre llevaba floja y un traje gris oscuro con el que parecía que incluso durmiese, le dijo a Tom que su caso no tenía por dónde agarrarse.

—No eres el padre, amigo mío. Y ella es la madre. Los tribunales se lo entregarán sin la menor duda.

—¿Después de haberse ausentado durante años?

—Eso da igual. Si pudieras demostrar una conducta inmoral de algún tipo, cabría alguna posibilidad. Pero está casada con Jesucristo, por lo que me cuentas. Los tribunales no te concederían siquiera derecho a visitas. Podrías intentar un acuerdo informal, eso sí que sería posible. ¿Dónde dices que quiere llevárselo?

—A Isla Phillip —dijo Tom.

—¿Isla Phillip? Joder. ¡Eso está a muchos kilómetros de aquí! Lo tienes crudo, Tom. Lo siento.

Se le ocurrieron otras estrategias. Podía echar a Trudy, a su madre y a su hermana de su propiedad a punta de pistola. Podía irse a la ciudad el día que se presentaran. A medida que pasaban los días, el dolor que sentía cada vez que miraba al niño iba en aumento. Faltaba solo una semana para que Peter empezara a ir al colegio y Tom le había comprado el uniforme y los libros, le había explicado de qué iba lo del colegio y le había enseñado el edificio en High Street. Tom le había dicho:

—Por las mañanas te llevaré en coche y te recogeré por la tarde. Te gustará. Tendrás muchos niños con quien jugar. Muchas cosas que aprender.

—¿Y ordeñar las vacas? —le había dicho Peter, porque en los últimos meses había empezado a ayudar a Tom a ordeñar las vacas—. Tom no puede ordeñarlas a todas él solo.

Había cogido la costumbre de hablar a veces de Tom en tercera persona.

—Tendré que apañármelas, ¿no? Ir a la escuela es importante.

Empezó a redactar una carta para Trudy diciéndole que Peter estaba enfermo y que tendría que esperar un par de meses. Pero no la envió. Pensó por centésima vez en las palabras de Dave Maine: «Ella es la madre. Los tribunales se lo entregarán sin la menor duda». Y vio entonces que el juego había acabado. Por mucho que se marchara a Queensland, acabarían encontrándolo.

Tres días antes de la fecha en que Trudy había dicho que recogería a Peter, Tom se lo llevó al río a pescar. Era la afición favorita del niño, pescar la pequeña trucha arcoíris en la confluencia entre el arroyo y el río, allí donde el agua saltaba entre los guijarros. Peter había desarrollado una gran habilidad con la caña. Con lo pequeño que era, lograba lanzar la caña de manera más que decente y sabía levantar el *pick up* del carrete en el momento justo y recoger el sedal a la velocidad adecuada para mantener el cebo fuera del lecho del río. Cuando una trucha picaba en su anzuelo, sabía aplicar la tensión justa y conservar la punta de la caña hacia arriba. No podía capturar la trucha en la red mientras sujetaba la caña, todavía no, pero era bueno, de todos modos.

Aquel día, Tom le dejó capturar tres pequeñas truchas antes de darle la noticia sobre su madre. Una de las truchas era común, algo más grande que las arcoíris. Pescar una trucha de aquellas era un premio. Las arcoíris tal vez fueran más bonitas por su colorido moteado, pero la trucha común era más fuerte, luchaba con más energía y su odio hacia la persona que estaba al otro lado del sedal era evidente.

El niño construyó un pequeño estanque en la parte menos profunda del río colocando piedras a modo de muro, para poder mantener frescas las truchas muertas. Era necesario ir a verificar su estado cada cuarto de hora para asegurarse de que los cangrejos de río no hubieran invadido el estanque y picado a las truchas. Podía suceder que un cangrejo grande arrastrara a una trucha pequeña hacia la corriente del río para largarse con ella. Construir el muro de piedras que impedía el paso de la corriente era algo que daba tanto placer al niño como pescar una trucha.

—El caso es, colega, que tu madre va a venir dentro de unos días. Sabes a quién me refiero, ¿no?

—A Trudy.

—Trudy, sí. Y quiere llevarte con ella, quiere que vayas a vivir con ella.

El niño se quedó perplejo. Pero no dijo nada. Lo que hizo fue ir corriendo hacia su estanque para ver si había cangrejos. Tom se acercó a él y le posó la mano en la coronilla.

—Qué mierda, ¿no? —comentó.

El niño replicó tan bajito que no se entendió.

—¿Qué has dicho? —preguntó Tom.

—No puedo —susurró el niño.

—¿No puedes?

—No puedo —repitió el niño.

Había empezado a llorar.

Tom se agachó a su lado y apoyó una mano en el hombro del crío. En la piscina, dos pequeños cangrejos avanzaban hacia los ojos de la trucha común. Tom los cogió y los arrojó a la corriente.

—No es lo que yo quiero, Peter —dijo—. Es tu mamá, entiéndelo. No es lo que yo quiero.

El niño emitía un sonido que parecían chirridos en su intento de contener las lágrimas.

—No puedo —consiguió decir de nuevo.

Sumergió las manos en el estanque, cogió la trucha común y la lanzó al río.

Tom tenía a Peter preparado a las ocho de la mañana, con todas sus cosas recogidas en una pequeña maleta y dos cajas de cartón. Las tres partes de la caña de pescar tubular del niño estaban atadas con cordel. Su carrete Ambidex con su sistema de rodamientos de bolas estaba envuelto en un calcetín de Tom y guardado en la maleta.

Iba a ser un día caluroso y el cielo lucía un azul intenso de un extremo al otro del horizonte. En condiciones normales, a aquellas horas de un día que a buen seguro sería sofocante, Beau estaría achuchando a Tom para darse un chapuzón tempranero en la presa. Pero se limitó a mirar a Tom y al niño, que estaban esperando en la parte delantera de la casa, y corrió a esconderse debajo de un viejo Humber que Tom tenía colocado encima de unos bloques de piedra, debajo de los cipreses.

Poco después de las diez, un Volkswagen rojo apareció en el camino de acceso procedente de la carretera. Tom había dejado abierta la verja principal. El Volkswagen se detuvo en la segunda verja y Trudy, que viajaba en el asiento del acompañante, salió del coche. Las otras dos figuras que ocupaban el interior del vehículo se quedaron donde estaban mientras Trudy abría la verja y se encaminaba hacia el porche delantero, donde la esperaban Tom y su hijo. Se había cortado el pelo y estaba más delgada que nunca. Llevaba un vestido verde con cinturón que tenía el aspecto de un uniforme. Caminaba con los brazos cruzados bajo el pecho. Colgado al cuello, llevaba un crucifijo de plata.

—Hola, Peter. Hola, Tom.

Subió al porche, se arrodilló y abrazó a su hijo.

—Te he echado mucho de menos —dijo.

Se levantó para abrazar a Tom y los orificios nasales de este se inundaron con el aroma a jabón de lavanda.

—Tengo algo para ti —añadió Trudy. Hurgó en un bolsillito del vestido y extrajo un paquete diminuto envuelto en papel de seda de color morado. Lo abrió y apareció un pequeño crucifijo de oro colgado de una fina cadena—. Espero que te lo pongas, Tom. Para demostrar que me has perdonado.

Tom no hizo ningún gesto de aceptar el crucifijo, pero permitió que Trudy lo depositara, junto con el papel de seda de color morado, en el bolsillo lateral de su americana. Se había vestido con sus mejores galas para la entrega. Tom acercó la cabeza a Trudy y le dijo en voz baja:

—Hacer esto es muy cruel, Trudy. Abandonaste a Peter. El niño solo me tenía a mí. Lo quiero como si fuera carne de mi carne y sangre de mi sangre. Y no quiere irse, Trudy. Basta con que lo mires.

—Oh, Tom —repuso Trudy—. No lo entiendes. Peter vivirá en una casa llena de amor, Tom. Los hijos de Tilly lo rodearán de amor. Esto no es más que una granja, Tom. Una granja solitaria. En la isla, Peter tendrá otros niños de su edad y una escuela como Dios manda, una escuela de verdad. No podemos ser egoístas con los niños, Tom.

—Me gustaría ir a visitarlo —dijo Tom—. Una vez al mes, o algo así.

Trudy negó con la cabeza tan rápidamente que quedó claro que estaba esperando la petición.

—Oh, no, Tom. No creo que sea buena idea. No.

La hermana y la madre de Trudy habían salido del Volkswagen rojo y aguardaban de pie a ambos lados del coche. Llevaban unas gafas idénticas con cristales gruesos y lucían una amplia sonrisa también idéntica, como si aquel fuera el día más feliz de todo el año.

Tom transportó hasta el coche, de una sola vez, las dos cajas de cartón, la caña de pescar y la maleta. Cogió al niño en brazos y lo abrazó con pasión.

—Pues bien, viejo colega. Me escribirás, ¿verdad? Encontrarás el momento de mandarme una carta, ¿a que sí?

El niño asintió, derrotado, y dejó que Tom empujara hacia delante el asiento del acompañante y lo colocara en el asiento trasero. Trudy se instaló también en el asiento trasero, junto a su hijo. La madre de Trudy ocupó el asiento del acompañante y Tilly el del conductor. Tom abrió el capó del coche y guardó la maleta, las cajas y la caña de pescar.

Y entonces el coche no quiso arrancar. El motor cobró vida un instante, pero una de las bujías falló. Tom sabía dónde estaba el problema.

—Mejor que le eche un vistazo —dijo.

Pero su sugerencia fue totalmente ignorada.

—Siempre es así —dijo la madre de Trudy.

Volvieron a darle al contacto, y otra vez. Peter miró a su padre a través de la ventanilla con un atisbo de esperanza en los ojos.

—Mejor que le eche un vistazo —repitió Tom.

Levantó el capó del motor en la parte trasera y luego entró en el cobertizo para ir a buscar sus herramientas. Cuando regresó al coche, percibió un forcejeo silencioso en el asiento de atrás: Peter estaba intentando salir y Trudy se lo impedía, todo ello sin cruzar palabra.

—Peter puede ayudarme —dijo Tom.

Trudy soltó a su hijo y apartó la mirada de Tom. El niño saltó al asiento de delante, por encima de su abuela.

Tom le abrió la puerta del lado del acompañante. Tilly y la madre de Trudy seguían conservando su amplia sonrisa.

Tom abrió su juego de llaves y le dijo a Peter el tamaño de llave que necesitaba. El niño eligió la llave adecuada, la encajó y se la pasó a Tom.

—Hay una bujía vieja y sucia —dijo Tom.

Retiró la bujía que sospechaba que estaba causando el problema y la limpió con una tira fina de papel de lija. Dejó que Peter colocara de nuevo la bujía en su sitio, la apretara y conectara el cable.

—Prueba ahora —le dijo a Tilly.

El motor se encendió al instante.

La madre de Trudy salió del asiento del acompañante para que Peter pudiera pasar de nuevo al asiento de atrás. Pero el niño se dejó caer en la hierba como un perro que no quiere hacer lo que sabe que finalmente se verá obligado a hacer, y Tom tuvo que levantarlo para devolvérselo a su madre. Siguió haciéndose el muerto en el asiento, tumbado hecho un ovillo y dándole la espalda a Trudy.

En vez de dar media vuelta, Tilly recorrió marcha atrás lentamente todo el camino hasta la carretera. Al llegar allí, giró el coche a trompicones en la dirección adecuada y aceleró. Superada la verja que marcaba la propiedad de Tom, el vehículo quedó engullido por la hondonada del lado de la carretera que iba hacia la ciudad y oculto por los álamos que bordeaban la valla.

Tom se sentó en el porche y se lio un Capstan. Siguió levantando la vista de vez en cuando, confiando tontamente en que el coche rojo reapareciera. Le dolían tanto las entrañas que ni siquiera sintió el alivio que le proporcionaba fumar y aplastó el pitillo después de darle solo dos caladas. Recogió el juego de llaves, cerró la tapa y se dirigió al cobertizo. Beau, que seguía preocupado, lo siguió a una distancia prudente.

3

Aquel año el sol secó la humedad de los prados de la colina mucho antes de que llegara el otoño, pero las ovejas seguían disfrutando de los pastos. Tom cavó un canal hasta la salida de un manantial que brotaba por encima de las rocas de granito. El flujo del manantial salía al mundo, miraba a su alrededor y volvía a sumergirse en la tierra. Los helechos, imposibles de encontrar en ningún otro lugar de la finca, abundaban a lo largo de su cauce. Las ovejas habrían podido subir solas hasta el manantial, pero Tom no las animaba a hacerlo. Tenían su manera de encaramarse allí hasta que oscurecía, luego las borregas se espantaban y empezaban a balar como tontas.

Peter llevaba dos meses fuera. Tom estaba seguro de que era una de esas cosas de la vida que nunca pueden mejorar. No era granjero, pero tenía las características de un buen padre; eso era lo que se decía mientras deambulaba por allí y la sensación de fracaso se volvía insoportable: granjero mediocre, mal esposo, pero había hecho un buen trabajo como padre. Eso sí que podía decirlo en su defensa. Entonces, una mañana, caminando colina arriba hacia el huerto en compañía de Beau, se detuvo y sonrió: un instante de lucidez en el torrente de autocompasión de sus fantasías de fracaso.

—El tipo lo ha hecho lo mejor que ha sabido, ¿eh, Beau? ¿No crees? No soy un inútil rematado, ¿verdad? Así que calla. No tú, sino yo.

Los pocos de Hometown que conocían todos los detalles de la historia de Tom —media docena de personas, Nigel Cartwright y su mujer, Bev; Trevor Clissold; los Noonan; Juicy Collins, el carnicero— le demostraron su compasión no pronunciando jamás una sola palabra sobre Trudy o sobre Peter. Juicy, que había sido amigo de Frank Hope, el tío que le había legado la granja a Tom, se acercó más a él. Adquirió la costumbre de cantar canciones con un ritmo relajado siempre que Tom acudía a verle para comprar salchichas y carne picada, lo cual hacía cada martes. Llamaba a Tom «el caballero de las colinas» y le cantaba con su melodiosa voz de tenor la primera estrofa de *Don't Fence Me In*[*]. Y luego añadía: «No encerréis al joven Tom en la cerca, ¿me habéis entendido? No encerréis a nuestro Tom».

—Tómatelo con calma, Juicy —dijo Tom.

—Tenemos aquí al jeque de Arabia, ese es nuestro Tommy —añadió Juicy—. De un lado a otro de esas colinas

---

[*] *Don't Fence Me In* es una canción original de Cole Porter, escrita en 1934, cuyo título podría traducirse como «No me encierres en la cerca». *[N. de la T.]*

a lomos de su camello, sin tener que preocuparse por la parienta. Eso de ser un hombre libre está la mar de bien, ¿verdad, Tom?

—Si tú lo dices, Juice.

Juicy siguió con su charloteo mientras envolvía en las grandes páginas del *Herald* la carne para la semana. Se oía de fondo la música de Radio 3XY, el rock and roll moderno que le gustaba a Juicy, el único hombre de Hometown de esa edad (cuarenta y tres) que tenía siempre un comentario positivo para los Rolling Stones. En la pared de azulejos blancos del fondo de la tienda colgaba un retrato de los Hometown Robins de 1963, con jerséis de lana de color rojo, primeros aquel año de la liga de fútbol australiano. Los chicos posaban con los brazos cruzados, la mitad del equipo sentado, la otra mitad de pie, detrás; caras tímidas, otras petulantes, los tres chicos malos del equipo luciendo una sonrisa tonta.

El comentario satírico de Juicy escondía un velado desdén, y Tom lo intuyó. El Casanova de Hometown era Juicy, que se entregaba al adulterio con tanta despreocupación que sus antiguas amantes se pasaban incluso por la tienda para preguntar por los avances de los romances más actuales. Y era Juicy quien rondaba por las colinas, no a lomos de un camello, sino a bordo de su Monaro bronce y negro, haciendo publicidad de su adolescencia perpetua.

Tom no tenía el más mínimo interés en encontrar una mujer con la que sustituir a Trudy. Su esposa le había pedido el divorcio. Un despacho de abogados de la ciudad le había hecho llegar toda la documentación por correo. Las causas del divorcio aparecían como «Crueldad y maltrato emocional sostenidos». Entre las pruebas destacaba una carta escrita por la madre de Trudy en la que afirmaba que su hija había llegado al campamento de Jesucristo la noche del 1 de marzo de 1967, calada hasta los huesos y llorando «como si le hubieran arrancado el alma del cuerpo». Tom, al leer la carta, recordó la llegada de Trudy a la granja varios años atrás, calada también hasta los huesos y llorando. ¿Tendría que ver con su sentido del drama el hecho de que llegara siempre en pleno diluvio? A lo mejor le había echado el ojo a otro tío.

A finales de verano, cuando las peras, las manzanas y las nectarinas estuvieron recogidas y enviadas en el camión de Terry Nolan a los mayoristas de Healesville, Tom subió al huerto con tres serruchos y una escalera de mano para empezar las labores de poda. Su tío siempre podaba a finales de verano y no en invierno, y consideraba que era mejor seguir las costumbres.

Tom estaba acompañado por Peter cuando podó los árboles la anterior temporada. Le decía al niño: «¿Qué te parece esta, Petey? ¿Nos la cargamos?». Lo que le sorprendía a menudo era lo poco que le importaba no ser el verdadero padre de Peter. Se preguntaba si de serlo lo habría querido más. Lo cual le parecía imposible.

Fue moviendo la escalera de árbol en árbol y cortando los brotes que habían crecido a lo largo de la temporada con las sierras de hoja curva y las tijeras de podar. Era trabajo. Y era inevitable. Y hacía un calor de mil demonios.

—Lo ves, si supieras lo que te haces, Tommy Hope —dijo Tom en voz alta—, habrías empezado más temprano.

Llevaba los brazos al aire y el sudor resbalaba por ellos. Las moscas de marzo pululaban por su cara y aterrizaban en la piel en cuanto encontraban la oportunidad para hacerlo. Los excrementos de las ovejas, que abundaban debajo de los árboles, atraían a las moscas, así como la sangre de los arañazos que Tom acumulaba en los antebrazos. Habló de nuevo en voz alta, como si fuera el interlocutor en una conversación:

—La vida no se ha acabado todavía, Tommy. Por Dios.

No tenía ni idea de dónde había salido aquel comentario. «La vida no se ha acabado todavía». ¿Quién dijo que se hubiera acabado? «La vida no se ha acabado todavía». Del mismo modo que un pensamiento espontáneo como ese consigue encontrar su camino hacia lugares efímeros, recordó a un colega con quien había trabajado en los tranvías, Graham no sé qué... Sí, Graham Kent, que un día, estando en el taller de soldadura, le pasó un brazo por los hombros y le dijo: «Colega, que la vida son dos días». Graham el silbador, una canción tras otra durante todo el día, Hank Williams, Jimmy Rogers, *Jambalaya* a cada hora. En aquellos tiempos, Tom sabía a qué se refería la gente con eso de que «la vida son dos días», pero le sorprendió que Graham pensara que era necesario recordárselo. Su hermana Claudie se lo había dicho en una ocasión, más o menos un año antes de que se hiciera cargo de la granja. «Sonríe, Tom», con ese tono que la gente reserva para los casos desesperados que, de todos modos, quieren. «Sonríe, Tom». Tom era un cascarrabias, ¿se trataba de eso?

Intentó esbozar una sonrisa entre las ramas de un gran manzano. ¿Cuántas veces le habría sonreído a Trudy? A Peter le había sonreído. Eso seguro. A Peter siempre le sonreía.

Lo cual venía a demostrar que sabía hacerlo. Intentó otra sonrisa, exagerada. Parecía un bobo. Pero tomó nota mentalmente del asunto: «Sonríe, por el amor de Dios».

Era solo el primer día de poda. Necesitaría tres días más para acabar con los manzanos, y luego tenía los nectarinos y los perales. No podía permitirse contratar a alguien de fuera. La granja le daba lo suficiente para vivir, pero a saber qué le depararía el futuro. Tenía menos seguridad que en los tranvías.

—Pero deja ya de sentir lástima por todo, Tom —dijo en voz alta.

Y sonrió. Para practicar.

A última hora de la tarde, Tom tenía la costumbre de cocinar cualquier porquería que decidiera comer y luego sentarse junto a la radio con una botella de Ballarat Stout. Escuchar canciones en la radio le proporcionaba cierto placer, y se relajaba a medida que el alcohol iba surtiendo efecto. Pero aquel día se marchó con la cerveza negra hacia las rocas, escaló la más grande y se sentó allí a contemplar la puesta de sol. Por encima de las colinas, hacia el oeste, se extendía una sábana enorme de carmesí y turquesa. Beau se tumbó a su lado después de diez minutos de intentos desesperados de encontrar un punto de apoyo en la roca y subir más. Tom bebió a morro de la botella y le dio unos golpecitos cariñosos a Beau con la mano que tenía libre. Estaba allí para variar su rutina.

Años atrás se había sentado un día con su tío Frank en aquella misma roca, a esa misma hora y en aquella misma época del año, para ver la puesta de sol. Estaba de visita, él solo. ¿Catorce años tenía? Sí, catorce. Su tío quería que disfrutase de la belleza de la puesta de sol y así lo había hecho. Pero el placer había durado solo un par de minutos. Después, se había limitado a ser obediente. Había observado el perfil de Frank en busca de alguna señal que le indicara que aquello terminaría pronto y podrían volver a la casa. Pero el interés de su tío por la puesta de sol había tardado una eternidad en agotarse.

De modo que ahora, intentando ver lo que su tío había visto, Tom tuvo que reconocer que la puesta de sol era bonita, pero lo que más le impresionaba era la soledad de su casa en medio de la llanura. Estaba construida con tablas de madera pintadas con un tono mantequilla, ya descolorido, tenía porches en tres de sus lados y un tejado metálico de color rojo óxido. La antigua llanura aluvial se extendía aproximadamente un kilómetro y medio a ambos márgenes del río, que se insinuaba gracias a los gomeros fantasma que crecían a lo largo de las orillas. La carretera que habían construido hacía ya cuarenta años, Melbourne Road, atravesaba la llanura por el lado del río donde ahora se encontraba Tom. La habían trazado de tal modo que la finca de Tom —la finca de su tío, en aquella época— había quedado intacta. Al otro lado del río, a unos tres kilómetros, se vislumbraba la silueta de las colinas con prados de pastoreo de la finca de Henty, cuyos árboles se talaron mucho tiempo atrás. Tenían perfiles redondeados y su tamaño disminuía gradualmente, como los nudillos de la mano.

Henty pastoreaba tres mil ovejas por sus prados de las colinas y por la llanura y apenas tenía que preocuparse por ellas de un año al otro, puesto que cada verano enviaba dos mil corderos Corriedale al matadero. Tom tenía mil quinientas ovejas Polwarth y mandaba quinientas al matadero cada año. Estaba reconstruyendo el rebaño después de que su tío Frank, que en sus dos últimos años de vida había visto empeorar su salud, vendiera la práctica totalidad de sus ovejas quedándose solo con doscientos cincuenta ejemplares. Su tío contrataba cada año tres esquiladores para realizar una esquila por la que no merecía la pena ni tomarse siquiera la molestia. Los esquiladores se tenían casi por miembros de la realeza y cobraban un ojo de la cara. Cuando los fardos llegaban a la terminal ferroviaria y de allí al mayorista, podías considerarte afortunado si eras capaz de llenar tres o cuatro veces la pipa con los beneficios obtenidos.

Tom cuidaba mejor sus ovejas que Henty. Este dejaba que bebieran a su libre albedrío y descuartizaba a cualquier perro que subiera de Hometown y se desmadrara en sus prados, pero nunca llamaba al veterinario para que les echara un vistazo; se cargaba de un disparo a cualquier oveja que estuviera pachucha. A Henty no se le podía ni mencionar la posibilidad de que alguna enfermedad se propagara entre el rebaño. No había pasado nunca y nunca pasaría. ¿Cortarles las pezuñas a los animales? Jamás. Nada de baños, nada de desparasitaciones. Y tampoco era amigo de los huérfanos de primavera. Tom se preocupaba por sus ovejas como si fuera una enfermera de los prados y su hermano ganadero lo despreciaba por ello. Y no era un desdén silencioso, sino sano y directo: «¡Hay que joderse, Tommy! Acabarás comprándoles botas de agua».

La casa. Ahora estaba vacía. Pero incluso en el caso de que Tom estuviera dentro en aquel momento —esa fue la idea que le vino a la cabeza—, el aspecto de la casa sería el mismo. Era su único ocupante. La casa le tenía lástima. Había vivido la época de tío Frank el solterón, luego el desastre de Trudy, después el breve apogeo con Peter y ahora, una vez más, se había convertido en el refugio de un Tom sin esposa.

El tío Frank no había disfrutado ni un solo día de la vida de soltero. Admiraba a las mujeres, pero su complejidad lo abrumaba. «Se toman las cosas de un modo extraño —le había dicho a Tom en el transcurso de otra visita; a un Tom más mayor, con veintiún años—. ¿No te parece? Te hacen preguntas que no sabes cómo responder. Besarse y abrazarse, Tom, es lo mejor del mundo. Nunca me oirás decir nada en contra de eso. Pero aferrarse a ellas... es imposible que funcione».

El tiempo que había pasado con Trudy había hecho a Tom consciente de que había que saber estar casado. Todo el mundo se casaba, todo el mundo salía adelante. Pero el tío Frank nunca lo había conseguido, y tampoco él. Para Tom había consistido en preguntarse constantemente: «¿Y ahora qué querrá?». De haber sabido la respuesta, tal vez habría hecho feliz a Trudy. Cuando le hacía el amor, eso era precisamente lo que creía estar haciendo: hacer el amor. Pero ella tenía otra cosa en la cabeza. Le gustaba lo que él hacía por ella, Tom no creía que lo hubiese engañado en ese aspecto. Pero sabía que no era amor.

Cogió el coche y se fue a Hometown sin motivo alguno. No, sí que tenía un motivo. No soportaba más estar solo,

solo Tom Hope. La sensación se había apoderado de él mientras se encontraba en lo alto de la roca con Beau. No estaba bien. Tenía treinta y tres años, mucho tiempo aún por delante; su actuación como marido de Trudy había sido nefasta, pero no era un caso desesperado, seguro. Podía existir una mujer que se alegrara de estar con él. No era imposible, ¿verdad? Ahora tenía en casa un cuarto de baño estupendo y, por Dios, ¿cuándo volverían a tener otro otoño e invierno como los que habían acabado volviendo loca a Trudy, con días y días de lluvia? Cierto, nunca sería un genio como marido. Pero se veía capaz de sacarlo adelante.

Llegó en coche hasta el pub, el River Queen, en realidad no le apetecía beber y se preguntó qué demonios se pensaba que estaba haciendo, pero no podía volver a casa. Su casa le provocaba un rechazo con el que se sentía incapaz de lidiar en aquel momento. En el River Queen tenían una tele; podía sentarse, tomar una jarra y mirar... ¿qué? Demasiado tarde para *Bellbird*, una serie que había visto allí un par de veces. Demasiado tarde para el concurso *Elige una caja*.

Pensó en Peter, en su capacidad de mirarlo todo con curiosidad, de formular preguntas que se saboreaban antes de responderlas. ¿Para qué servía una válvula cuello de cisne? ¿Por qué en el coche había que conectar la batería con aquellos minúsculos dedos metálicos? ¿Las gallinas ponían huevos a propósito? Con Peter, había sido como si una parte de su corazón se hubiese liberado. ¿Podría sucederle lo mismo con otra persona?

Empezó a caminar por la calle comercial y descubrió que mirar los escaparates oscuros no era mejor que estar solo en casa. De haber sido sábado por la noche, y esa noche no lo era, el cine Gala habría estado iluminado y habría un montón de gente en la entrada. Pero esa noche no. Se oían voces de chicos hablando entre ellos en la oscuridad, deambulando por el pueblo en busca de distracción, de juerga, de un poco de vida.

—¡Oye, tú, Johnno! ¡Ven para acá!

—¡No!

—¡Ven para acá, rata de cloaca!

Tom se paró delante de la tiendecita de Moira, cuyo escaparate estaba repleto de objetos de culturas lejanas: piedras pulidas, amuletos, citas inspiradoras enmarcadas. En la ventana había aún un cartel con propaganda del referéndum que se había celebrado hacía ya un par de años. «Vota Sí por los derechos de los aborígenes». La tienda solo abría cuando a Moira le apetecía. Muchos decían (incluso la misma Moira) que cultivaba marihuana de primera calidad por la zona de Cathedral Ranges y que esa era en realidad su fuente de ingresos. A Tom le gustaba Moira, era la única hippie que había conocido en su vida. Sus besos de bienvenida siempre eran en toda la boca. Cuando Peter estaba aún en escena, Moira lo enterraba en la avalancha de su pecho siempre que lo veía. Y le había regalado a Peter un folleto sobre la guerra de Vietnam. «Ya no es tan joven como para no saber que existe el asesinato».

Tom no se preocupaba por la guerra de Vietnam. El instinto le decía que era una contienda estúpida o, peor aún, basura, pero no asistía a las protestas que organizaba Moira con sus melodramáticos ayudantes cubiertos con máscaras de Lyndon B. Johnson y algo que supuestamente tenía el color de la sangre rezumando de la boca. Un día llegó la noticia de que el hijo de Morty Lewis, Heath, había muerto en Vietnam, no en combate, sino de septicemia después de haberse clavado una navaja en el pie jugando a lanzar cuchillos con un soldado de infantería yanqui. La ironía de la muerte de Heath —entre aliados y practicando un juego idiota— solo sirvió para magnificar el dolor de Morty. La buena educación de Tom nunca le habría permitido herir aún más a Morty plantándose en el centro comercial para corear eslóganes junto a aquel puñado de colegas de Moira. Le parecía más que nada una exhibición.

La última tienda volvía a estar vacía. Hasta hacía muy poco, una mujer del pueblo había gestionado allí un negocio de marcos de cuadros, pero la verdad era que ningún negocio de los que se habían instalado en aquel local había logrado salir adelante. La tienda era ese lugar tristón que encuentras en toda pequeña ciudad, vacía seis meses del año y, durante los seis meses restantes, alquilada a gente rebosante de un optimismo completamente fuera de lugar. Unos años antes de la mujer de los marcos había habido allí una tienda de antigüedades, justo cuando el país luchaba por salir de una época de dura restricción al crédito y nadie gastaba un penique en lujos.

Tom vislumbró en el interior del establecimiento varias cajas de cartón apiladas en montones de a cuatro. Y adosadas a la pared, en la penumbra, varias estanterías de madera, distintas entre sí, algunas bastante elegantes y con puertas de cristal. ¿Pensarían montar allí una librería?

«¿Pero qué demonios es esto?», se dijo Tom para sus adentros. Era difícil comprobarlo, pero era probable que en Hometown no hubiera ni media docena de personas que hubiera abierto en su vida la tapa de un libro. Tom, por ejemplo, solo había leído un libro en toda su vida, uno que se dejó Trudy en casa. Una historia ubicada en la época de las Cruzadas sobre una mujer rubia que hacía apasionadamente el amor tanto con cristianos como con sarracenos. Y lo había leído pensando que tal vez le ayudara a discernir la forma de pensar de Trudy, pero no. Aunque la historia le había gustado, la verdad. No descartaba volver a leer otro libro algún día.

En el porche de delante de la tienda no había ningún cartel, tampoco nada en el escaparate. O no, sí que había algo: una hoja de papel arrancada de un cuaderno de espiral y pegada con celo por el interior del cristal. Tom forzó la vista, pero no consiguió leer qué ponía y encendió el mechero para verlo mejor. Estaba en otro idioma, aquello no era inglés y era la caligrafía más rara que había visto en su vida. La examinó con la nariz pegada al cristal y la llama del mechero amenazando con chamuscarle las cejas. ¿Egipcio, tal vez? Pero no eran dibujos pequeñitos, sino formas raras.

—Ni idea —dijo Tom, y guardó el mechero.

¿De vuelta a casa? Supuso que sí. Pero tenía que pasar algo. Lo que fuera. No podía seguir viviendo así el resto de su vida. Subió al coche y soltó un suspiro que más pareció un mugido.

Los chicos seguían gritándose, buscando lo que jamás encontrarían: una chica que besar, una marmita de oro, una visión que los transportase más allá de los muros del pueblo, hacia la cumbre de una montaña nevada donde beberían de cálices plateados en compañía de los dioses.

Tom volvió a casa rumiando su melancolía. Al día siguiente, y bien temprano, los perales y los nectarinos. Y Beau tumbado a los pies de la escalera, rascándose.

El idioma que Tom había examinado con detalle en el escaparate de la tienda, el idioma que tan perplejo lo había dejado, era hebreo. Traducida al inglés, la frase decía: «Dios de los desesperados, bendice esta tienda».

4

Tom se mantuvo vigilante para ver si en la librería había avances. Pero durante una quincena no pasó gran cosa. Tom no tenía costumbre de preguntar por lo que no era de su incumbencia, pero pasada la tercera semana decidió romper esa regla.

—Juice, ¿qué sabes de esa tienda nueva?

Juicy Collins estaba pesando las costillas de Tom.

—La tienda de Hannah —respondió Juicy. Y a continuación—: Vigílame bien mientras peso, Tom. Podría apoyar el pulgar en la báscula. No te creas que estoy por encima de esas cosas.

Dulcie Nash, cuyo esposo gestionaba la gasolinera situada en la doble curva que había junto al aserradero, soltó un resoplido que no llegó a risotada.

—No te preocupes, Tommy. Ya vigilo yo a este granuja.

—Mientras estés de guardia, Dulcie, no podré sisarle mucho. La tienda de Hannah, Tom. La mujer del continente, como la llaman.

—Judía —añadió Dulcie, como si aquella única palabra aportara un catálogo importantísimo de información.

—Así es —confirmó Juicy—. Una mujer judía. Del continente. ¿Qué pasa? ¿Alguna objeción, Dulce?

—¿Yo? No. Yo qué sé.

—¿Cuánto tiempo lleva en Hometown? —preguntó Tom.

Pensó que tal vez había visto a la mujer que debía de ser Hannah hacía unos días, compartiendo algún comentario gracioso con Vince Price en la tienda de ultramarinos. Se había quedado con el esbozo de una mujer bien vestida, atractiva, con una cabeza con rizos oscuros mezclados con gris.

—¿Que cuánto tiempo? —repitió Juicy—. ¿Un año, Dulcie? ¿Más?

—Tal vez. Normalmente se mueven solo entre ellos. Es la única judía que hay en Hometown.

—Y Horry Green —dijo Juicy.

—¡No! —exclamó Dulcie. Sin soltar la cesta, dio un par de pasos rápidos hacia el mostrador de mármol de Juicy, allí donde tenía amontonadas las hojas de periódico—. ¿Que Horry es judío?

—Más judío que Moisés —confirmó Juicy.

Había envuelto ya las costillas de Tom y las tenía listas para entregárselas, aunque no estaba dispuesto a hacerlo todavía.

—¿Horry? ¡No! Santo cielo, jamás lo habría dicho de Horry. ¡Horry es australiano!

—Más judío que Moisés —repitió Juicy.

Tom preguntó cuándo abriría la tienda.

—¿Que cuándo abre? El viernes de esta semana.

—¿Has hablado con ella? —quiso saber Tom.

Juicy le entregó el paquete de costillas y retomó un tema conocido.

—Tommy, trocéate uno de tus corderos y tendrás carne suficiente para tres meses. Me alegro de contar contigo como cliente, pero ahórrate la pasta, Tom-Tom. Ya te lo he dicho un montón de veces, tontaina.

—Hazlo, Tommy —dijo Dulcie—. Ahorrarás dinero.

A Tom no le iba lo de despiezar animales. No lo mencionaba nunca.

—¿Has hablado con ella, Juice?

—Sí.

Juicy se levantó un momento la gorra de tela que llevaba siempre que estaba en la tienda y volvió a colocársela. Estaba perdiendo el tiempo, haciéndole rabiar.

—¿Te interesa, Tom? ¿Al jeque de Arabia? Te diré una cosa. —Juicy se inclinó para acercarse más a Tom—. Una figura como Cleopatra. —Juicy trazó un perfil en el aire—. ¡Caray, chico! No creas que no le he dejado caer alguna sugerencia indecente. No hay nada que hacer. Me tiene etiquetado como el sinvergüenza que soy. Pero un tipo como tú. ¡Yuju! Cleopatra del Nilo. Una viuda. El jeque de Arabia. Tom. Súbete ya al camello.

Dulcie, que lo escuchaba con atención, extendió el brazo por encima del mostrador y le dio un leve cachete en la mejilla.

—¡No se te ocurra mezclar a Tom con una criatura como esa! No le hagas caso, Tom. Ya has tenido bastantes problemas en ese sentido. —Hizo un mohín—. Es tan mayor que podría ser tu tía.

—¿Cuarenta y cinco? —dijo Juicy—. Aceptaría gustoso a todas las tías de esa edad que estén disponibles.

—Eso ya lo has hecho. Venga, dame media docena de salchichas y deja a Tommy en paz.

Tres días más tarde, Tom estuvo a punto de volver al pueblo para ver qué hacía la mujer de la librería. Pero en el último momento apagó el motor del coche y se quedó sentado, perplejo ante lo que estaba pensando hacer. Salió del coche, suspiró, cogió una escalera y las herramientas necesarias y se dispuso a soldar la grieta que había en el canalón que corría por encima de las ventanas de la sala de estar. Cuando llovía, el agua se filtraba hacia el alféizar de la ventana y la pintura había empezado a levantarse. Tom lijó el alféizar de la ventana y aplicó una capa de minio rojo a la madera. Entre esto y soldar estuvo dos buenas horas trabajando. Un carnero viejo y loco al que trataba como un amigo lo golpeó repetidamente mientras lijaba y ponía la capa de imprimación, no con fuerza, sino cariñosamente. Y Beau hizo acto de presencia para mordisquear la pata del viejo carnero.

Tom se preguntó en voz alta:

—¿Qué esperas que te diga, tonto del bote? «Hola, hace un día estupendo». ¡Por el amor de Dios!

Era un hombre práctico que nunca pensaba en el destino, las cosas eran lo que tenían que ser. Era capaz de abrir un motor, quedarse rodeado de su millar de piezas, descubrir cuál era la causa del problema y entonces volver a montarlo. Por mucho que soñara despierto, sabía que sus sueños eran una tontería. Soñaba con que un día Peter se pondría en contacto con él, con que recibiría una carta. Pero no habría cartas. Peter se acercaría cada vez más a su madre y se olvidaría de él. Se convertiría en un cristiano temeroso de Dios y amaría a Jesucristo. Últimamente, desde lo de Trudy, Tom se había convertido en un hombre fiel a lo que parecía probable. No se obcecaba en perseguir quimeras.

Pero lo hacía. Pensaba en Peter durante el día y se inventaba oraciones por la felicidad del niño. Se decía: «No pasa nada con Jesucristo. Que disfrute de Jesucristo». Y luego pensaba: «Un día de estos iré en coche hasta Isla Phillip y aparcaré en el exterior de ese lugar de Jesucristo. A ver si consigo verlo de pasada cuando salga». A Tom le bastaría con treinta segundos. Se mantendría alejado para evitar cualquier conflicto. A lo mejor podía ver también a Peter jugando al fútbol con los demás niños. Treinta segundos. Y luego volvería a la granja. Seis horas de coche, ida y vuelta. Pero merecería la pena.

Cuando terminó de soldar, lijar y pintar ya era mediodía. Cuando hubo recogido todas las herramientas, se dijo: «¿Y por qué no ahora?». Beau se encargaría de ladrarles a las ovejas un rato por la noche para recordarles que aún había alguien por allí. Le pediría a Juliet Henty, del otro lado de la carretera, que se ocupara de ordeñarle las vacas solo por esta vez. Josephine, la yegua, y Stubby, el pony ciego de los Clissold que había adoptado, podían cuidarse solos si los dejaba en el prado del roble, siempre y cuando vieran las luces del coche cuando regresara. Al fin y al cabo, Stubby era lo que más quería Josie en este mundo.

Se preparó un sándwich de carne de cordero y una botella de té, se quedó tal y como iba vestido y tomó Melbourne Road en dirección a la autopista. Cogió el viejo Studebaker que había heredado de su tío Frank para probar los nuevos anillos del pistón y la nueva junta de la tapa de válvulas. Mientras conducía, sus pensamientos se centraron en Peter, en los momentos en los que pensaba: «Esto es lo mejor de todo». En Peter con su palo y su cacerola cuando buscaban serpientes. «¿Cuánto falta para ver una serpiente, Tom?». Quería darle a la cacerola, hacer sonar la alarma.

Pero Tom pensó también en la mujer que había llegado al pueblo. La que decían que era judía. No sabía nada sobre los judíos, excepto que después de la guerra se habían visto obligados a ir de un lado a otro. Conocía a Horry, por supuesto, que gestionaba las apuestas en las carreras que se celebraban en el pueblo, todo conforme con la policía, sobre todo con Kev Egan, de la comisaría, al que le gustaba mucho apostar. Horry era lo que la gente denominaba un tipo sofisticado. Trajes elegantes, sombreros de ala ancha. Los días que había carreras en Flemington, Caulfield y el Valley, Horry se paseaba por el centro comercial de Hometown con un chaleco de terciopelo verde con botones dorados, escoltado por un joven empleado que iba anotando en una libreta que mantenía a un palmo de la nariz las apuestas que la gente le decía en voz baja.

La noche de las canciones, que se celebraba cada segundo sábado de mes en el River Queen, la gente echaba monedas a beneficio de la Brigada de Bomberos de Hometown para escuchar el duelo que entablaba Horry con Juicy delante de la chimenea del salón del local. *On the Road to Mandalay, Goodbye* de la opereta *La posada del caballito blanco* y *Navidades blancas,* por parte de Horry, y, por parte de Juicy, *Your Cheatin' Heart, Cool Water* y *Let's Call the Whole Thing Off.* Normalmente, Horry ganaba el duelo por aclamación popular, gracias al vibrato que conseguía al cantar un mi por encima del do central. Decía: «Dios sonríe a los barítonos», y acto seguido donaba los doce chelines del premio a la causa de los bomberos.

Tal vez la mujer judía tuviera un poco del estilo de Horry. Cuando Tom la vio aquel día con Vince Price en la tienda de ultramarinos, ella se giró un par de segundos. Al ver que él estaba mirándolo, le ofreció una sonrisa y ladeó la cabeza. Un par de segundos.

Llegó a la ciudad, a sus miles y miles de personas, al tráfico demencial, y luego enfiló la autopista Nepean, sin bajar de tercera durante trechos larguísimos. Ambos lados de la vía estaban flanqueados por establecimientos de todo tipo y cada uno tenía su rótulo, y los establecimientos, los rótulos y la pelea con el tráfico le desinflaron los ánimos. Tantos años en la granja le habían cambiado. Un mes atrás, encaramado a la escalera y mientras podaba los manzanos, los nectarinos y los perales, podía sentir que su corazón andaba buscando algo, incluso cuando era infeliz, cuando pensar en Peter le llenaba los ojos de lágrimas. Pero ¿qué se podía buscar aquí?

Cruzó el puente en San Remo a las tres menos cuarto de la tarde, con el cielo teñido de un azul uniforme y el sol calentando aún a pesar de que la estación había avanzado ya hacia mediados de otoño. Chicos delgados y morenísimos saltaban desde la barandilla del puente hacia la marea de abajo. En el asiento a su lado tenía un pedazo de papel con la dirección de la iglesia en la carretera principal que salía de Cowes.

Encontró los dos edificios de la congregación de Jesús Misericordioso en un solar sin un árbol que se extendía a una cincuentena de metros de la carretera. Un cartel que había detrás de una alambrada baja anunciaba que el espacio albergaba la Iglesia de Jesús Misericordioso y la escuela de primaria de la Iglesia de Jesús Misericordioso. Un cartel más grande, situado más atrás, rezaba simplemente: «Campamento de Jesús». Especificaba asimismo que el pastor Gordon Bligh era el director de la escuela. Los edificios eran idénticos: fibrocemento gris, tejados metálicos a dos aguas pintados de color rojo óxido. Por encima del frontón del edificio que hacía las veces de iglesia se alzaba una cruz de madera que las condiciones climatológicas habían descolorido hasta dejarla con el tono grisáceo de la madera de deriva. La cruz era demasiado grande, demasiado robusta para la escala modesta del edificio de la iglesia.

Tom había calculado que su llegada coincidiría con el fin de la jornada escolar, suponiendo que la escuela de Jesús Misericordioso siguiera los mismos horarios que la escuela de primaria de Hometown. Eran esos treinta segundos que necesitaba. Cayó entonces en la cuenta de que quizá vería también a Trudy, pero no le preocupaba. El gran poder de herirlo que había tenido Trudy en su día se había esfumado. Se quedó observando desde el Studebaker, con la ventanilla bajada.

A las tres y media, sin que se oyera previamente ningún timbre, los niños empezaron a salir por la puerta principal, una combinación de edades, y lo vio, allí estaba Peter, con el jersey azul marino del uniforme del colegio y el pantalón corto de color gris. Tom asomó la cabeza por la ventanilla para llamar al niño, pero se contuvo a tiempo. Aun así, verlo entre los demás, con la cabeza baja y ligeramente ladeada, con una cartera Gladstone en la mano, le llenó de alegría. Pensó: «Pero ¿es que nunca le cortan el pelo?». Incluso desde aquella distancia se dio cuenta de que el pelo de Peter recordaba la cresta de una cacatúa negra. Tom se mordió el labio, deseoso de salir del coche, dar unos pasos, agacharse y dejar que el niño corriera hacia sus brazos.

Peter conocía el Studebaker. Había ayudado a Tom con el motor una docena de veces mientras iba forjando frases típicas de mecánico. «¿Crees que el carburador está cascado, Tom? Está mal de reglaje, ¿no piensas? ¡Sale humo negro del escape, Tom! ¡Eso no es bueno!». Levantó la cabeza al llegar a la verja y vio el coche, de color crema y rojo, su parrilla tan característica. Su rostro se iluminó de alegría. Soltó la cartera, cruzó corriendo la verja y avanzó a grandes zancadas con las botas grandotas que llevaba puestas hasta el lado del acompañante del coche. Abrió la puerta, entró, cerró de un portazo y se arrojó en brazos de Tom.

—¡Arranca, Tom! ¡Arranca! —dijo.

Tom le dio un beso e intentó aplastarle el pelo, pero mientras lo hacía no dejó de decirle al niño que no podía arrancar, que no podía marcharse de allí. Peter se aferró a él, lo agarró por la camisa.

De pronto apareció una cara al otro lado de la ventanilla del acompañante, una cara grande, una gran sonrisa. El hombre, quienquiera que fuera, vestido con camisa blanca de manga corta y tirantes, le indicó con un gesto a Tom que bajara esa ventanilla. Tom se inclinó por encima del asiento, con Peter aún pegado a él, y accionó la manivela. El hombre introdujo cabeza y hombros en el interior del coche.

—Ya está dejando salir de ahí a ese niño —dijo el hombre. Tenía la cara encendida y las gotas de sudor que emergían de una gran mata de pelo blanco resbalaban por su frente—. ¿Me ha oído? Ya está dejando salir de ahí a ese niño.

La sonrisa se mantenía en su lugar.

—No vamos a irnos a ningún lado —replicó Tom—. Me llamo Tom Hope. Conozco a este niño.

Peter, con la voz reducida a un chillido, imploró de nuevo a Tom que pusiera el coche en marcha.

El hombre retiró la cabeza y abrió la puerta del lado del acompañante del Studebaker. Entró en el coche, cogió a Peter con ambas manos y lo sacó del vehículo. Tom se deslizó por el asiento para saltar a la acera. El hombre se quedó inmóvil con Peter bajo un brazo; las piernas del niño colgaban sin vigor alguno. Era un hombre alto, ancho de hombros, con antebrazos fuertes. Su cara, arrugada por la edad, era una cara atractiva, lo que ocurría era que la sonrisa que dejaba a la vista una dentadura blanca y brillante, tal vez postiza, era más amenazadora que afable.

—Este niño vivió conmigo un par de años cuando su madre lo abandonó —dijo Tom—. No soy un desconocido.

Se esforzó por que su voz no revelara ni un atisbo de disculpa.

El hombre asintió.

—Márchese, ahora mismo —dijo—. Márchese, Tom Hope.

La sonrisa siguió inalterable.

Peter había conseguido liberar un brazo y se había agarrado al cinturón de Tom. Con cuidado, Tom le retiró los dedos. Cogió a Peter por la barbilla y la levantó para mirarlo a los ojos.

—Este caballero tiene razón, Peter. No soy tu papá. No tendría que haber venido. Solo quería verte unos segundos. Pero me he equivocado.

—Márchese ahora mismo, señor Hope —dijo el hombre—. Soy el pastor. Hablaré con la policía si no se marcha.

Varios niños y tres adultos observaban la escena, absortos, desde la verja del colegio. Trudy, su hermana y su madre no estaban presentes. El pastor hizo un gesto con la cabeza señalando el Studebaker. Tom hizo un ademán con intención de alborotarle el pelo a Peter, pero, con el niño atrapado bajo el brazo del pastor, se lo pensó mejor.

—Será mejor que me vaya, viejo amigo.

Cuando arrancó el motor y el coche se puso en marcha, vio que Peter ya estaba con los pies en el suelo y siendo arrastrado para marcharse de allí. El pastor se agachó para recoger la cartera Gladstone de Peter. Los demás niños y los tres adultos estaban dándole palmaditas en la espalda a Peter, aparentemente reconfortándolo.

Llegó a casa a las siete de la tarde, y las tres horas de viaje en coche desde la isla hasta la granja fueron de rabioso remordimiento. Había cometido una tontería. Peter lo pasaría mal. Mejor habría hecho aparcando más lejos. Mejor habría hecho desplazándose hasta allí en otro coche que no fuera el Studebaker. Tal vez lo llamara la policía. ¿Qué les diría? «Quería ver a Peter; no, no es mi hijo. No, no somos familia».

Pero haber visto al pequeño había sido estupendo. «¡Arranca, Tom! ¡Arranca!». Sí, Peter, ¿pero dónde quieres que vayamos? No hay lugar para nosotros. Y ya conoces el punto de vista de la ley. ¿Qué podemos hacer? «Le quiero, ella no, déjenmelo a mí». Por el amor de Dios, Tom.

Los caballos, Josephine y Stubby, el ciego, lo esperaban junto a la valla. Tom los saludó tocando el claxon. Menearon la cabeza, encantados, y siguieron el coche recorriendo el perímetro de la valla hasta la puerta principal. Tom entró en el cobertizo y salió con dos manzanas para cada uno, manzanas con imperfecciones que había reservado de la cosecha. Beau lo esperaba en el porche delantero, sumido en una agonía de obediencia, consciente de que tenía que permanecer quieto hasta que Tom lo llamara.

—¡Beau! ¡En pie, colega! ¡Vamos!

El perro voló por encima del peldaño y dio la impresión de que llegaba hasta donde estaba Tom sin que las patas le rozaran el suelo. Le saltó a los hombros y pegó el morro a la oreja de Tom, empezó a lamerlo y a castañetear con los dientes. Las ovejas se habían quedado en los pastos de la colina, más allá de las rocas, lo cual era perfecto. Tom dio una palada de grano a cada caballo y sacó una lata para Beau del armario que había en el porche trasero. Y encontró entonces, asomando por debajo de la puerta, una hoja de papel doblada en cuatro partes exactas. La abrió y, aprovechando la última luz de la tarde, leyó lo que había escrito.

Querido señor Hope:
Soy Hannah Babel. Usted no me conoce, pero llevo ya
un tiempo viviendo en el pueblo. Voy a inaugurar una
librería en el centro comercial y necesito que alguien,
usted, me haga un trabajo. Tengo un cartel que colgar
y me han informado de que hay que soldarlo. El señor
Collins, de la carnicería, dice que usted hace este tipo
de cosas y de ahí mi petición. Lo he llamado por teléfo-
no esta tarde, sin éxito, y por eso he decidido venir has-
ta aquí. ¿Podría llamarme al número que aparece en la
parte superior de esta hoja? ¿O llamar a la tienda ma-
ñana por la tarde, antes de las cinco? Tal vez podría
pasarse a tomar una taza de té. Le dejo esto por debajo
de la puerta de atrás porque la gente me ha dicho que,
en las granjas, la puerta de atrás de la casa es la que se
destina a las cuestiones de «negocios». Pero, solo por
asegurarme, voy a copiar la nota y se la dejaré también
debajo de la puerta principal.

Y una firma.
En la cabecera de la hoja, impreso en azul:

Hannah Babel, diplomada en Música por el Instituto
de Música de Budapest
Lecciones de piano y flauta con horas concertadas
Harp Road, 5, Hometown. Teléfono: Hometown 0817

Y, efectivamente, debajo de la puerta principal había
otra nota, idéntica con la única excepción de la frase: «¡Su
perro es muy simpático!».

Tom se sentó detrás de la mesa de la cocina con las notas. Las leyó dos veces cada una, abrió una lata de cerveza, encendió un cigarrillo y volvió a leerlas. Fuera, la gran lechuza blanca que se posaba por las noches en la última viga del viejo granero emitió sus tres notas de llamada cada noventa segundos. Tom levantó la cabeza y escuchó. Su tío decía que cuando una lechuza se posaba muy cerca de ti era señal de que llegaba una racha de buena suerte. Recordó que en una ocasión se lo había mencionado a Trudy y que ella le había contestado que su tío estaba equivocado. Que era señal de mala suerte. Todo el mundo lo sabe, había dicho.

5

*A*mericana y corbata? Tom se probó la chaqueta de pana encima de una camisa blanca con corbata azul. Se miró en el espejo del interior de la puerta del armario. La expresión de su propia cara le dejó sorprendido: era como si fuera a un funeral. Forzó una sonrisa; otra, una serie de sonrisas de diversa amplitud, y luego acabó agitando las manos en un gesto de fastidio. ¿Qué demonios? Simplemente iba a visitar a la señora Babel para hablar sobre un trabajo de soldadura. ¿Por qué ir vestido con chaqueta de pana, camisa y corbata y pantalón marrón? Tiró la chaqueta, se arrancó la corbata, se sacó la camisa, dejó los pantalones sobre la cama y volvió a vestirse con su pantalón de trabajo y su camisa verde de sarga. Se golpeó con los nudillos en la parte lateral de la cabeza. ¿Llegaría a tener algún día sentido común? ¿Lo conseguiría?

Decidió ir al pueblo por la carretera secundaria porque el viaje era más largo, cerca de un minuto más. Necesitaba tiempo para pensar. O no tanto para pensar, sino para reprenderse. Se preguntó por qué estaba comportándose como se comportaba. Aquella tal señora Babel —Hannah— tenía un trabajillo para él. No estaba interesada más que en sus habilidades como soldador. No iba a pedirle que la acompañara al cine. Era profesora de música, algunos años mayor que él. Por lo tanto, ¿por qué, Tom? ¿Acaso no era ni capaz de responder a una pregunta tan simple como esa? ¿Por qué? Él no tenía ni idea de música. Beethoven. Nelson Eddy. Beethoven era uno de los grandes favoritos de su tío Frank; le había dejado una veintena o más de discos. Un tipo extranjero con un violín. ¡Y, oh! Ahora caía en la cuenta de que el tipo del violín también era judío. Su tío Frank se lo había comentado al explicarle el nombre.

—Un tipo judío al violín, muchos lo son.

—¿Muchos son qué?

—Músicos. Tocan el violín, el piano.

Era una de las cosas curiosas del tío Frank, era curioso que tuviera todos esos discos. Se recostaba en su sillón junto al tocadiscos y marcaba el ritmo en el aire con aquel dedo artrítico que nunca conseguía enderezar.

—Escucha bien, Tommy. ¿Cómo es posible que un tío haga eso? ¿Eh? ¿Cómo es posible que un tío haga eso con un violín?

Tom no habría podido sentir menos interés si su tío hubiera estado escuchando una grabación de puertas chirriantes.

Hannah estaba en su futura tienda intentando entenderse con el mecanismo de una caja registradora antigua, un modelo antediluviano. Era un día lo bastante cálido como para que llevara un vestido de tirantes de color amarillo estampado con florecitas rojas. El vestido dejaba al descubierto gran parte del pecho y lo había complementado con zapatos negros de tacón, como si gestionar una tienda exigiera más estilo que el que cualquier otra mujer del condado hubiera considerado jamás necesario. Tom pensó de inmediato en lo que el vestido amarillo tremendamente escotado podía hacer por su reputación en Hometown y esbozó una mueca de dolor. Y aquel cabello, una cabeza de rizos voluminosos. El gris solo asomaba de vez en cuando.

—¡Señor Hope! Estoy encantada de verlo aquí. Ayúdeme con esto. Cuando le doy a las teclas..., así, no pasa nada. ¡Nada! A ver si usted lo consigue.

Posándole las manos en los hombros, lo empujó hacia la caja registradora hasta dejarlo colocado frente a las teclas.

—A ver. ¿Me han timado, señor Hope? ¿Qué opina? El hombre de la tienda donde la compré me dijo: «Hasta un niño podría utilizarla». Un griego, en la ciudad, cerca de Victoria Market. Un griego. Temed a los griegos y a los regalos que traen.

—¿Disculpe? —dijo Tom.

—Hágala funcionar, señor Hope. Madame Babel se arrodilla delante de usted, suplicándoselo. Pero es preciosa. Es preciosa, ¿verdad? A mí, al menos, me lo parece.

De pronto, un movimiento por encima de una de las pilas de cajas llamó la atención de Tom. Era un pajarito amarillo que batía las alas sobre la caja de arriba del todo. Cuando Tom vio el pájaro, el pájaro vio a Tom. Y en un movimiento tan veloz que se hizo imposible de seguir, se plantó sobre su hombro.

—¡Caramba! —exclamó Hannah Babel, que rio encantada—. ¡Qué atrevido te has vuelto de repente, David! Señor Hope, ha resultado usted elegido entre miles. Dígale alguna cosa. Sea su amigo.

Tom, ruborizándose y mirando el pájaro, intentó pensar qué decir.

—Hola, coleguilla —pronunció al fin.

El pájaro dio un salto y se posó en la cabeza de Tom.

—¡Oye!

—Relájese —intervino la señora Babel—. No es un águila, señor Hope. No le hará ningún daño. Sílbele. Se llama David.

Tom intentó silbar unas notas de *Mary tenía un corderito.*

—Pruebe en do mayor, señor Hope —dijo la señora Babel—. Trabaje dentro de sus límites.

El pájaro abandonó la cabeza de Tom y aterrizó en el hombro de Hannah Babel. Sus ojos perfectos tenían una mirada cándida.

—David también es de Victoria Market —explicó la señora Babel—. Hará cosa de un mes estuve allí, en Abbotsford Street, para comprar las estanterías. Donde el griego. Pasé por la parte del mercado donde venden pájaros..., ¿sabe a qué me refiero? ¿Donde venden mascotas? Y fue asombroso. Salí con David instalado en mi hombro. ¿No le parece un augurio de lo más propicio, señor Hope? Hacerse amigo de un pájaro.

Tom imaginó que «propicio» querría decir tener buena suerte.

—Está muy bien —dijo.

—Vino conmigo en el coche, todo el viaje posado en el salpicadero. ¿Se lo imagina?

—Está muy bien. En el coche. Muy bien.

Hannah le ofreció un dedo al pájaro y lo devolvió a lo alto de las cajas.

—¿Podría hacerme un trabajo de soldadura? ¿Puedo llamarle Tom?

—Sí. Por favor.

—Y usted llámeme Hannah.

Madame Babel, Hannah, le enseñó a Tom el trabajo que tenía que hacer. El marco de hierro alargado que colgaba en el porche de la tienda tenía una apertura en la que podía colocarse un cartel. Los muchos negocios fracasados que habían pasado por la tienda habían tenido su cartel, que los diversos propietarios, una vez reconocida la amarga derrota, habían ido rescatando del marco para llevárselo. Juicy Collins había informado a Hannah de que el marco que sujetaba los carteles estaba en un estado precario y habría que soldarlo de nuevo a los montantes de hierro que lo mantenían sujeto al techo del porche. Tom sacó una escalera de mano de la parte posterior del coche y se encaramó a ella para inspeccionar los daños. Rascó con la punta de un destornillador los montantes oxidados, examinó los resultados de su investigación, emitió unos cuantos sonidos de preocupación, de esos que emiten siempre los obreros especializados, sea cual sea su oficio, y le dijo a Hannah desde arriba:

—Juicy tiene razón.

—¿Quién? ¿«Juicy»?

—El señor Collins. Bob Collins.

—¡Ah!

Hannah, que estaba situada de cara al oeste, se protegió los ojos del sol de la tarde. Sonreía, como si la evaluación del estado del marco de su cartel le proporcionara un auténtico placer. Lo cual era, a todas luces, imposible. A menos que cualquier cosa le proporcionara placer. Y como Hannah sonreía, Tom sonrió. Durante unos segundos, estuvieron sonriéndose, con esa libertad de la que a veces disfrutamos antes de que exista la intimidad. Entonces Tom cayó en la cuenta de lo que estaba haciendo y recuperó la expresión de obrero preocupado. El entrecejo fruncido, un meneo de cabeza, los ojos entrecerrados en una mirada de intranquilidad.

—Sí, no sé —musitó.

—¿El qué? —preguntó Hannah—. ¿No es posible? ¿Soldarlo?

—Sí, no sé, tal vez —contestó Tom.

Con la punta del destornillador, se rascó la cabeza por encima de la sien derecha.

—Tal vez —repitió.

Bajó de la escalera, manteniendo ese aspecto de preocupación por el problema del marco oxidado. Hannah había conservado la sonrisa. Extendió la mano para retirar una escama de óxido del hombro de la camisa de sarga de Tom, permaneciendo mucho más cerca de él de lo que normalmente se situaría cualquier hombre o cualquier mujer de Hometown. De Melbourne, de Australia en general. Y aquella sonrisa. Acercó entonces la palma de la mano al pecho de Tom, justo encima del corazón.

—¿Un té? —propuso, poniendo énfasis en la palabra—. ¿Una taza de té, Tom Hope? Tengo un té húngaro especial. Té magiar de frutas. Pase.

En el suelo, junto a un enchufe, había una tetera eléctrica; una bolsa de azúcar, dos tazas con sus platillos, una botella de leche, una tetera de porcelana de color rojo, una latita de té, cucharillas. Hannah se agachó en un gesto que conservó en todo momento su elegancia.

—Y bien —dijo—, ¿cuál es su veredicto, Tom Hope? ¿Tiene arreglo el cartel? Cuéntemelo.

Tom se quedó incómodamente entre las cajas, lanzando una mirada al pájaro amarillo de vez en cuando, ansioso por no convertirse de nuevo en su lugar elegido para posarse. Desde niño había sufrido con la sensación de quedar como un tonto. El pájaro lo observaba de forma provocadora, con la cabeza ladeada.

—Sí, tendré que cambiar esos dos montantes —respondió. Hannah, agachada junto a la susurrante tetera, seguía sonriéndole—. El óxido no puede soldarse, señora Babel. Pero lo que sí podría hacer es... ¿Cómo dice?

—Hannah —corrigió Hannah—. Tiene que llamarme Hannah. ¿Entendido?

—Entendido, entendido, Hannah. Lo siento. Lo que estaba diciendo es que puedo cambiar esos dos montantes y ponérselos nuevos, si le parece bien. ¿Le parece bien?

—Sí —contestó Hannah—. Me parece bien, Tom Hope. Muy bien.

Hannah puso una cucharada de hojas de té en la tetera.

—Té húngaro. Es bueno para el cutis. Te deja la piel reluciente. ¿Ha probado alguna vez el té húngaro? ¿El té frutal?

—No, la verdad es que no. No.

—Una amiga me lo envía desde Budapest. Con este tipo de té no solemos utilizar ni azúcar ni leche. Pero debo preguntárselo de todos modos. ¿Lo quiere con leche y azúcar?

—No —dijo Tom, con la profética convicción de que el té que estaban a punto de servirle iba a ser una prueba—. No. Lo tomaré sin.

Con la sensación de que haría bien si seguía hablando para de este modo evitar los complicados comentarios de Hannah, le explicó que aquella era la tienda más antigua del pueblo, que la construyeron hacía ya noventa años, como dejaban constancia las vidrieras policromadas del lateral y de la ventana de encima de la puerta. Y los marcos que dividían las hojas de vidrio en secciones, que eran de cobre. Si Hannah frotaba el verdín con lana de acero, el cobre quedaría reluciente.

—Un poco de lana de acero y quedaría precioso, señora Babel...

—Hannah. Aquí tiene su té. Déjelo enfriar un minuto.

—Hannah, perdón. Quedaría precioso, Hannah. El verdín, ese moho verde. Verdín.

Hannah se puso delante de él con su taza y su platillo. Levantó la taza y la movió un poco a derecha e izquierda.

—Y las tazas también son de Budapest —dijo—. ¿Se ha fijado en el motivo? ¿En las flores y los pájaros? ¿No le parece una delicia?

—Humm... —contestó Tom.

—¿Cuándo podrá ponerse a trabajar?

—¿Cuándo? Bueno. Cuando usted diga.

—Ahora.

—¿Ahora?

El té estaba horroroso. Tom le dio un sorbo, mínimo.

—¿No está bueno? —preguntó Hannah—. ¿No le gusta?

—¡No! ¡No! Está estupendo.

—Lo encuentra espantoso. No pasa nada. Tampoco a mí me gusta. Es solo por el cutis. ¿Así que puede empezar ahora?

Tom regresó a la granja para ir a buscar las herramientas necesarias para soldar, volvió, cortó las tiras de acero para los nuevos montantes, soldó el marco y lo colocó en su lugar. Y con todo eso se hicieron las cinco y media y la luz empezó a languidecer. Hannah le preguntó si podría hacerle también más estanterías para la tienda. Dividido entre su sentido de la supervivencia y el agrado hacia la mujer del continente, respondió diciéndole que le haría las estanterías. Al día siguiente pasaría a tomar medidas. Si las quería de cedro, tenía un montón en el taller.

—De cedro. Estupendo —dijo Hannah—. ¿Así que volverá mañana? ¿Por la mañana? Estaré hasta las tres. Después tengo alumnos.

El pájaro amarillo se había posado sobre el hombro de Hannah. Giraba la cabeza con rapidez hacia un lado y hacia otro, sin apartar los ojos de Tom. De repente, emitió unas notas melodiosas, un sonido que inundó la tienda.

—¡David! Sí, ya lo veo, cariño. Lo veo perfectamente.

Y luego, dirigiéndose a Tom:

—Le gusta usted a David. Acaba de decírmelo.

Tom asintió. Había aceptado que Hannah estaba como un cencerro. Pero eso no impedía que le gustara.

—Una cosa, señora Babel. Hannah, perdón. Una cosa, Hannah. ¿No le preocupa perder dinero? La gente de Hometown no lee libros.

Hannah cerró los ojos y su sonrisa se ensanchó.

Volvió a abrir los ojos.

—Los leerán. Vendrán a ver a Madame Babel. No se preocupe. —Extendió un brazo y acercó la mano a la mejilla de Tom—. Tiene usted una cara atractiva, Tom Hope. ¿Lo sabía?

Pero ¿qué demonios? La cara atractiva de Tom se ruborizó hasta la raíz del pelo. Intentó replicar. Abrió la boca; no salió sonido alguno.

—No es cierto —contestó por fin.

Apartó la mano de Hannah; se la devolvió.

Hannah estaba riendo, suavemente.

—Mañana por la mañana —dijo Hannah—. De cedro.

De vuelta a casa, dentro del coche, Tom exclamó en voz alta:

—¿Estará loca? Tiene que estarlo. «Tiene usted una cara atractiva». ¡Dios mío!

Pero... ¿pero qué? Lo había hecho feliz. Con su manera de moverse continuamente, de dar palmadas, de reír, de tocarle el brazo, de alisarse el vestido amarillo a la altura de las caderas. Hablando con ella se había sentido como un bloque de piedra, pero ella sentía interés por él, le había parecido. Jamás en su vida le habían hecho sentirse tan interesante.

Y otro detalle. Tom no se consideraba una persona observadora, ni astuta. No se daba cuenta de las cosas. Mejor dicho, no se daba cuenta nunca de nada. Pero cuando se imaginaba la cara de la señora Babel —perdón, de Hannah—, como estaba haciendo en aquel momento, sus ojos, sus ojos verdes, le daban a entender que estaba sufriendo.

Una sonrisa enorme, enseñando todos los dientes, con uno de ellos, en un lateral, levemente descolorido; pero estaba sufriendo.

Él había sufrido. ¿De la misma manera? No lo sabía.

6

El tren se había detenido veinte veces o más a lo largo del viaje de tres días, a veces durante horas. Pero ahora era distinto.

La pequeña ventana que se abría en lo alto de una de las paredes del vagón no dejaba entrever ningún tipo de luz. Hannah calculó que era bien pasada la medianoche, pero aún no el amanecer. Al empezar el viaje habían tenido que entregar todos los relojes, de pulsera y de bolsillo. El único reloj del vagón, un despertador con caja negra esmaltada y fondo blanco, pertenecía a una anciana con una dentadura postiza enorme procedente de un pueblo de las afueras de Budapest. Lo sacaba de vez en cuando de su maleta de piel para darle cuerda. Los demás le decían: «Señora, ¿qué hora es?». Y ella levantaba el despertador por encima de su cabeza para que todo el mundo lo viera. Pero no le había dado suficiente cuerda y el reloj se había parado. Hannah intentaba controlar mentalmente el paso del tiempo, pero había habido lapsos de inconsciencia en los que sabía que se había quedado dormida a pesar de seguir siendo consciente de todo. Incluso le había dicho a Leon: «Coge a Michael, estoy dormida». Y Leon había aliviado los brazos de su mujer del peso del niño y ella había seguido de pie, con el peso de su cuerpo soportado por los hombros de los que se apiñaban contra ella.

Los puntos de destino tienen su propia manera de anunciarse. Hannah y los demás adultos del vagón, la mayoría excepto los niños que algunos tenían a su cuidado, intuyeron en el silencio reinante que el tren no los llevaría más lejos. En otras paradas habían pasado cinco minutos sin oír nada, pero luego siempre se había producido un sonido chirriante seguido por una sacudida brusca, y la gran masa de hierro del tren había acabado deteniéndose, a regañadientes. Y podías oír una voz y una respuesta. El tren empezaba entonces a moverse de nuevo, más lento que si fueras andando, para ir ganando velocidad gradualmente y escucharse otra vez, a intervalos regulares, aquel ruido sordo de las ruedas al golpear las traviesas que anunciaba la continuación del viaje. Disfrutabas de unos pocos minutos de alivio al pensar que no habías llegado aún, seguidos por el terror de saber que la meta estaba todavía por delante. El primer día de viaje, Hannah se había dirigido a un hombre que tenía una panadería en su barrio de Budapest y le había preguntado en un susurro:

—¿Qué pasará?

Jacob Cahn, el panadero, había enarcado las cejas y las comisuras de su boca habían descendido.

—Nos matarán —respondió.

Durante una hora más, según el cálculo de Hannah, nada. Le dolían tanto los brazos que pensaba que acabaría tirando a Michael al suelo, sin disculpas. Pero sabía que podía aguantar una hora más de tener que hacerlo; o más, dos, tres horas. Leon le dijo en voz baja:

—Deja que lo coja yo.

Y Hannah negó con la cabeza.

La mano de su hijo le tocó la cara. El niño dijo: «Mamá». Ella le hizo callar.

En un vagón con noventa seres humanos, Hannah conocía quizá a quince, a algunos de la sinagoga de la calle Dohány, a otros, como Jacob Cahn, como resultado del contacto diario. Todos eran judíos, pero ¿hasta qué punto significaba aquello algo? Hacinados de aquel modo, después del primer día viendo a los demás haciendo sus necesidades en cubos, escuchándose unos a otros llorar de puro agotamiento, no había aún una intimidad que fuera más allá de un sentimiento compartido de injusticia. Hannah percibía la renuencia de su corazón a aceptar al conjunto de los ocupantes de aquel vagón como un fracaso. Le habría gustado ser una judía que se regocijara en el vínculo de la fe.

Pero lo que hizo fue pensar: «Si morimos, lo que quiero es abrazar a Michael, el resto no me importa». ¿Y Leon? Sí, le importaría Leon cuando fuera a morir, pero Michael estaba por encima de todo. Y le importaría también Jacob Cahn, que había flirteado con ella de un modo muy inteligente en la panadería, hablándole en el inglés que dominaba por haber pasado veinte años en Londres, en Spitalfields. «Radiante doncella, ¿en qué puedo servirla?».

Besó la coronilla de su hijo: un error. Porque el niño se había sumido en un estado de adormilamiento que le aliviaba el hambre, pero la presión de los labios de su madre, quizá más intensa de lo que pretendía, lo había despertado con un rugido. Le dijo que se callara, primero en húngaro y luego en inglés. Estaba enseñándole inglés y, por algún motivo que Hannah desconocía, el niño mostraba más inclinación por dejarse enseñar en ese idioma. Los demás niños del vagón, inspirados por la rebelión de Michael, subieron la voz en solidaridad.

—Pásamelo —dijo Leon.

Hannah le permitió coger al niño, pero enseguida lo recuperó. No quería estar peleándose por tener a su hijo cuando abrieran la puerta.

Y se abrió la puerta, una puerta corredera que chocó contra el marco con gran fuerza. Empezaron a oírse ladridos de perros, como si estuviesen en un corral, como si hubieran olido a un zorro entre las gallinas. Los haces de luz de las linternas recorrieron las caras de los que estaban acurrucados en el vagón. El resplandor permitió a Hannah vislumbrar las formas de los perros que luchaban contra las correas que los sujetaban. Oyó órdenes proferidas a gritos, no de una sola voz sino de varias. El alemán era uno de los idiomas que Hannah dominaba y entendió perfectamente las órdenes: «¡Bajad a tierra! ¡Bajad de una puñetera vez a tierra!». Pero los que no sabían alemán también comprendieron qué decían. Había tanto alboroto a sus espaldas que Hannah tuvo que sujetarse a la chaqueta de Leon para mantenerse en pie. Bajó a tierra con Michael en brazos y de pronto se vio empujada hacia un grupo formado por otras personas que viajaban en el vagón. Les arrancaron de las manos maletas y bolsas para acumularlas todas en una pila. Vio que estaban vaciando una veintena de vagones más al mismo tiempo, mil ochocientos hombres, mujeres y niños.

Era mayo de 1944. Pronto amanecería. Hannah calculó que serían las cinco de la madrugada. Tenía una necesidad enorme de ver dónde estaba. De vez en cuando, el haz de luz de una linterna se movía hacia el extremo del tren donde estaba la locomotora y podía ver las vías extendiéndose más allá, completamente rectas. Empujada por la melé, buscó la mano de Leon una y otra vez, sin llegar nunca a encontrarla. Acababan de dar la orden de que los hombres y los niños varones mayores formaran un grupo aparte. A modo de demostración, los soldados —eran de las SS— fueron cogiendo algunos hombres y empujándolos hacia el grupo que se estaba formando. Los perros, alterados, se levantaban sobre las patas traseras sin soltarse de las correas.

—¡Leon! ¡Esposo!

Vio de refilón su cara, poco más de un segundo, cuando los haces de las linternas se movieron. Su expresión era de impotencia; sin el más mínimo atisbo de desafío.

Michael, con una insistencia exasperante, estaba intentando que su madre volviera la cara hacia él.

—No me gustan los perros.

Hannah, que seguía intentando ver a Leon, miró por fin a su hijo.

—¡Calla!

Y entonces, claro está, el niño rompió a llorar.

Hannah le gritó en alemán al oficial de las SS que le quedaba más cerca:

—*Ist das Auschwitz?*

Su voz destacó por encima del estruendo de voces suplicantes. El oficial la miró fijamente con burlona curiosidad.

—*Ist das Auschwitz? Ja, das ist Auschwitz. So können Sie Deutsch?*

—*Herr, ja, ich spreche Deutsch, ja.*

—*Ja?*

—*Herr, ja.*

—*Sie sind Ungarisch, nicht wahr?*

Sí, era húngara.

El oficial le hizo un gesto y le ordenó que lo siguiera. Se detuvo para dejarla a cierta distancia de otro oficial de las SS, al parecer de mayor grado, que estaba dividiendo a los recién llegados en dos filas. Una de las filas iba incorporando más miembros que la otra. Los hombres eran enviados a una tercera fila, más alejada. El oficial ordenó a Hannah que se quedara donde estaba y se marchó. Con la tenue luz, Hannah consiguió identificar los perfiles de unos edificios a lo lejos.

Auschwitz. Una de las tareas del grupo de seguimiento de Leon en Budapest había sido convencer al Ministerio de Asuntos Exteriores soviético de que se estaba reteniendo a un número enorme de judíos en Auschwitz y en docenas de otros campos. Los rusos habían aceptado la veracidad de las afirmaciones y habían expresado su más sincero pesar. Pero por desgracia no podían hacer nada al respecto.

Hannah no sabía si su hijo y ella podrían eludir la muerte. Era imposible decir qué tendría que hacer para mantener primero a Michael con vida, y luego a sí misma. Pero sí sabía que no podía desobedecer la orden del oficial de las SS de quedarse allí quieta con Michael; eso, al menos, lo sabía.

No podía comprender del todo lo que estaba sucediendo en aquel momento justo delante de ella, pero le dio la impresión de que la distinción entre las dos filas de mujeres era que a una iban a parar las que tenían niños pequeños a su cargo y las más mayores, las abuelas. La otra fila, la más próxima a ella, estaba integrada por mujeres más jóvenes y madres con hijas de diez años o más. La luz —que no podía calificarse todavía de amanecer— era la suficiente como para ver lo que estaba pasando, una masa perpleja de humanidad acatando órdenes de soldados que intervenían para empujar a la gente en una u otra dirección, gritando sin cesar, como megáfonos humanos.

El oficial de las SS de mayor grado permanecía en medio del griterío y los empellones sintiéndose muy satisfecho de sí mismo, o al menos esa era la impresión que transmitía. Era alto, atractivo, decidido a exhibir su dentadura perfecta y resplandeciente. Su gesto de asignación consistía en un breve movimiento de la mano enguantada: «Tú aquí, tú allí». Los soldados lo miraban constantemente para ver qué fila les indicaba y todo lo que hacían, todo lo que decían, era impaciente, insultante, sucinto y autoritario.

—*Bewegen Sie, Sie, Arschloch!*

—*Sind Sie verdammt taub?*

Hannah tuvo que taparse la boca con la mano para reprimir unas palabras de protesta cuando vio que los soldados de las SS empujaban con violencia a la gente que no alcanzaba a comprenderlos. Se dijo: «Óyeme bien, mantén la boca cerrada».

Aquello continuó durante una hora o más. El oficial de mayor graduación no perdió en ningún momento la compostura. Era como si estuviera en escena, disfrutando del papel que estaba representando. Un par de veces soltó una carcajada, breve y femenina, pero incluso riendo mantuvo su precisa rutina: «Tú aquí, tú allí».

Nadie en el grupo de seguimiento de Leon en Budapest podía garantizar que los judíos que enviaban a los campos acabaran asesinados. El grupo había entrevistado a dos judíos de Bohemia de algo más de veinte años que aseguraban haber escapado de Auschwitz y haber conseguido llegar hasta Budapest. Decían que en el campamento fusilaban a los judíos y los enterraban; también a prisioneros de guerra rusos, polacos y demás. Pero su relato estaba lleno de puntos oscuros, de distintas versiones sobre cómo habían conseguido escapar y sobre el número de judíos que había en el campamento; uno decía que decenas de miles, el otro decía que como mucho un millar. Además, los dos estaban claramente locos. Su testimonio no fue tenido en cuenta.

Pero así y todo se dio por hecho que estaba en marcha un programa de exterminio. En toda Europa habían muerto asesinados grandes cantidades de judíos, en sus ciudades y pueblos natales, delante de muchos testigos, algunos de ellos con cámaras. Si los lituanos estaban asesinando a judíos en lugares públicos, los polacos aporreando a judíos en las plazas de los pueblos, los ucranianos, los rumanos, los alemanes en cualquier ciudad, debía de ser cierto que las SS estaban matando judíos en los campos.

Leon, siempre escrupuloso en todo lo referente a las pruebas, dijo: «Probablemente». Pero no insistió ante sus amigos rusos sobre la posibilidad de que campamentos como Auschwitz se hubieran construido para asesinar.

Hannah, con su hijo adormilado a sus pies, sabía que tenía que renunciar a cualquier duda que pudiera tener. Pensaba que las mujeres con hijos pequeños estaban destinadas a algún campo de exterminio y que se les permitía quedarse de momento con los niños para evitar ataques de histeria. Las mujeres con hijos más mayores tal vez serían enviadas a trabajar a algún lado, quizá en el campamento, quizá en otra parte. Lo entendía así. Pero era mejor creer que estaba equivocada. ¿Y por qué estaba ella allí, apartada de todos los demás y con Michael? Porque hablaba alemán. Seguro. ¿Se salvarían ella y su hijo gracias a eso? Hablaría alemán ininterrumpidamente durante todo un año si era necesario. Se humillaría mientras recitaba a Goethe. Leon le había dicho al oído en el tren: «Si vamos a morir, no supliques». Le habría gustado darle un bofetón en la cara, morderlo. ¿Que no suplicara? Por supuesto que suplicaría.

Un soldado se acercó a ella con expresión enojada y dando grandes zancadas. Cuando estuvo lo bastante cerca como para pegarle si así lo decidía, el hombre gritó:

—*Was machst du denn hier, du Fotze?*

«¿Qué haces tú aquí, zorra?».

Hannah le respondió rápidamente explicándole que su colega le había ordenado que se quedara allí donde estaba.

El oficial responsable había visto el intercambio. Y gritó con una voz musical que se elevó por encima de todo el ruido:

—*Lass sie zu sein, Trotell!*

El soldado, escarmentado, se giró hacia el oficial, ejecutó un rápido saludo y se marchó corriendo. El oficial llamó a un subordinado para que ocupara su lugar y avanzó directamente hacia Hannah. Mientras se acercaba, Hannah pensó: «Cuánta vanidad». Porque era lo que transmitía con mayor evidencia. El hombre se plantó delante de ella, no excesivamente cerca, esbozando una sonrisa. Era mucho más alto que ella. El pequeño espacio que separaba sus incisivos le daba un aspecto aniñado incongruente.

—*Ich bin darüber informiert, gnädige Frau, dass Sie Deutsch sprechen.*

Sí, dijo ella, hablaba alemán; y habló un poco para demostrarle lo bien que lo dominaba. Había aprendido alemán con su profesor de flauta, que había vivido en Berlín durante una década y hablaba una versión inflexiva del idioma característica de Weimar en la que cada frase llevaba incorporada una carga de leve ironía.

El oficial no se quedó tan impresionado como cabía esperar. Asintió sin énfasis y luego se agachó para estudiar con más atención a Michael. Cogió la cara del niño entre sus dos manos cubiertas con guantes blancos y lo miró a los ojos, que eran verdes y brillantes como los de Hannah. Luego se incorporó y cogió la cara de Hannah igual que acababa de hacer con la del niño. Realizó un comentario en un cantarín alemán de Baviera.

—*Ja, das interessiert mich, ich muss sagen...*

Le preguntó a Hannah si era húngara, si era de Budapest, si sus padres eran también de Budapest. Raro, ciertamente, aunque también fascinante, dijo.

Hannah deseaba preguntarle por qué era raro y a la vez fascinante, pero no se atrevió.

—*Gut, hier bleiben* —«Quédate aquí», añadió el oficial entonces de forma abrupta, y regresó a su puesto, a dirigir a los judíos del tren hacia un lado y hacia el otro.

Hannah dejó que Michael se sentara a sus pies. Estaba ya tan cansado que ni se quejaba, tan cansado que ya ni pensaba en que tenía hambre y sed. Descansó la cabeza contra la pierna de Hannah y no dijo nada más.

Cerca de donde estaban, unos hombres habían comenzado a levantar una nueva valla: clavaban los postes de metal galvanizado en los agujeros cavados previamente a pico y pala. No llevaban uniforme, sino un mono de trabajo o pantalones de sarga holgados. No prestaban atención alguna a los recién llegados, ni a los gritos ni a las palabrotas. Tres de ellos estaban fumando, con el pitillo atrapado entre los labios mientras sacaban paladas de barro amarillento. Podrían estar perfectamente en cualquier parte. Dos rollos de malla metálica y dos de alambrada aguardaban en el suelo a ser desplegados entre los postes.

Hannah se despertó.

No entendía que pudiera haberse quedado inconsciente estando de pie, pero en un segundo se dio cuenta de que se había sumido en un estado distinto entre la visión de aquellos trabajadores y el momento actual. Vio de pronto que Michael no estaba a sus pies y el pánico la inundó al momento, como un torrente.

Corrió hacia los prisioneros, se detuvo en seco, buscó a su hijo entre la melé. Uno de los oficiales de las SS cargó contra ella, le golpeó la cabeza con la mano abierta, la agarró por la hombrera del abrigo. Consiguió escapar de sus manos y echó a correr hacia los trabajadores. Les preguntó si habían visto a Michael, un niño, de tres años, con chaqueta gris y pantalón gris. Se quedaron mirándola con una expresión impasible que no le comunicó nada.

—*Bitte, ein kleiner Junge im grauen Hosen! Bitte!*

Un oficial la agarró por el pelo y tiró de ella hacia los demás prisioneros. Cuando Hannah opuso resistencia, el hombre tiró con más fuerza.

7

La madera de cedro que Tom Hope guardaba en su taller había sido en su día las vigas, el suelo y los arquitrabes de la antigua casa de Tony Croft, a orillas del río. Una inundación primaveral a finales de los cincuenta había elevado el río por encima del nivel de Salt's Flat y había arrancado la casa de sus cimientos. En vez de repararla, Tony y Leanne decidieron construirla de nuevo en ladrillo en la ladera, unos cincuenta metros más arriba, y vender por cuatro cuartos los restos de la vieja casa. Tom Hope, que llevaba por aquel entonces dos años en la granja, la había adquirido con la idea de pulir la madera y venderla. El duro trabajo de gestionar la granja solo y luego la catástrofe de Trudy se habían interpuesto en su proyecto, pero el cedro era de altísima calidad y estaba marcado al fuego, en la cara no vista de cada plancha, con el identificativo de un aserradero especializado de la meseta de Atherton. Las estanterías de la tienda de Hannah Babel serían un destino perfecto para aprovechar aquella madera.

Hannah ya había comprado diez estanterías desiguales, pero había aceptado la sugerencia de Tom de prescindir de todas ellas con la excepción de las librerías con puertas de cristal decorado con rombos.

—Estanterías de cedro en las tres paredes, hasta el techo —dijo Tom—, y luego una fila en el centro. Puedo instalar un riel de latón por el que se deslice una escalera corrediza para de este modo acceder a los estantes más altos. A lo mejor se podría dejar arriba los libros que nadie quiere.

—¿Nadie? —replicó Hannah—. Tom Hope, todo libro tiene siempre alguien que lo ame.

—¿En serio?

—¿Cree de verdad que alguien puede pasarse dos años, tres años, incluso diez años escribiendo un libro y que luego nadie lo ame? Está bien, me encaramaré a esa escalera. Adelante con las estanterías.

Tom desatornilló la sierra de mesa y la fresadora que tenía aseguradas en el suelo del taller de la granja y las instaló en la trastienda de la librería. Cogió también otras herramientas y botes y cajas con tornillos, tirafondos, tornillos autorroscantes y robustos tornillos de latón con cabeza de estrella. Necesitaba un banco de trabajo; lo montó con madera de eucalipto rojo y gris de la granja y lo atornilló al suelo de madera de la tienda. Se levantaba a las cuatro de la mañana para quitarse de encima el ordeño de las vacas, controlar las ovejas y luego empezaba a trabajar en la tienda a las ocho, antes incluso de que llegara Hannah. Decidió llevarse consigo a Beau, para cambiarlo un poco de ambiente, y el perro permanecía sentado entre las virutas rizadas de cedro con una expresión fija de gratitud, la lengua colgando y meneando el rabo.

Cuando llegaba Hannah, la cara de Tom era un campo de serrín atravesado por suaves valles excavados por el sudor. Hannah adquirió la costumbre de saludarlo con un beso en la polvorienta mejilla, algo tan extraño para Tom que se ponía tenso en cuanto veía aparecer a su jefa. Pero, sin poder evitarlo, aquel instante de contacto de labios y piel empezó a convertirse rápidamente en algo para lo que vivir. Se decía: «Recuerda que está loca». Pero se había enamorado de Hannah, estaba colado por ella, y estaba dispuesto a soportar cualquier cosa.

Más adelante, cuando ya llevaba siete días trabajando, Hannah decidió que le apetecía más besar a Tom en la boca.

Le preparaba té de verdad, Bushells, y a la hora de comer le traía bocadillos hechos con un pan denso y oscuro que Tom no había visto jamás y que aborrecía. Salami húngaro y queso Jarlsberg, encurtidos en mostaza, tomate y col fritos en aceite de oliva. Cuando comió el primero de esos bocadillos pensó que lo mataría, pero insistió.

Hannah lo observaba mientras comía.

—¿Está rico? —decía.

Y Tom respondía:

—¡Mmm!

Hannah llevaba un vestido distinto cada día; zapatos también distintos, no siempre tacones. Y era como si tuviera un cofre lleno a rebosar de broches y collares, pulseras y brazaletes de oro y plata y accesorios de esmalte. Llegaba siempre al trabajo acicalada como una reina. A veces llevaba su cabellera rizada recogida en un moño voluminoso en lo alto de la cabeza, sujeto con pasadores de plástico de colores. Y como el tiempo iba refrescando con la proximidad del invierno, a veces llevaba faldas plisadas de lana y un jersey finito con un pañuelo de cuello estampado.

No había otra mujer en Hometown que estuviera a su altura en cuanto al cuidado de su aspecto y Tom sabía que, como resultado de ello, era despreciada por las demás mujeres por ser tan sofisticada cuando un atuendo más sencillo le habría servido también.

Pero no por todas. Bev Cartwright solía entrar en la tienda para saludar a Tom, y, si Hannah estaba, la observaba y admiraba su atuendo, su cara y su buen tipo.

—Siento vergüenza —decía Bev—. Yo aquí con mi delantal.

La conversación solía conducirla Hannah. En parte porque Tom había decidido no aburrirla, como había aburrido a Trudy. Y en parte porque Hannah había aceptado la experiencia de Tom a la hora de determinar la arquitectura de la tienda y poco más podía hacer que hablar hasta que llegara el momento de desembalar los libros y llenar las estanterías. Se quedaba por allí viéndolo trabajar, con la espalda apoyada en cualquier cosa, las manos unidas delante de ella, los pies cruzados. Parecía no caber en sí de admiración. «Y esos agujeros, Tom, ¿para poder cambiar la altura de las estanterías? ¡Qué inteligente! Eso que está utilizando... ¿cómo se llama? ¿Nivel? ¿Utiliza el nivel para comprobar que todas las estanterías queden rectas? ¡Qué minucioso es, Tom!».

Tom sabía que Hannah le regalaba elogios para compensar su incapacidad de contribuir con un martillo y un destornillador, con la sierra de mesa y la fresadora. Y sabía que los elogios tenían algo de adulador. Pero Hannah era tan franca en su manera de actuar que Tom no podía evitar sonreír.

—Todo esto es muy fácil, Hannah —le decía—. No es magia.

Y cuando no admiraba la carpintería de Tom, charlaba sobre cualquier cosa. A menudo sobre política. Seguía todos los temas —legislación, escándalos, desgracias— y era la primera persona que Tom conocía que se lo tomaba todo en serio. Cuando en el sindicato de los tranvías se hablaba de política, era solo sobre los abusos a las tribus nativas o para encomiar a Red Clarrie O'Shea, el secretario sindical.

—Ese tipo, Henry Bolte, que se parece a Jruschov, ¿quién crees que va a votarlo, Tom? ¿Quién? Parece un matón. ¿Es que no lo ven? ¿Sabes lo que leí en el periódico? Que tiene una granja y la carretera está asfaltada solo hasta su verja de entrada, después es de tierra. Solo hasta su verja. ¿A quién votarás tú, Tom? Si tu voto es para ese tal Henry Bolte, tendré que prescindir de ti.

Tom, que no estaba seguro de si Hannah estaba hablando en broma, pero que se alegraba de poder responder tal y como iba a hacerlo, dijo:

—A los laboristas, como mi tío Frank.

Y de libros, hablaba mucho de libros. De Solzhenitsyn. Tom sufrió con elegancia un relato de *El primer círculo,* recién publicado; Hannah lo terminó en tres días. Y entonces empezó otro libro, este escrito por «vuestro Thomas Keneally».

—No puedo decir que haya oído hablar de él —comentó Tom.

—Estudió para ser cura, ¿lo sabías? Qué locura.

Se quedó mirándolo mientras biselaba la parte frontal de las estanterías de cedro con un cepillo de carpintero después de asegurar la madera en el banco de trabajo con dos tornos.

—Voy a elegirte un libro. Una novela, para que la leas.

—¿Un libro? Pues vale —contestó Tom, manteniendo su alegría, tal y como había aprendido a hacer cuando comía los bocadillos de Hannah.

—Ya lo he elegido —dijo Hannah.

—Estupendo.

—¿Te gustaría conocer el nombre del autor?

Hannah, cuyos planes de convertir a Tom en un lector estaban al parecer muy avanzados, sacó de detrás de su espalda una edición de Everyman con cubiertas de color verde.

—Charles Dickens —señaló—. ¿Has oído hablar del señor Charles Dickens?

Tom dejó el cepillo sobre el banco y frunció el entrecejo del esfuerzo de hacer memoria.

—Creo que lo tengo, Hannah. Sí, lo tengo. Charles Dickens. Mi tío Frank era un buen lector. Me leyó alguna cosa de Charles Dickens. Un par de páginas. Yo tendría... ¿once? ¿Doce? ¿Escribió un libro sobre la Navidad? ¿Charles Dickens? ¿Sobre la Navidad?

—Así es —respondió Hannah. Estaba encantada—. *Canción de Navidad*. Sí, lo escribió él, Tom.

Tom asintió, satisfecho por haber oído hablar de Charles Dickens, satisfecho por haber satisfecho a Hannah. Estaba radiante.

Hannah le mostró el lomo del libro para que lo leyera.

—Grandes..., grandes esperas. ¡Esperanzas! *Grandes esperanzas.* Caray. ¿De qué va?

—De vivir —dijo Hannah—. De ser un ser humano con esperanzas y miedos. Tom, tienes un gran regalo aguardándote. Te lo digo muy sinceramente. Es un gran regalo.

—Tienes razón. Lo empezaré enseguida. *Grandes esperanzas.* Caray.

Y siguió biselando.

Hannah lo interrumpió posándole una mano en el hombro, acariciándole la musculatura. Dejó el libro en el banco de trabajo, entre las virutas. Se colocó contra él, su cuerpo adaptándose al contorno de su espalda, las manos cruzadas sobre su corazón.

—Te adoro —dijo.

Llevaban cinco días siendo amantes.

Todo empezó así, sin más, en Harp Road, cuando Tom estaba rascando con la navaja la pintura azul de la barandilla del porche de atrás que estaba descascarillada. No tendría por qué haberse preocupado de la pintura de una casa alquilada. Pero era su costumbre. Veía algo y lo arreglaba.

Ya no llevaba el anillo de casado, Hannah se había percatado de ello; hacía ya una semana que no lo llevaba. Su mano izquierda, liberada del anillo, descansaba desocupada sobre la barandilla. Hannah extendió el brazo para cerrar la mano sobre la de él. Tom, durante un minuto, menos, no mostró indicios de haber percibido lo que Hannah acababa de hacer, acababa de declarar, pero finalmente dejó de rascar con la navaja y se quedó inmóvil.

—Ven conmigo —dijo Hannah.

Ella lo desnudó en el dormitorio, arrodillándose en primer lugar para quitarle las botas mientras él mantenía el equilibrio sujetándose en la cómoda alta. Se incorporó a continuación para desabotonar la camisa de sarga, quedando la parte superior de su cabeza a la altura de la barbilla de él. Le desabrochó el cinturón, liberó la parte de la camisa que quedaba en el interior. Siguió con los botones de la bragueta, le bajó los pantalones de algodón, retiró los calcetines y los calzoncillos ceñidos y lo dejó en camiseta.

—¿Es nueva la camiseta?

Tom intentó articular una respuesta, pero una oclusión en la garganta lo obligó a conformarse con un leve gesto de asentimiento.

—¿Querías impresionarme? —dijo, con una sonrisa en la voz—. Quítatela.

El pecho de él, su escaso vello rubio, la simetría de sus pezones, tiró de ella con fuerza mientras Hannah exploraba con mirada codiciosa su cara y su boca. Y entonces llegó la sorpresa, puesto que Hannah —que esperaba liderar la acción de principio a fin— se vio superada por la iniciativa de Tom, por su avidez al desnudarla, al recorrer sus formas, que pertenecía a un hombre más empático, a un hombre que nunca había conocido. Le habría gustado decir: «¿De dónde sale esto?», y también: «No pares».

Encima de ella, llenándola, sonriéndole, le susurró palabras tiernas, le besó la cara.

—No me hagas llegar demasiado pronto —dijo ella—. No quiero llegar demasiado pronto.

Pero llegó. Y se entregó entonces a un balbuceo jadeante que Tom no estaba capacitado para entender. ¿Húngaro? Y también a las lágrimas, un torrente continuo.

Hannah consiguió liberarse del abrazo de él y cogió un pañuelo de papel de una caja que tenía en la mesilla, se secó los ojos, la nariz.

—¿Lo ves? Me has excitado demasiado. ¿Lo sabías?

—Yo me lo estaba tomando con calma, Han.

—Sí, sí. Soy yo. Pero, Tom, ¿tú no has llegado? Quiero que llegues. ¿Pasa algo malo?

—Cuando tú estés preparada para ello —dijo Tom.

—Estoy preparada. Preparada, preparadísima.

Se montó a horcajadas sobre él, se inclinó y lo besó.

—Esto es lo más dulce, Tom, lo más dulce que me ha pasado en la vida, te lo prometo, Tom.

Hannah había dejado música sonando en la radio, cuartetos de cuerda.

—¿Te gusta esta música? —dijo, recorriendo las facciones de la cara de él con la punta de los dedos.

—Es un poco triste —contestó Tom.

—Un poco triste. Pero tú no. Tú no eres triste. Tom el sonriente. ¿Por qué sonríes?

—Por lo bueno que es esto, Han.

Hannah respiró hondo, gritó, se derrumbó sobre el pecho de Tom y volvieron el balbuceo y las lágrimas. Y después... más. Tomaron más, tuvieron más, quisieron más, con la piel resbaladiza por el sudor, monstruos en su necesidad de llegar más lejos.

—Si me dejas te mato —dijo Hannah—. No, nunca haría eso. Pero debería.

Lo dijo mientras se movía encima de él con una expresión demasiado tierna para sus amenazas.

Un hombre con tierras que atender metido en la cama en pleno día estaba pecando. Pero a Tom le sorprendió lo poco que le preocupaba el tema. Beau impediría que las ovejas hicieran lo peor que se les pudiera ocurrir y había dejado a las vacas ordeñadas por la mañana. Era como si de repente hubiera cobrado consciencia de un elemento de la naturaleza que se le había mantenido oculto durante toda la vida; un segundo sol, una cordillera de montañas que dejaba pequeñas a las colinas que tan bien conocía.

—Tom, para mí eres maravilloso, te lo prometo.

Lo que Tom pensaba era que Hannah le amaba y que por ese motivo era capaz de decir cualquier cosa. Pero sonrió. Estando en la cama con Trudy jamás había sonreído. Se abría ante él un misterio, cálido y feliz. Esto era, pues, «hacer el amor».

Huevos revueltos, tostadas y café en la cocina a la una de la tarde, con la luz del sol bañando la mesa, ablandando la mantequilla que reposaba en un platillo de cristal. Hannah había cubierto los hombros de Tom con su bata roja de seda, demasiado cuerpo para tapar, como un regalo envuelto en un papel que ha quedado corto. Hablaban con frases de una o dos palabras.

—¿Bien?

—Bien.

—¿Más?

—No, gracias.

—¿Seguro?

—Seguro.

—Quédate, por favor.

—Sí.

Regresaron a la habitación, el sexo aumentó de intensidad y los llevó de un lado a otro de la cama, al suelo, al salón donde, desde la ventana, dos petirrojos a los que Hannah solía dar de comer los observaron con curiosidad.

Las vacas, las Ayrshires, las eternas vacas. Tom se vistió sin ducharse, le dio un beso a Hannah y le prometió que volvería. Pisó el acelerador al llegar a la carretera con cuarenta minutos de retraso, pero tuvo que pararse para sacar a la anciana Sally Morse de la cuneta donde había ido a parar por enésima vez por querer evitar la curva de Moon Hill.

Las vacas estaban quejándose en la puerta de la vaquería; Beau caminaba trazando círculos y con una expresión recriminatoria. Terminadas las labores de ordeño —seguro de que las vacas habían intuido su animadversión—, Tom le dio de comer a Beau, cogió media docena de costillas de la nevera y volvió corriendo a Harp Road.

Hannah estaba dando clases de dueto de piano a dos alumnas, las gemelas Hilary, Denise y Delilah: *Alouette, Guillermo Tell*. Las chicas estaban distraídas porque Tom estaba en la cocina asando las costillas e hirviendo coliflor, zanahoria y patatas. Conocían bien a Tom y no lo identificaban precisamente con un hombre que tuviera que estar ocupado en la cocina de su profesora de piano. Eran lo bastante mayores como para imaginar cuestiones de sexo..., pero ¿Tom? ¿La señora Babel? Misterioso, fascinante; repugnante también.

Durmió en Harp Road, en casa de Hannah, tres noches seguidas. El dormitorio lo asustaba un poco. En las paredes tenía colgadas telas que parecían alfombras, con colores vivos y motivos estampados. ¿En las paredes? ¿Hacía eso la gente? Y cuadros, uno de Hannah desnuda que le sorprendió. («Mi marido, que murió. Me pintó tal vez cincuenta veces. Dos maridos, Tom, los dos muertos»). La tercera noche, Hannah se levantó de la cama para colocarse debajo del cuadro y posar igual que como estaba allí representada. El juego en la alcoba lo tenía perplejo. Aparte de Trudy, Tom solo se había acostado con otra mujer —un episodio de consuelo mutuo con una de las desechadas por Juicy— y había sido, por ambas partes, más por despecho que con inspiración.

Dos maridos, los dos muertos. Tom, en la cama en el momento en el que se formulan las preguntas, preguntas que había acumulado (con la cabeza pegada a la de Hannah sobre una almohada mullida del doble de tamaño a lo que estaba acostumbrado), se dejó acariciar la cara en silencio. Pero acabó haciendo la pregunta.

—Uno murió en la cámara de gas —dijo Hannah—. Al otro le dispararon.

—¿La cámara de gas?

—En Auschwitz, Tom. En Auschwitz.

La habitación estaba iluminada por una lámpara con una pantalla de tela fina de color crema que había en una esquina. Tom tenía la pierna cruzada sobre el vientre de Hannah. Notó que los músculos de su abdomen se tensaban y vio esa misma tensión reflejada en su rostro. Mejor no preguntarle nada más sobre sus dos maridos fallecidos. Pero ¿una cámara de gas?

—¿Auschwitz? —repitió.

—¿No has oído hablar de Auschwitz? ¿Para qué, de todos modos? Era un lugar espantoso, Tom.

—¿Durante la guerra?

—Sí, mi amor. Durante la guerra.

Algo angustiada, dio la impresión, Hannah cerró el tema de Auschwitz, apartó la pierna de Tom y se colocó sobre él.

—¿Sabes qué tenemos que hacer? —dijo Hannah, recuperando la sonrisa—. ¿Lo sabes?

—No. Cuéntamelo.

Estudió la cara de Tom, le apartó el pelo de la frente. Pero por el momento no dijo lo que tenía pensado decir.

—Con esta luz —comentó en cambio—, se te ve el pelo muy claro. Rubio. ¿Lo sabías?

—De pequeño era rubio.

—De pequeño. Hace muchos, muchísimos años.

—Pues hace ya un tiempo. Ya he superado los treinta, Hannah.

—Lo sé, querido mío. Sé exactamente los años que tienes. Lo sé todo sobre ti. Todo lo importante.

Se puso de costado, la cara pegada a la de Tom.

—Dios mío, no te mueras. Tres veces, no podría soportarlo, Tom Hope.

—No pienso morirme, Hannah. Nadie va a dispararme.

Durante unos instantes dio la impresión de que Hannah iba a romper a llorar. Pero entonces dijo:

—Nadie va a dispararte, Tom Hope. Vuelve dentro de mí, otra vez. Hazme feliz.

La cuarta, la quinta y ahora la sexta noche, Tom tuvo que marcharse a las diez. No quería, pero los perros descarriados de la ciudad habían empezado a acosar a las ovejas. En una semana había perdido ocho ovejas; las había encontrado con el vientre abierto, los perros se volvían locos con la sangre. Cuando los perros se vuelven malos, abandonan cualquier estructura de futuro; tener la boca llena de sangre es lo único que les importa. Alan Henty había conseguido reducir a tres la manada de cinco perros que llevaba quince días matando ovejas. Habían empezado con los rebaños de Alan, que había reconocido a dos de ellos —un labrador sarnoso mezclado con pastor escocés y un chucho con una sola oreja que tenía un poco de todo—, pero no había podido dispararles limpiamente. Había ido luego a visitar a los propietarios, les había hecho sacar a los perros y les había mostrado la sangre seca que ensuciaba su hocico, la culpabilidad escrita con claridad en sus caras peludas. Le habían dado permiso a Henty para disparar contra ellos, aunque incluso en el caso de que los propietarios hubiesen protestado, habría atado a los perros y les habría disparado igualmente. En un pueblo que vivía de los rebaños de ovejas, la aplicación de la justicia se imponía por encima de las demás cosas.

Esta vez Tom iba acompañado por Bobby Hearst y acamparon en una elevación a contraviento del prado situado más al norte. Beau se quedó en casa. De haberlo visto la manada, habrían cargado contra él y lo habrían hecho pedazos. Bobby era conocido como el francotirador de Hometown, tenía dieciséis años y se moría de ganas de ir a Vietnam. Utilizaba un Mauser 98 marcado con el número de serie de la Wehrmacht, su fecha de fabricación (1940) y el emblema del águila y la esvástica. Bobby había conseguido el Mauser, que había sido modificado con una mira de largo alcance desplegable soldada en la mitad del cañón, a cambio de una Anschütz de calibre 22 moderna y una pistola de bengalas Webley de la guerra. La mira exigía apuntar por encima del blanco: la trayectoria de la bala, si tu cálculo era fiable, daba en el blanco un metro por debajo del lugar donde habías apuntado.

Hablando en sentido estricto, era demasiado joven para andar con armas de fuego, pero a quien tenías que satisfacer si eras menor de edad y querías cargar con un Mauser era a Kev Egan, de la comisaría, y a Kev no le importaba.

Tom y Bobby llegaron a lo alto de la colina antes de medianoche, pero confiando en que los perros aparecieran cerca del amanecer. Dar en el blanco a prácticamente cien metros de distancia era complicado sin un poco de luz. El rebaño se había separado en cuatro grupos desorganizados que se repartían por el gran prado del norte y seguían, cada uno de ellos, a una borrega en particular. Las ovejas sospechaban que Tom y su ayudante rondaban por la colina, pero no mostraban curiosidad. Cuando la luna se abría paso entre las nubes, estos vislumbraban las ovejas de cada grupo durmiendo inalterables, sin apenas más movimiento que algún que otro ladeo de cabeza. De vez en cuando, un leve balido.

Tom fumaba, adormilado; Bobby bebía a tragos de una botella de Melbourne Bitter recalentado, comentando, con su modo de hablar cantarín, las noticias del equipo de fútbol local y de la VFL, y las historias de las quisquillosas chicas del pueblo que no sabías si iban contigo por amor o por dinero. Tom hubiera preferido el silencio y llenarlo pensando en Hannah, pero, si había que disparar a los perros, tendría que ser el Mauser de Bobby el que hiciera el trabajo.

A Tom, que tal vez en su día fuera tan buen tirador como Bob, no le apetecía matar perros. Lo más probable hubiera sido que dejara pasar de largo el blanco, como le había sucedido hacía dos noches, si no estaba seguro de poder darle en la cabeza. Pero Bobby era capaz de hacer tres disparos en diez segundos con un rifle de cerrojo, todos ellos increíblemente precisos. Lo suyo era intuición.

Mucho antes de que amaneciera, Beau, que estaba a casi un kilómetro de distancia, en el porche de casa de Tom, emitió un aullido lastimero. Había captado el aroma de la manada —de lo que quedaba de la manada después de la intervención de Henty— y aquello era una combinación de protesta y lamento. Las ovejas, los cuatro grupos, empezaron a balar, presas del pánico. Tom y Bobby se tumbaron boca abajo e inspeccionaron con la mirada el prado. El paisaje estaba sumido en la oscuridad y las ovejas tenían un tono de sombra más claro que el de los matorrales y los eucaliptos. Sí pudieron, sin embargo, vislumbrar a los perros avanzando hacia un puñado de ovejas que habían quedado aisladas entre dos grupos compactos. A Tom le dio la impresión de que disparar a los perros sería imposible.

Pero Bobby podía hacerlo. El chucho más grande, que debía de ser el jefe, se levantó enloquecido sobre sus patas traseras y Bobby le disparó dos veces antes de que volviera a posar las delanteras en el suelo. El segundo perro saltó hacia un lado cuando recibió el impacto y, a continuación, se derrumbó. Tom disparó entonces al tercer perro, el tonto de los tres, cuando se quedó paralizado al ver al chucho grande lamiéndose las entrañas.

—¿Has visto al cabrón ese grande cómo se ha levantado sobre las patas traseras, Tommy?

Bobby se había incorporado y estaba excitado y feliz. Su voz sonaba aguda. Tom se levantó también y le dio una palmada en el hombro.

—Pero ¿has visto a ese hijo de puta tan feo levantarse sobre las patas traseras, Tom? ¡Bang, bang! ¡Le he dado dos veces cuando estaba levantado! ¡Soy la hostia!

Estaba eufórico. Empezó a bailar en pequeños círculos, sin soltar en ningún momento el Mauser.

—Por Dios, Tommy. ¿Has visto a ese cabrón cómo se levantaba sobre las patas? ¡La hostia!

—Lo he visto, Bobby. Ha sido un gran disparo.

—¡Dos disparos, joder! ¡Dos! ¡Mientras estaba de pie!

—Dos disparos. Increíble.

Las ovejas se habían alejado de los perros muertos, pero, en cuanto vieron a Tom, la señal de alarma desapareció y volvieron a acercarse. Aunque manteniendo las distancias. Era como si se estuviesen levantando las faldas para apartarlas de algo indecoroso, aunque interesante.

El chucho al que Tom había disparado estaba muerto, prácticamente intacto con la excepción de un pequeño orificio en la cabeza. El rifle de Tom era de calibre 22, un arma de niño, la verdad. El pastor cobrizo, la segunda víctima de Bobby, se arrastraba por el suelo con las tripas fuera hacia un refugio de su propia imaginación. Tom le atravesó el cráneo de un disparo. El chucho grande, que había recibido dos balas, seguía lamiéndose los intestinos. Se detenía cada par de segundos para gruñirle en vano a Bobby, que estaba inclinado sobre él con una bayoneta japonesa de hoja larga.

—Mátalo, Bobby —dijo Tom.

Bobby hizo un gesto con la mano, como queriendo decir: «No tan rápido».

—Mátalo, Bobby. Está agonizando.

—Se lo tiene merecido —replicó Bobby, aunque acabó hundiendo la bayoneta en el cuello del perro.

Tiraron los perros por encima de la valla hacia los matorrales. Tom se encargaría de cavar una fosa y enterrarlos cuando se hiciera de día. Volviendo a casa con Bobby, pensando en lo lejos que estaba de ser un buen granjero, se sintió un poco dolido. Su tío Frank jamás se lo habría pensado dos veces a la hora de meterle una bala en los sesos a un perro. Si un perro se volvía malo había que matarlo. Y no había más que hablar.

Tom llevó a Bobby en coche hasta su casa, en Ben Chifley Road, y luego aparcó delante de casa de Hannah, que estaba completamente a oscuras. ¿Haría bien despertándola? Si lo hacía, tal vez le diría: «Eres un egoísta, sabiendo que estoy durmiendo». No, eso no se lo diría. Le diría: «Tom, me alegro mucho». Estaba en esa fase del amor en la que la percepción y la confianza solo estaban presentes a momentos. Conocía a Hannah en su más completa totalidad con una certidumbre apasionada; luego lo dudaba todo. Y fue en esos minutos de duda y no en los momentos de certeza cuando salió del coche, se acercó a la puerta de atrás y llamó suavemente, seguro de que estaría durmiendo tan profundamente que ni le oiría o que sí oiría que llamaban a la puerta, pero se negaría a salir de la cama a esas horas.

Hannah abrió la puerta con el camisón de seda que se ponía por las noches, el pelo despeinado, adormilada y sonriente. Saludó a Tom con un beso en los labios, se disculpó por el posible mal aliento y volvió a besarlo con la generosidad de una mujer que sabe lo que quiere su corazón.

Más tarde, horas más tarde, se duchó con él. La alcachofa de la ducha sobresalía en lo alto de la bañera esmaltada en verde; una cortina de plástico con estampado de peces tropicales de múltiples formas y colores rodeaba el espacio. La novedad de estar en la ducha con otra persona, una mujer, Hannah, a la que amaba, dibujó una sonrisa en el rostro de Tom y la sonrisa se transformó en risa. ¿Y ahora qué? Hannah cogió de una estantería de la pared de la bañera una botella de cristal transparente con tapón de corcho que estaba medio llena de un líquido de color ambarino. Le pidió a Tom que le enjabonara el pelo, gritándole las instrucciones en dos idiomas para hacerse oír por encima del sonido del agua.

Compartiendo la ducha Tom se sentía —¿qué se sentía?— extranjero, como si fuera de París o de cualquier otra parte. ¿Pasarían esas cosas en París? ¿Ducharse juntos? Luego, ella lo secó tan despacio y con tanto cuidado que Tom ardió de vergüenza viéndola arrodillada delante de él para secarle entre los dedos de los pies, prestando tanta atención al detalle que cualquiera lo habría tomado por una escultura de gran valor siendo preparada para ser exhibida.

Desayuno. Cosas de Hungría.

—No es *kosher*, pero qué más da —dijo Hannah, y luego tuvo que explicarle qué era «*kosher*».

—Hay cosas que podemos comer y otras que no. Los judíos, me refiero. Las cosas más ricas no podemos comerlas.

Tom observó los preparativos con una sonrisa fija en la cara. A medida que veía multiplicarse los ingredientes, muchos de ellos en paquetes y frascos que no había visto jamás en Hometown, su inquietud fue en aumento. Era una especie de tortita, gruesa, rellena de algo. Tom tragó los bocados sin masticar, aunque no consiguió evitar que el paladar se le inundase con parte de su sabor.

—¿Húngaro? —preguntó.

Hannah, que estaba en el lado opuesto de la mesa de la cocina bebiendo un café hecho con un ingenioso aparato, lo observó, frunciendo el ceño con indulgencia y con una sonrisilla satírica.

—Húngaro. *Hortobágyi.* ¿Te gusta?

—Muy bueno —dijo Tom, lo que significaba «incomible».

Hannah se levantó, rodeó la mesa hasta quedarse al lado de Tom, le retiró el plato y lo depositó en el fregadero junto con lo que quedaba de *hortobágyi*. Perplejo, Tom parpadeó y se quedó mirándola. Estaba cruzada de brazos. ¿Y enfadada? ¿Sería que en Hungría la gente se enfadaba si a alguien no le gustaba el *hortobágyi* que le habías preparado?

—Si no te gusta algo, di: «No me gusta». ¿Me has oído, Tom? «No-me-gusta».

—Estaba bueno —replicó Tom.

Hannah dio dos pasos hacia la mesa y atrapó la barbilla de Tom entre el pulgar y el índice.

—¡No! No te gusta. Si no te gusta, puedes decirlo. No intentes ser constantemente tan agradable, Tom. —Suavizó el tono—. Sé agradable. Está bien.

Le dio un beso.

—Te prepararé unos huevos fritos. Huevos fritos australianos. ¿Cuál es la receta? Ah, sí. Primero derretir la mantequilla en la sartén, luego echar los huevos. Y servir con salsa de tomate.

Mientras freía los huevos, le preguntó a Tom si había empezado a leer *Grandes esperanzas.*

—Voy por la página treinta.

—¿Te gusta? ¡Y no es necesario que seas agradable!

—Me gusta. Me gustan Pip y Joe. Pip es como Peter.

—¿Peter? ¿Quién es Peter?

—El niño de Trudy. Trudy, con la que estuve casado. Ya te hablé de ella. Algo.

Hannah, que seguía en los fogones, se giró para mirarlo. Tenía la espátula en la mano. Se le había secado el pelo y se le habían formado rizos. Llevaba el vestido amarillo que tanto le gustaba a Tom. Estudió a Tom con cautela.

—Un niño. ¿El niño de ella? ¿No tuyo? ¿No eres su padre?

—El padre es otro.

—Otro. ¿No tú?

—No yo.

Tom apartó la vista de los ojos de Hannah. Tenía la sensación de haber metido la pata.

Hannah le sirvió los huevos. Dejó la salsa Rosella delante de él, junto con la sal y la pimienta. La tapa del bote no estaba oscurecida por la salsa seca, como era habitual; Hannah siempre lo secaba antes de volver a enroscar la tapa.

—Así que un niño —dijo Hannah. Se sentó enfrente de Tom. No se había preparado desayuno para ella, solo café—. ¿Y dónde está? ¿Con esa mujer?

—Con Trudy —respondió Tom.

Y entonces, con la oscura sensación de que no contarle nada más sería traicionar a Peter, le explicó a Hannah toda la historia.

Ella le prestó atención.

—¿Y ahora está con esa gente de Jesucristo para siempre?

—Sí, está con ellos.

—Pero tú le quieres.

—Sí.

Tom se arriesgó a formular una pregunta. Le había estado dando vueltas al tema, pero no había visto hasta entonces la ocasión de plantearlo. Y las posibles respuestas le preocupaban.

—¿Has tenido hijos, Hannah?

Hannah le dio un sorbo al café.

—¿Pasarás por tu casa antes de venir a la tienda? —dijo.

—Tengo que darle de comer a Beau. Hacer un par de cosas. Las vacas. Voy ya retrasado con ellas. Estaré en la tienda hacia las diez.

Hannah le retiró el plato. Cuando pasó por detrás de él, le acarició la nuca un segundo con la mano que tenía libre.

—Duerme unas horas, Tom Hope —dijo—. ¿Entendido?

El contacto de su mano le dio a entender que algo había pasado. Lo sabía. Le habría gustado preguntarle si se había disgustado, pero no lo hizo.

8

Era posible no pensar en nada. Durante horas seguidas, en nada. En un dormitorio de mil mujeres, permanecía acostada en un catre de madera con una desconocida a cada lado y su cerebro se volvía de piedra. Las mujeres la abrazaban para mantener el calor corporal. Pero no solo el calor. Todas pensaban que Hannah seguía conservando su orgullo y su sentido común. Querían estar todo lo cerca de ella que fuera posible, como si de pronto pudiera hacer alguna cosa extraordinaria, como meter la mano debajo del catre y sacar de allí una sopera llena, tal vez eso. Con solo cuatro palabras podría romperles la ilusión, pero Hannah guardaba silencio. Que las mujeres se aferraran a ella no le suponía ningún coste. Mejor que siguieran creyendo en lo que quiera que fuera que les daba consuelo.

Su reputación se basaba en un hallazgo afortunado en la fábrica de plumas, donde trabajaba a diario, un gigantesco cobertizo de madera situado en la parte más oriental del campo. La tarea de las cuarenta mujeres asignadas allí consistía en vaciar los edredones, las almohadas y los cojines confiscados a los judíos cuando llegaban a Auschwitz en el tren. Las plumas se almacenaban en grandes cubas de madera y se utilizaban posteriormente para rellenar edredones, almohadas y cojines que se vendían en tiendas de Alemania. Una parte se utilizaría como relleno de los abrigos militares para la época de más frío. El cobertizo era una ventisca de plumas, desde las vigas de madera del techo hasta el suelo. Las *kapos* polacas, espectros que llevaban años sobreviviendo en el campo, judías también, se movían entre las montañas de plumas murmurando en voz plana: «Que no se pierda nada, que no se pierda ni una pluma...».

Había encontrado una barra de pan escondida en una almohada, de alguien que seguramente esperaba que les confiscaran la comida y no las almohadas, pan duro pero sin una pizca de moho, y también un libro de oraciones, el *sidur;* tenía que ser el único *sidur* de todo Auschwitz. Había comido un poco de pan, había dado una parte y había guardado lo que quedaba para Michael, por si conseguía encontrarlo.

Pero lo que había guardado había acabado siendo descubierto y devorado. Era un presagio. Jamás encontraría a Michael. Las *kapos* le habían dicho que había muerto; en la chimenea. Y Leon. Tifus. Y luego la cámara de gas. Había durado diez días. ¿Qué cabía esperar? Un leve resfriado lo dejaba postrado en cama una semana entera. El dolor por Leon fue un mal trago. Pero no estaba preparada para llorar la muerte de Michael.

Sabía que, por ser mujer, no debería leer en voz alta el *sidur,* pero todo el mundo se mostró de acuerdo: en Auschwitz se podía hacer. Cada noche, durante una semana, leyó las oraciones hebreas ante una reunión de cincuenta o más mujeres. La *kapo* responsable del dormitorio escuchaba en silencio. La séptima noche, a la mujer se le fue la cabeza y arrancó el *sidur* de las manos de Hannah. Empezó a despotricar contra los judíos, como si se hubiera criado en el seno del Tercer Reich. Fue la única vez que hizo gala de algún tipo de emoción. Su rabia cedió paso a una tempestad de lágrimas, se marchó con el *sidur* y no volvió a aparecer hasta al cabo de tres días.

Si estabas harto de la vida, harto de Auschwitz, había una salida fácil. En las selecciones que hacían por las mañanas —unas dos mil mujeres vestidas con harapos desfilando en grupos de cinco, la cohorte estándar—, podías toser, seguir tosiendo, y los soldados de las SS recibían la orden de un oficial de llevarte a la cámara de gas. Treinta minutos después de tu ataque de tos, estaban incinerándote; una hora, si había cola.

    Cada mañana, Hannah sentía la necesidad de toser como una loca, pero no lo hacía. Decían que Michael estaba muerto. Bueno, se decían cosas de todo tipo y muchas de ellas no eran ciertas. Se decía que los americanos estaban en Berlín y no lo estaban. Que el comandante del campo había dado la orden de acabar con los gaseamientos para adecentar el campo de cara a la liberación por parte de los aliados. No, los gaseamientos proseguían, las chimeneas seguían expulsando columnas de humo negro. Que Adolf Hitler se había pegado un tiro en la cabeza. ¿Y qué? Si todos los guardias de las SS, si todos los oficiales de las SS del campo se pegaran un tiro en la cabeza, estaría bien. ¿Pero Hitler? A la mierda con él.

¿Sabes qué sería el paraíso, qué sería un milagro, la mejor cosa del mundo? Poder ver a Michael envuelto en ropa de abrigo, con las mejillas sonrosadas y unos zapatitos resistentes. Tal vez en brazos del oficial con quien habló aquella primera mañana, el de los guantes blancos. Eso estaría bien. Guantes Blancos se queda embelesado con el niño y lo mantiene con vida como si fuera una mascota. Eso está bien, bien, bien. Que Michael siga con vida cuando los alemanes acaben derrotados y que ella siga con vida y que el oficial se corte el cuello cuando eso suceda... Una fantasía. Basta con que Michael siga con vida. Con saber eso ya me vale, gaseadme si queréis, adelante.

Era posible no pensar en nada durante muchas horas, pero no eternamente. Seguía furiosa con Leon, que estaba muerto. Le echaba en cara en voz baja su loca convicción de que los alemanes nunca invadirían Hungría, de que nunca llegarían a Budapest. «Han perdido la guerra. Los judíos ya no les importan».

¿En serio? Todo el mundo le consideraba el hombre más amable, el más compasivo de la tierra, pero en el fondo era un individuo arrogante. «Hannah, en Hungría hay ochocientos mil judíos. Ahora no pueden permitirse andar pensando en los judíos. Han perdido la guerra».

¿En serio? Todo eso venía de sus amigos de Rusia. Pero ¿qué estaba diciendo? ¿Sus amigos de Rusia? Todos los rusos eran sus amigos. Leon quería una Rusia en Hungría. Los trabajadores de Rusia, los trabajadores de Hungría, con sus manos unidas por toda la eternidad. Él, que en su vida había utilizado un martillo, que apenas comprendía para qué servía una hoz. Pero tan encantador, a su manera; a su estúpida manera.

Dijo la *kapo* polaca:

—Por la chimenea.

Y se frotó las puntas de los dedos al levantar la mano, imitando el movimiento en vertical del humo.

Marta, que por las noches se pegaba a Hannah, le susurró al oído:

—Ven a escuchar. Ven a escuchar a la lituana.

¿A quién? A una lituana que se llamaba Elizabeth. Todo el mundo respetaba a las lituanas, que habían llegado al campo a mediados de verano y que ahora, en noviembre, habían organizado pequeñas clases para las húngaras que quisieran aprender yiddish. En Auschwitz, una escuela de yiddish. Un absurdo. A oscuras, sin lápices ni papel, para mujeres muertas de hambre y agotadas que perfectamente podían morir asesinadas a la mañana siguiente. Elizabeth daba las clases en alemán. A aquellas alturas, la mayoría de las mujeres sabían ya a medias el alemán. Y clases también de filosofía. Por lo visto, los judíos lituanos se habían pasado la vida con la nariz metida en los libros. Mejor para ellos.

Hannah se dirigió al rincón del dormitorio donde Elizabeth estaba hablando de un modo curiosamente tranquilo sobre Rousseau. Las lituanas no sabían nada sobre su fe pero todo sobre un millar de filósofos no judíos. Hannah se sintió fascinada. Había leído todo lo que había escrito Rousseau pero cualquier cosa que pudiera contar Elizabeth sería bienvenida.

—Si me preguntáis: «¿Qué es la libertad?», os diré que es algo con lo que nacemos. Nace el bebé, la comadrona le cuenta los dedos de los pies, los dedos de las manos. Y anuncia: «Están todos». Pero lo que debería decir es: «Están todos, lo tiene todo, y también una bella alma libre».

Y alguien gritó:

—¡Pero no aquí!

A lo que Elizabeth replicó:

—Incluso aquí.

Los hombres de las SS nunca entraban en el dormitorio. Apestaba, y solo Dios sabía qué enfermedades congestionaban el fétido ambiente. Aquella mañana, sin embargo, el dormitorio de Hannah recibió la visita de un oficial de las SS que parecía demasiado joven para su puesto. De vez en cuando, de camino a la fábrica de plumas, había visto también otros oficiales muy jóvenes. La guerra iba mal para los alemanes y era posible que no les quedaran ya suficientes hombres adultos. Por eso el niño soldado había recibido de sus superiores la orden de visitar el dormitorio. Anunció con voz chillona que todas las mujeres que ocupaban el dormitorio se prepararan para una excursión hasta la terminal ferroviaria. El oficial añadió que las «trabajadoras» tenían permiso para llevarse con ellas sus pertenencias. Un murmullo de risas recorrió el dormitorio. ¿Pertenencias? El oficial miró a su alrededor, alarmado. Repitió la invitación para que las trabajadoras recogieran sus pertenencias. Esta vez no hubo risas, solo algún que otro resoplido.

Hannah decidió que no iría. ¿Que le robaran para siempre la posibilidad de volver a ver a Michael, aun tan solo de refilón? Tosería cuando hicieran la selección. En cuanto el oficial se marchó, empezó a ensayar la tos.

El dormitorio estaba alborotado. Muchos, muchísimos rumores. La *kapo* polaca que se había llevado el *sidur* estaba de vuelta. Las mujeres le preguntaron:

—¿Dónde vamos? ¿A la cámara de gas? ¡Dínoslo!

La *kapo,* por alguna razón, estaba de buen humor. Y respondió:

—A Stutthof, en el norte. Hoy no hay selección. Todas iréis a Stutthof.

En las filas que se formaron para emprender el éxodo hacia la estación de tren, hacia Stutthof, Hannah tosió con exageración cuando veía aproximarse algún guardia de las SS. Pero fue ignorada. Dieron la orden de emprender la marcha. Hannah, caminando a la fuerza, mantuvo la vista fija en el suelo. Habría llorado de haberle sido posible, pero no lo era; en Auschwitz, pasado el primer mes, nadie lloraba. Murmuró para sus adentros: «Está vivo. Nadie puede decir que esté muerto. Está vivo».

Cuando cruzaron las verjas de Auschwitz, ya había dejado de murmurar. Ya no pensaba en nada. Pero las lágrimas habían vuelto.

9

Por lo menos, la tienda les quedó bonita. Las estanterías de madera de cedro brillaban con sus tres capas de barniz y, en el único espacio de la pared que había quedado vacío, Hannah había colgado un tapiz de su Hungría natal en el que aparecía representado un rey en su corte con juglares, un mago y varias bailarinas. Se suponía que el tapiz era muy antiguo. En las estanterías, Tom había creado unos huecos para que Hannah pudiera colocar una serie de litografías en color sobre distintas festividades religiosas y en las que se veía, entre otras cosas, a judíos sentados alrededor de una mesa disfrutando de un banquete y hablando, a judíos rezando.

Hannah había dispuesto los libros en categorías estándar —Ficción, Biografías, Viajes, etcétera— y había incluido también, sin grandes perspectivas de venta, un centenar de volúmenes de poesía, tanto antologías como colecciones individuales. Había preparado asimismo una sección de novelistas australianos contemporáneos.

El único consejo que había aceptado de Tom hasta el momento, por lo que al inventario se refería, era pensárselo un poco más antes de lanzarse a pedir diversos clásicos alemanes, rusos y franceses, sin traducir.

—Cariño, nadie te los comprará —le dijo—. En Hometown no hay nadie que hable alemán. Y nadie que hable ruso.

Le respondió con mal genio.

—¿Por qué lo dices? Cualquiera puede aprender alemán en dos semanas. ¿Pretendes que gestione una librería para perezosos?

Estuvo un par de horas más refunfuñando enfadada, quejándose de que incluso Tom era uno de esos que preferiría escuchar un partido de fútbol antes que estudiar las nociones básicas del alemán.

Para disgusto de Hannah, de hecho, un sábado por la tarde, Tom había llegado a la tienda con un transistor, un pequeño Sony, para poder escuchar la retransmisión del partido que iba a tener lugar en el Melbourne Cricket Ground. Pero por mucho que su sentido de la traición se expresase de forma irracional, siempre se recuperaba. Ridiculizó la retransmisión durante toda la primera parte, pero entonces se arrepintió y pidió disculpas, se autocalificó de pequeña esnob burguesa y escuchó toda la segunda parte sentada al lado de Tom, cogiéndole la mano.

—¿Cuál es tu equipo favorito? ¿Los Blues, los llaman? ¿Blues? Pues quiero que los Blues ganen el partido, Tom. Los Blues serán también mi equipo favorito a partir de ahora. ¿Me perdonas? Dame un beso. Perdóname. No te quedes callado. No lo soporto, Tom.

Quedaban aún algunas cosas que hacer. Tom tenía que instalar los rieles de la escalera, aunque ni siquiera tenía esta construida. Seleccionó la madera que necesitaba, roble envejecido de las planchas que había estado almacenando, las cortó a medida en el banco instalado en la tienda y se disponía a regresar a la granja para preparar los peldaños en el torno de madera que tenía allí cuando apareció Hannah. Iba vestida con pantalón negro, un jersey grandote de lana escotado también de color negro y el tipo de botas que una montañera elegante elegiría, acordonadas casi hasta la rodilla.

—Llévame contigo, Tom —dijo—. Enséñame tu granja.

Tom no pudo evitar sonreír. No sabía si llegaría a verla algún día vestida simplemente con un pantalón vaquero y un cortavientos.

Paseó con ella entre las ovejas del prado del norte, enseñándole cómo eran capaces de elegir la hierba que preferían y que siempre se mantenían cerca de las líderes del rebaño e iban levantando la cabeza para no perderles la pista.

—En todo rebaño —le explicó Tom—, siempre hay un genio. Y las ovejas saben quién es el genio.

—¡Caramba! ¡Imagínate tú! ¡Una de todas esas es un genio!

Hannah estaba emocionada. Cuando se sentía feliz, su acento era más marcado.

Quería saber cómo se diferenciaban las ovejas entre ellas.

—A nosotros nos parecen todas iguales —dijo Tom—, pero ellas saben perfectamente quién es Sally y quién es Sue.

Hannah no podía dejar de admirar los conocimientos de Tom, del mismo modo que en la tienda elogiaba sus dotes para la carpintería. Tom se habría sentido más feliz si los halagos de Hannah hubieran sido proporcionales a sus logros. No se necesitaba ser muy hábil para realizar encastres tipo cola de pato, al fin y al cabo. Pero había llegado a la conclusión de que aquello en realidad no eran halagos, sino el placer que provocaba en Hannah ver algo desconocido, algo nuevo para ella. Las cosas susceptibles de poder generarle placer parecían no tener fin.

Entonces llegó el huerto: quinientos árboles, perales, nectarinos, manzanos, liquen verde grisáceo en las ramas orientadas al norte. Hannah acercó la mano a la corteza crujiente de los manzanos más viejos con delicadeza, como si estuviera acariciando piel.

—Tom, todo esto, es muchísimo trabajo.

Le dijo que se tumbara con ella en la hierba, debajo de los manzanos, pero hacer el amor al aire libre era algo que Tom no consideraría ni en sueños. Entraron en la casa.

Para Tom, la luz del día significaba trabajo, y traicionó cierta ansiedad por levantarse enseguida en cuanto Hannah indicó su satisfacción mediante un torrente de húngaro.

—No te levantes —dijo Hannah.

Y así lo hizo, aunque pensando en el viejo carnero al que tenía que aplicar el tratamiento para las garrapatas y las vacas impacientes por salir al prado de las acacias.

Tuvo que decírselo una segunda vez:

—No te levantes.

Tom se vio obligado a reconocer que le gustaba disfrutar de las lánguidas caricias de Hannah y de sus palabras tiernas, y que fue solo la idea de que gandulear a media mañana no estaba bien lo que le impidió derretirse como mantequilla bajo el calor de sus manos.

—Tom —dijo Hannah—, yo era infeliz, muy infeliz, Tom, no puedes ni imaginártelo. Y ahora te amo. Me gusta sentirme así.

Aquella franqueza le incomodaba, pero en una parte de él recién construida comprendía que Hannah era alguien a quien necesitaba escuchar. Emergían de él frases que no tenía ni idea de dónde salían; palabras que jamás antes había utilizado. Durante el día, solo, las pronunciaba en voz alta: «Bendita seas» y «Cariño mío».

Y, por encima de todo, le gustaban sus provocaciones. Le decía Hannah: «Eres tan educado, Tom. Cuando alguien tropieza, ¿qué dices? "Lo siento". No tienes ninguna culpa, pero lo sientes. Y te sonrojas como un chiquillo. ¿Puedo susurrarte algo al oído? Escúchame bien. Escucha lo que voy a susurrarte».

Pero luego estaba la tristeza.

En momentos inesperados, apartaba la vista y él no era nada para ella, una insignificancia. Le decía: «Hannah, cuéntame». Pero entonces ella se recuperaba y volvía a mostrarse alegre y cariñosa. Y no compartía nada.

—Cariño —le dijo él ahora, cuando Hannah, que estaba acariciándolo, se detuvo en el pecho. Le posó la palma sobre el corazón—. Cuéntame, cariño.

Las manos dejaron de atraerlo hacia ella.

—¿Qué quieres que te cuente?

—Por qué eras infeliz.

—Perdí a dos maridos. ¿Sabes? Dos maridos.

Apartó las sábanas y sacó las piernas del colchón; se detuvo, desnuda, junto a la cama. Dio la impresión de que iba a seguir hablando, pero lo que fuera a decir se interrumpió antes de ser pronunciado, sonrió a Tom fugazmente y se marchó al cuarto de baño después de coger la ropa. Tom oyó que se estaba lavando. Luego no oyó nada más. Reapareció entonces, se sentó en la cama, se calzó una bota y tiró de los cordones.

—Llévame a casa —dijo.

Cualquier rastro de ternura la había abandonado por completo.

Al día siguiente, volvió a él. Tom estaba en la tienda, peleándose con la caja registradora, cuando ella entró. Le dio un beso muy sentido y esta vez sí dijo algo.

—A veces paso unos minutos sin la cabeza bien asentada. ¿No te parece espantoso, Tom?

No, dijo Tom, no era espantoso.

—Escucha, Tom. Esto es Nietzsche. ¿Has oído hablar de Nietzsche? No, no, no. Imposible. En la universidad, si fuiste, habrías oído hablar de él.

—No he ido a la universidad, Hannah.

—Entendido. Tonterías. No importa. Muchos fueron a la universidad y luego se convirtieron en nazis gordos. Pero escucha. Esto es Nietzsche. Si miras por encima del borde no ves nada, nada. Pero si miras a nada, la nada te devuelve la mirada. ¿Lo ves?

—¿Que la nada te devuelve la mirada?

—¿Lo ves?

—No lo veo, Hannah. Lo siento.

—No pasa nada. Son tonterías. ¿Me arreglarás esa máquina? ¿La caja registradora?

Estaba triste. Tom dejó el destornillador y la abrazó. Percibió enseguida la angustia contenida en su cuerpo.

Abrazada a él, con la cara pegada a su pecho, dijo:

—Tom, esto que voy a decir no lo he dicho nunca. A Leon, jamás; a Stefan, jamás. Mis maridos. ¿Me entiendes?

—Sí, te entiendo, Hannah.

Se apartó de él y lo miró a los ojos.

—No me abandones. Sí, ya sé que estoy un poco loca. Pero no me abandones. Por favor.

Hannah le cogió la cara entre ambas manos. Él no se había afeitado; presionó la barba crecida. La mirada de sus ojos verdes era tan intensa que a Tom le habría resultado doloroso verse obligado a mentirle.

—Hannah, nunca te abandonaré. Te lo prometo.

—¿Dices de verdad lo de «nunca»? ¿Me lo prometes?

—Te lo prometo. Nunca.

—Pero no dices: «Hannah, cásate conmigo». Si dices «nunca», ¿por qué no podemos casarnos? ¿Por qué, Tom?

Antes de que le diera tiempo a responder —tal vez «Sí que podemos casarnos»—, Hannah se apartó de él y enterró las manos en su cabello.

—¡Tengo más de cuarenta, Tom! A eso me refiero. «¡Tom está con su madre! ¡Ja, ja, ja!». Le pegaría un bofetón a quien lo dijera. De acuerdo, no nos casaremos. Pero quédate conmigo. Cuando esté demasiado vieja, me tiras a la basura, me da igual.

—Hannah —dijo Tom—. Quiero casarme contigo. Es lo que quiero.

—¿Qué dices?

—Que quiero casarme contigo.

Hannah bajó la vista y movió la cabeza en sentido afirmativo. Pero su estado de ánimo había cambiado.

—Tom —dijo en voz baja—, no habrá bebés. ¿Lo entiendes?

Tom asintió. No era necesario que le dijera que no habría bebés.

Hannah miró la tienda, de un lado a otro. Se acercó al tapiz.

—¿Sabes de dónde saqué esto, Tom? ¿Te lo digo? De acuerdo. De Budapest. Regresé en febrero de 1945. Tenía aún algunos amigos con vida. Estaban en la embajada suiza. La mayoría de los judíos habían muerto, pero quedaban algunos vivos en la embajada suiza. Y esos amigos habían capturado a un nazi. A un nazi estúpido de las SS. No sé cómo, pero el caso es que consiguieron capturarlo antes de que todos los de las SS huyeran, volvieran a Alemania. Querían pegarle un tiro, Tom. Ejecutarlo. Pero nadie estaba dispuesto a apretar el gatillo. El tipo les enseñó los tesoros que había robado a los judíos. Este tapiz. Tiene doscientos años. Quería comprar su vida. Así que me lo quedé. Dije que ya lo mataría yo, a ese nazi estúpido. Estaba en un sótano. Le apunté a la cabeza con la pistola. Me dijo en alemán: «Señora, por favor, no se demore». Pero no pude dispararle. Lo entregamos a los rusos para que lo juzgaran. Lo mataron delante de nosotros. Me llevé el tapiz a mi apartamento. Lo colgué en la pared. Nunca supe a qué familia judía se lo habían robado.

Había apuntado con una pistola a un alemán. Había querido dispararle. ¿Hannah? Él no tenía historias de ese tipo. En una ocasión, había eludido matar una serpiente tigre porque le parecía mal matarla. Se había escondido de nuevo en un agujero en la tierra. ¿Qué podía contarle? «Pues ahora te cuento yo mi historia. Vi una serpiente tigre. No pude matarla». La suya era una vida sin acontecimientos.

Trudy le había enseñado que reparar un tejado, soldar un orificio en un canalón o bañar las ovejas tenía sobre una mujer el mismo efecto que beber veneno, unas cuantas gotas cada día, hasta que acababa matándola.

Lo único que él sabía era que después de un día venía el siguiente. Si no bañaba las ovejas, acababan llenas de piojos, garrapatas y hongos. Si no soldaba el canalón, el agua se filtraba hacia el alféizar de la ventana, levantaba la pintura y acababa pudriendo la madera. ¿Qué podía él decirle a su mujer? «Trudy, esto es una granja, no Luna Park».

Una vez Trudy le pidió que le contara algo asombroso. «Cualquier cosa que se salga de lo normal. Que no sea habitual». Tenía ganas de hacerlo fracasar. Lo único que se le ocurrió fue lo de aquel martín pescador que años atrás solía posarse en el porche de atrás cuando él se sentaba a tomar el té. Entonces, un día, un lagarto de lengua azul se coló en casa y se metió entre la leña. Al cabo de un rato, oyó unos golpecitos fuera y, cuando abrió la puerta, el martín pescador entró, fue directo a la leña, capturó el lagarto con el pico y se marchó. Pero Trudy no se refería a ese tipo de cosas.

—Pero querrás, ¿verdad? Casarte conmigo —dijo Tom.

Tenía la sensación de que habían llegado a ese acuerdo, pero había advertido algo: Hannah era capaz de andar de un lado a otro tocando el tambor y, de golpe, soltar las baquetas y olvidarse del tema, como si de repente el asunto hubiera perdido toda su importancia.

—Tenemos que inaugurar la tienda, Tom —comentó—. Tenemos que vender libros. Tom, haz que esa caja registradora funcione.

10

Esta vez Hannah se quedó a pasar la noche en la granja. Por lo visto, quería hacer un acto de contrición. Mientras Tom preparaba la cena, ella se dedicó a mirar los cuadros: la obra del tío Frank, que durante los últimos años de su vida se consagró a la pintura al óleo con un abandono en el que parecía aspirar a la muerte o la gloria. Los lienzos habían sido enmarcados majestuosamente con marcos dorados de aspecto antiguo y eran todos del mismo tamaño: cuarenta y cinco por cincuenta centímetros. Tres de los cuadros eran de cascadas: largas cortinas de azul plasmadas en la parte central del lienzo y flanqueadas por frondosa vegetación. Uno era el retrato de la cara de una oveja. Era evidente que al tío Frank le había resultado difícil representar el morro, pero lo había intentado, y el morro alcanzaba la categoría de un retrato independiente dentro del retrato. Los dos paisajes, mirando cuesta arriba, hacia las rocas que había en la colina que se alzaba sobre la granja, daban al espectador la impresión de que una ráfaga de viento podría tumbar las piedras y hacerlas rodar ladera abajo de tan precariamente ancladas que estaban al suelo. A Hannah le parecieron todos adorables. Y muy en particular un autorretrato con un sombrero con tapones de corcho colgando del ala.

Tom iba controlando la pata de cordero, las patatas asadas, la calabaza. Como guarnición de verdura, había elegido judías verdes. Y como toque especial, porque sabía prepararlos, *dumplings:* su madre le había enseñado a hacerlos. En respuesta a un comentario de Hannah, dijo:

—No quiero quitarlos. El viejo Frank se sentía muy orgulloso de ellos —y añadió—: Supongo que son basura.

—Me gustan —replicó Hannah—. ¿Hay más? Podríamos colgarlos en la tienda, ¿qué te parece?

Tom tenía abierta la puerta del horno de leña y estaba observando el interior. Hannah se agachó a su lado.

—¿Listo? —dijo.

—Quince minutos más.

Puso las judías en el calientaplatos. Llevaba un paño de cocina en la cintura, sujeto por el cinturón. Y se le veía especialmente alegre. Abrió la vieja y ruidosa Kelvinator para coger una botella de vino.

—¿Tinto con la carne? —dijo—. ¿Te parece bien? Un burdeos Moyston.

Hannah levantó las cejas. ¿En la nevera? Pero dijo: «Fantástico», cuando Tom dejó la botella en la mesa. Una búsqueda concienzuda había dado como resultado un mantel blanco de lino que era una donación de las hermanas de Tom. Sin una plancha de vapor era imposible sacar las arrugas, de modo que una serie de crestas se extendían de norte a sur y de este a oeste por todo el mantel.

Hannah tomó asiento a la mesa para mantener a raya su irresistible impulso de intervenir. Seguir los movimientos decididos de Tom, incluso los más torpes, le proporcionaba placer. Tom intentó retirar la bandeja del horno con la simple ayuda del paño de cocina, se quemó los dedos, volvió a intentarlo y se vio obligado a correr precipitadamente hacia la encimera para depositarla estruendosamente en la superficie. Entre tanto, el puré empezaba a cuajarse. Pero, con perseverancia, acabó siendo capaz de llenar dos grandes platos desparejados con cordero asado y verduras.

Tomó asiento y se levantó de repente para ir a buscar las servilletas de tela, otro regalo de sus hermanas, y la sal y la pimienta.

—Tendría que haber preparado una salsa de menta —dijo—. Y salsa de queso para la coliflor.

—Tom, está perfecto. Me encanta.

De hecho, era la primera vez que un marido o un amante preparaba una comida para Hannah. Era sorprendente que en todos aquellos años no hubiera insistido nunca en ello. Se había criado en un hogar ortodoxo, no excesivamente estricto pero estricto. A menudo se había rebelado contra la cantinela de su madre sobre coser y cocinar. ¿Y sus cuatro hermanas? Chicas obedientes de todo corazón.

El padre de Hannah era su mayor defensor. «¿Quieres cinco iguales? Tenemos una bendecida con su propia forma de pensar». La había enviado a la universidad cuando era imposible que los judíos pudieran matricularse; su padre lo había conseguido.

Pero las ambiciones que tenía depositadas en ella no se habían extendido hasta el punto de olvidarse por completo de la cocina y la tabla de planchar. Y, como ella le quería muchísimo, había convertido en un lema las prioridades de él: mantener una cocina siempre *kosher,* alimentar al esposo, estudiar y desarrollarse profesionalmente. Y, cuando al primer año se quedó embarazada y se casó, lo hizo con un hombre incapaz de abrir la puerta de un horno.

Leon, un gigante intelectual, creía al parecer que un espíritu invisible se encargaba de que la casa funcionara sin problemas. Cuando Hannah estuvo ingresada tres semanas en el hospital Pavdac como consecuencia de una neumonía, Leon fue adquiriendo poco a poco el aspecto de un vagabundo sin amor, con las camisas cada vez más arrugadas, como si durmiera con ellas puestas. Hannah había llevado la casa para dos maridos sin el menor resentimiento y había escrito su tesis sobre el barroco húngaro mientras criaba un bebé y horneaba pan *challah.*

Leon se sentaba a la mesa concentrado en cualquier libro de Proudhon mientras ella seguía una furiosa coreografía de aprovisionamiento arriba y abajo de la cocina con Michael sujeto a su cadera con un fular portabebés. Después de Auschwitz y la muerte de Leon, se casó con Stefan, que se sentaba a la mesa concentrado en cualquier libro de Berenson mientras ella iba colocando un plato tras otro bajo su tenedor alzado, esta vez sin el bebé, sin el niño. En 1956, con los tanques soviéticos en las calles de Budapest, se dedicó a colocar platos bajo los tenedores alzados de diez o más agitadores del Consejo de Trabajadores que se apiñaban en el apartamento después de lanzar ladrillos durante un rato contra los rusos, para ser recompensada (si acaso esa era la palabra) con un beso en la mejilla, un abrazo por la cintura.

Nada en la vida la había preparado para Tom. Aquel día en la tienda había comprendido todo lo que había que comprender sobre él con una sola mirada, y se equivocó. Llegó a Australia, lo comprendió todo en diez minutos, y después se dio cuenta de que no era así. La misma experiencia.

El corazón de Tom no era el tipo de corazón que había conocido en el pasado. No era lo mismo en nada, ni siquiera en sus costumbres. Se apartaba el pelo rubio de la frente con el antebrazo. Cuando quería decirle algo complicado, miraba primero a su izquierda, luego bajaba la vista y finalmente levantaba la cabeza y la miraba a los ojos. A diario incorporaba cosas en aquel pequeño catálogo de peculiaridades. El detalle del amor. Y algo que le gustaba especialmente: sus extremidades largas, limpias.

¿Y por qué eran importantes sus extremidades? Le acariciaba las piernas en toda su longitud, los brazos, y se decía, de forma absurda, claro está: «Es mío, todo mío». ¿Con más de cuarenta y cinco años y de repente enferma de celos y con la necesidad de alejar a un hombre de otras mujeres? Era algo que siempre había menospreciado. Pero ahora. Aquel país. Hacía emerger a la superficie cosas desconocidas de sí misma. De entrada, pensó: «Australianos, niños, no saben nada». Eso fue lo que pensó de Tom.

Pero había mucho más por conocer, ahora lo sabía.

Mientras comían le preguntó si había leído algo más de *Grandes esperanzas*. Sí. Lo llevaba en el bolsillo de atrás del pantalón mientras iba de un lado a otro de la granja y había leído fragmentos apoyado en la pared de la vaquería, del granero; mientras daba de comer pienso a las gallinas. Podía leer treinta páginas en una hora. La señorita Havisham estaba loca, ¿verdad?

—¿Crees que estaba loca? —preguntó Hannah, reconociendo en su actitud, por desgracia, la conducta de un tutor.

—Bueno, sí. Sí. Con toda la comida poniéndose mohosa en la mesa. Eso es de locos, ¿no te parece?

Hannah dijo (pensando: «Dios mío, ¿te estás oyendo?»):

—El desengaño puede ser una pasión.

—¿Qué?

—Su sensación de haber sido traicionada. Vive por la pasión del desengaño. Le guarda fidelidad eterna. Para ella significa más que lo que el matrimonio hubiera podido llegar a significar algún día. ¿Lo entiendes?

Tom se detuvo a pensarlo.

—¿Quería que la dejaran plantada?

—No, Tom. No es eso. Pero fíjate en que eso le da algo por lo que vivir. Le da un objetivo a toda su vida.

—Creo que me he perdido.

Disfrutaron del pudin, del sirope dorado, toda una novedad para Hannah. Acabaron no una, sino dos botellas de burdeos frío y luego lavaron y secaron juntos los platos. Hannah pensaba constantemente: «Si vuelve a decir cásate conmigo, sé menos tonta, sé menos condenadamente tonta y di: "Sí, Tom, lo quiero con todo mi corazón"».

Hicieron el amor, achispados.

Antes de ponerse a dormir, le pidió a Tom que descorriera las cortinas de la habitación para que entrara el resplandor de la luna.

—Es la guerra, Tom —explicó—. Pasamos días y días escondidos en lugares oscuros. Ahora necesito ver constantemente el exterior.

Tom le besó los hombros, el pecho.

—Cuéntame —dijo.

Se lo pensó un buen rato. Y finalmente contestó:

—No, creo que no.

Tom se levantó a las cuatro y media para ir a atender a las vacas y la dejó durmiendo. O eso se imaginaba. Ella se quedó en la cama, recorriendo con la mirada el tocador, luego el armario, después todos los espacios sumidos en sombras, levantando la cabeza para escuchar a las vacas, impacientes antes de la llegada de Tom. Ordeñaba a mano, lo sabía. Solo las doce vacas, los cincuenta litros de leche destinados a la pareja suiza de ancianos de Brown Dog Creek que producían queso Tilsit y lo exportaban a su Basilea natal. En una ocasión le preguntó a Tom acerca de la suavidad de sus mejillas. Le explicó que ordeñaba con una mejilla pegada al flanco de la vaca, y las iba turnando. La tez de una ordeñadora. Oyó las ovejas en los prados, balando porque el amanecer empezaba a asomar en el cielo. Tom decía que las ovejas se despertaban esperanzadas cada día. Que eran animales optimistas y no tan tontas como parecían. Hannah pensó: «Si se marcha, me moriré». Pero entonces se serenó. «No, no me moriré. ¡Menos melodrama!». Pero en realidad creía que se moriría. Eso esperaba.

Retiró las sábanas, se envolvió en la manta que Tom había dejado junto a la cama por si tenían frío y empezó a deambular por la casa estudiando los objetos que había en anaqueles y estanterías. Encendió la luz de la sala de estar, con su sofá y sus sillones verdes, espantosos e informes por culpa de los muelles rotos. Y allí encontró lo que estaba buscando: una fotografía del niño, Peter. Estaba apoyada en la repisa de la chimenea, donde las brasas del fuego que habían encendido por la noche seguían aún vivas. Sujetó la manta con una mano y la fotografía con la otra.

—Aquí está —dijo—, el niño.

En la fotografía se veía un niño de unos cinco años de edad vestido de uniforme y con una cartera colgada al hombro. Tenía el pelo oscuro, corto y bien peinado. Daba la impresión de estar sonriendo al máximo de sus posibilidades. Hannah reconoció a sus espaldas la pared de chapa ondulada del taller, el frondoso cotoneaster con sus manzanitas elevándose por encima del tejado. Sentado a los pies del niño estaba Beau, el perro, con la cabeza ladeada y con la expresión perpleja de la mascota a la que le han ordenado permanecer quieta. El sol le daba en la cara, en la cara de Peter, y miraba a la cámara con los ojos entrecerrados. La sombra de la persona con la cámara aparecía en el encuadre de la fotografía. Era Tom; conocía la forma de su sombra.

Hannah descansó la mirada en el niño de la fotografía durante un minuto, luego otro. La luz dorada rojiza de las brasas le iluminaba la cara. Dejó finalmente la fotografía en la repisa de la chimenea, se dirigió cabizbaja hacia la cocina y tomó asiento. El paquete de sal Saxa, con un agujero en la parte superior, pinchado para poder verterla, seguía aún en el centro de la mesa.

Se levantó para mirar hacia la vaquería desde el porche trasero. Las luces estaban encendidas. Tom estaría acabando ya de ordeñar. Regresó al dormitorio y se metió de nuevo en la cama. Al cabo de poco tiempo oyó que se cerraba la puerta mosquitera. Oyó a Tom desvestirse. No tenía ni idea de cómo había adivinado lo que ella necesitaba, pero lo había hecho. La abrazó desde atrás, rodeando su forma, la besó en la nuca y le murmuró palabras tiernas al oído.

11

Acordaron la fecha de la boda, el 20 de septiembre aproximadamente, seis semanas después de que las borregas hubieran parido, una ceremonia civil en el edificio de ladrillo rojo del antiguo instituto de mecánica. Tom dijo que Horry Green, el corredor de apuestas, y también juez de paz, oficiaría la ceremonia si se lo pedían. Por el momento, no se lo habían comunicado a nadie. Y antes de la boda se celebraría la gran inauguración de la librería. El nombre elegido: «Librería de Madame Babel». ¿En serio?

—El caso es, Han, que en Australia nadie utiliza el término «Madame». La gente pensará que te das demasiadas ínfulas. Es demasiado pijo.

En cuanto pronunció la palabra, Tom deseó retirarla.

Estaban en la tienda, las estanterías de libros competían entre sí para ver cuál de ellas resultaba más atractiva; los libros estaban dispuestos por título, no por autor, según el talante democrático de Hannah. No quería que partes extensas de las estanterías se convirtieran en colonias de títulos del mismo autor. Los escritores tenían que arrimar el hombro y colaborar entre ellos. Por otro lado, pasaba por alto cualquier regla si con ello salvaba un libro del peligro de ser anulado por un compañero de estantería desagradable. *La formación de la clase obrera en Inglaterra* no podía estar al lado de *Ser americanos,* un libro que a Hannah no le gustaba nada. A modo de amortiguador entre los dos, había colocado un librito de tapa blanda titulado *Prepara tu propia mermelada.*

—¿Pijo? ¿Que la gente piensa que me doy aires de grandeza? Pijo significa eso, ¿no? Dárselas de algo.

—Alguna gente.

—Oh, solo «alguna gente». «Madame Babel se las da de algo», dirá alguna gente. Madame Babel, que comió cadáveres de ratas en Polonia. Madame Babel que suplicó a los pies de las *kapos.* Esta Madame Babel es la que se las da de algo. Ya entiendo.

A Tom nunca le había comentado eso de las ratas, ni lo de las *kapos,* quienesquiera que fueran. Intercambió una mirada con David, el canario, que había adoptado a Tom como hábitat favorito y se posaba en su hombro para mordisquearle el lóbulo de la oreja.

—¿Le digo entonces al del rótulo, cuando venga, que ponga «La librería de la húngara que se las da de algo»? ¿O tienes alguna idea mejor?

Tom estiró un dedo, David se posó en él y lo depositó encima de la caja registradora.

—«La librería de Hannah». ¿No te parece?

—«La librería de Hannah» —repitió Hannah—. Bonito y sencillo. Nada estrambótico, Dios me libre —y a continuación añadió, sin motivo evidente—: Tom, tuve un hijo. Se llamaba Michael.

Se acercó a la puerta de la tienda y la cerró con cuidado.

—Te escucho, Hannah —dijo Tom.

Hannah se encogió de hombros y apartó la vista.

—Quise contártelo. El otro día, cuando volviste a la cama después de ordeñar las vacas. Quise contártelo entonces.

Algo pasaba en su interior. Miró de nuevo a Tom, acto seguido dirigió la vista hacia las estanterías, luego otra vez hacia Tom. Era capaz de intensificar o amortiguar en cuestión de segundos la mirada de sus ojos verdes, su luz. Tom permaneció a la espera. Sabía que tenía que permanecer inmóvil. Hannah era una mujer cuyos estados de humor exigían una evaluación muy concienzuda. Si ahora la abrazaba, lo apartaría enseguida.

—Pero no lo hiciste —dijo, puesto que le dio la impresión de que estaba pidiéndole que llenara aquella pausa con algo—. No me lo contaste.

—No, no te lo conté.

—¿Y ahora?

Hannah levantó los hombros y los dejó caer.

—Ahora sí —contestó.

¿Era eso todo lo que tenía que decir? Cogió un libro que tenía sobre el mostrador, con tapa roja y banda amarilla. Se quedó estudiándolo.

—¿Qué te parecería otro libro, Tom? Este es excelente para ti. *Crimen y castigo*. Dostoyevski. ¿Qué opinas?

—¿No quieres contarme más cosas sobre tu hijo? ¿Sobre Michael?

El rostro de Hannah mostró una expresión de exasperación, como si Tom estuviera poniendo a prueba su paciencia.

—¿Contarte qué más? Está muerto.

Era arriesgado, pero tal vez ahora fuera el momento adecuado. Tom dio un paso al frente y abrazó a Hannah. Si se retorcía para apartarlo, su intención era retenerla. Pero no lo hizo. Lo rodeó también con los brazos y lo estrechó, sin soltar todavía el libro. Levantó la cara para poder mirarlo.

—Soy demasiado complicada, Tom. Lo sé. Puedes dejarme, te prometo que... No, no, ¿cómo lo llamas? Nada de histerismo. Te lo prometo.

Y entonces descansó la barbilla en el hombro de él.

—Pero, Tom, no lo hagas, por favor. Por favor, no.

Preparó té. Y cuando se sentaron en los elegantes silloncitos tapizados que había comprado para la tienda a fin de que los clientes pudieran acomodarse para leer, le explicó a Tom que Michael había muerto en Auschwitz, el mismo Auschwitz del que ya había hablado, meses atrás.

—Un campo de concentración. En Polonia. Cerca de Cracovia. Más que un campo, tres, cuatro campos. Allí nos asesinaban, Tom. A miles, a muchos miles. Allí asesinaron a Michael. Allí murió Leon, en la cámara de gas. Tenía tifus y por eso lo enviaron a la cámara de gas.

Tom consiguió no decir nada muy trivial. Todo el mundo sabía que los alemanes, los nazis, eran unos condenados cabrones. Recordaba que el tío Frank le había contado algo sobre los campos de concentración. Relacionado con la decisión de no construir un corral más grande para las gallinas. El tío Frank dijo, creía recordar, que cuanto más grande era el corral que construías, más gallinas querías, como los alemanes y sus campos. Es posible que estuviera hablando sobre los campos de exterminio.

Hannah estaba sentada con las piernas cruzadas, bebiendo el té a sorbitos. Su voluminoso cabello estaba ahora más largo que cuando Tom la conoció, con más canas. Hablaba con calma, pero no estaba, Tom lo veía, en absoluto calmada. Le dio unos cuantos detalles sobre su llegada a Auschwitz. A su marido, Leon, lo habían mandado hacia una dirección y a Michael y ella hacia otra. El oficial responsable, el que llevaba los guantes blancos, SS, se había dirigido a ella. Le había preguntado...

—¿SS? —dijo Tom, interrumpiéndola.

—Un oficial de las SS. ¿Sabes algo de las SS?

—No mucho. Lo siento, Han.

—No te preocupes. Horrorosos. Ese oficial era de los peores.

A Michael y a ella los apartaron de los demás, en Auschwitz. Estaba aturdida. Perdió un minuto la conciencia. Y, en ese minuto, Michael desapareció.

—¿Dónde fue? —preguntó Tom.

—¿Que dónde fue? —Hannah se inclinó hacia delante y dejó la taza y el platillo en el suelo, a su lado—. A que lo mataran, Tom. A morir.

—Pero ¿por qué, por el amor de Dios?

Hannah levantó ambas manos y las dejó caer en el regazo.

—¿De verdad que no sabes nada sobre la guerra, Tom?

—Sí sé, Han. Pero sé lo de las islas. Allí fue donde nos mandaron a nosotros, a las islas, a luchar contra los japoneses. Mi tío Les estuvo en la campaña del Sendero de Kokoda. El hermano de mi madre.

—Entendido, sí. Pero en Europa, Tom, los alemanes nos encerraron a todos los judíos en campos de concentración y nos mataron. ¿Lo entiendes? A millones de judíos. Y no solo en los campos. Sino también en ciudades de toda Europa. A millones.

—Pero ¿por qué, Han? Eso es lo que no entiendo.

Hannah asintió. Apartó la vista. Su mano ascendió hacia su propio cuello y lo acarició suavemente. Cuando volvió a mirar a Tom, dijo simplemente:

—Desapareció.

Extendió entonces el brazo y dio unos golpecitos cariñosos en la rodilla de Tom.

—¿Te gusta la tienda?

—Pues claro. Ha quedado preciosa, Han.

—Cuando no pueda estar aquí de tres a seis, vendrá Maggie para atenderla.

Tom asintió, pero era consciente de que no lo había dicho todo sobre el niño, sobre Michael.

—Cariño —dijo—, siento mucho lo de tu hijo. De verdad que lo siento.

—Sí. Bueno.

Hannah se levantó y dejó vagar la mirada por las estanterías. Pensó que podría decir: «Y tu chico, Tom. Tampoco él puede estar contigo». Pero no lo dijo.

—¿Entonces «La librería de Hannah»?

—Mejor así, sí —replicó Tom—. «La librería de Hannah».

Cuando una hora más tarde llegó Teddy Croft para recoger el rótulo, ese fue el nombre que Hannah le dio.

Tom frotó bien el riel de latón que había instalado en la estantería con un trapo empapado en un aceite ligero y le enseñó a Hannah cómo debía hacer para deslizar por allí la escalera. Luego volvió a la granja para ocuparse de un centenar de tareas, como la de clavar las nuevas planchas metálicas que había dejado fijadas de manera temporal en el techo de la vaquería.

—Va a cambiar el tiempo —señaló.

Hannah dijo que pasaría a buscarlo cuando hubiera terminado con sus alumnos.

Pero antes de salir de la tienda para ir a las clases de flauta y de piano tenía algo que hacer. Cogió un pedazo de cartulina del color del pergamino, se sentó detrás del mostrador y, en tinta negra y con una pluma estilográfica, escribió una única línea en perfecta caligrafía hebrea. Pegó la cartulina al cristal, cerca de la puerta y debajo de la oración que ya había dejado allí unos meses atrás.

Horry Green no hablaba hebreo ni sabía leer los caracteres hebreos. Su esposa era anglicana y, naturalmente, tampoco hablaba hebreo. Los cinco hijos de los Green, que eran perfectamente conscientes de la ascendencia judía de su padre, pero que habían sido criados como gentiles, no sabían ni una palabra de hebreo. Y la mayoría de la gente del condado ni siquiera podía reconocer el idioma en que estaba escrito el cartel. De modo que la que había sido la primera elección de Hannah como nombre para su negocio siguió siendo un secreto solo para ella: «Librería de los corazones solitarios».

12

El río bajaba en dirección norte procedente de los Alpes antes de virar hacia el oeste, en la vertiente interior de la cordillera, para volver a dirigirse hacia el norte y seguir así hasta confluir con el Murray. El valle de Hometown, formado allí donde el río cambiaba de dirección, recibía la mayoría de sus tormentas del este, y el viento húmedo que soplaba desde las montañas era tan limpio que parecía como si corriera por un canal fijo en el cielo.

Los que como Tom estaban obligados a formarse una idea sobre el tiempo que se avecinaba consideraban que un tono azul muy claro en el cielo hacia el lado este presagiaba tormenta: un augurio curioso, pero que nunca ignoraban. En cuanto llegó a la granja, Tom se encaramó al tejado de la vaquería con un taladro eléctrico y un montón de tornillos autorroscantes. Hizo una pausa en su trabajo, miró hacia el este y vio la tormenta negra bordeada por un resplandor dorado que estaba adquiriendo fuerza por encima de las montañas. Las gotitas comenzaron a golpear el metal. Y antes de que le diera tiempo a fijar dos tornillos más, la lluvia empezó a caer de forma torrencial.

Trabajó bajo el diluvio aun corriendo cierto riesgo —de acabar electrocutado— para fijar los tornillos que faltaban, desconectó el taladro del alargador y bajó corriendo de la escalera. Beau, empapado, parecía preocupado. Le silbó al perro para que lo siguiera y echó a correr para controlar a Jo y Stubby. La lluvia no asustaba a los caballos con carácter, pero Tom había mimado en exceso a aquel par de criaturas metiéndolas en el establo siempre que había tormenta. Ahora, estaban galopando arriba y abajo del potrero, histéricos, el ciego Stubby, atacado, arremetiendo contra Jo y chillando. Tom gritó, elevando la voz por encima del rugido de la lluvia, hasta que Jo corrió hacia él a todo galope y se detuvo justo antes de tumbarlo al suelo. Tom guardó rápidamente ambos caballos en el establo. Stubby soltó un relincho agudo, como el trino de un pájaro.

—¡Calla! ¡Que ya estás dentro, tonto del bote!

Beau, pensando que su ayuda era necesaria, mordisqueó a Stubby en el espolón y tuvo que soportar el desconcierto y la ignominia de la bota de Tom.

Las vacas: Tom las metió en la vaquería. El hedor a animal mojado era intenso. La lluvia sobre el tejado metálico se había transformado en un crescendo que anunciaba la llegada de un dios implacable dispuesto a proclamar el final de todo. El agua inundaba el suelo de la vaquería y le llegaba a Tom a la altura de los tobillos. Beau empezó a ladrarle a la inundación, a morderla, y a mirar a continuación a Tom por si acaso eso era también algo punible.

Una vaca es algo muy similar a un tirano y todos los granjeros que las tienen albergan fantasías de asesinarlas. La prolongación eterna de la rutina del ordeño. Incluso Tom, que quería a aquellos animales, se imaginaba a veces qué pasaría si les pegaba un tiro a todas. Con el agua rozándole las espinillas, peleó para impedir que los cubos de acero inoxidable que utilizaba para la leche se marcharan flotando mientras se aplicaba con las ubres de las vacas.

Se detuvo a escuchar. El tamborileo de la lluvia había aumentado de forma increíble. Mientras esperaba con la cabeza levantada, el sonido dio un cambio a peor. Tom se dijo: «No sobrevivirá nada». El río que corría por el suelo de hormigón le alcanzaba prácticamente las rodillas. Justo en aquel momento, el viejo carnero entró corriendo enloquecido en la vaquería y cargó contra Tom. No era malicia, sino simplemente pánico. Tom consiguió arrearle un puñetazo lo bastante fuerte como para aplacarlo.

—¡Entra en el taller! —gritó—. ¡Por Dios! ¿Qué te pasa?

Lo agarró por la lana y lo dirigió a empujones hacia el taller para hacerlo entrar. El piso de la parte trasera del edificio estaba elevado por encima del nivel del suelo. Tom, a empellones, instaló al viejo carnero lejos del río de agua y regresó, exasperado, a la vaquería. Tenía además que trasladar las ovejas del prado de la ciénaga a un terreno más elevado. La ciénaga se llenaría de agua y se convertiría en un lago que alcanzaría las vallas y las superaría incluso.

Oyó que gritaban su nombre, aunque probablemente no fuera eso, sino un efecto del sonido insistente de la lluvia..., pero no, Hannah estaba de repente a su lado, gritándole al oído.

—¡Dios!

—¡Estoy aquí!

Su precioso vestido verde estaba totalmente pegado a su cuerpo. El cabello parecía recién salido de un naufragio. Los zapatos de ante verde estaban empapados y llenos de barro.

—¡Puedo ordeñar! —chilló.

—¿Qué?

—¡Sí! ¡Puedo ordeñar!

—¡Entra en la casa!

—¡No! ¡Puedo ordeñar!

—¡No puedes! Entra. Sécate.

—¡Sí! ¡Puedo ordeñar!

Conocía lo bastante su carácter obstinado como para asumir que haría exactamente lo que se había propuesto. La idea de que era capaz de ordeñar era una locura. Pero Tom tenía que atender a las ovejas, que de lo contrario acabarían ahogándose, y cedió.

La densidad del chaparrón era inaudita: no era lluvia, sino una cascada. Tom llamó a Beau y le dijo a gritos que trajera las ovejas.

—¡Espabílalas, Beau!

Eufórico ante la oportunidad de ejercer su competencia, Beau corrió y ladró y brincó de un lado a otro y saltó, hasta conducir las ovejas hacia una verja y obligarlas a cruzarla, hacia otra para que la cruzaran también, y así hasta que cuatrocientas ovejas se instalaron a la fuerza en el terreno más elevado del prado de la colina junto con las otras dos terceras partes del rebaño. Formaron un tupido círculo alrededor de la base de los eucaliptos, con la excepción de las idiotas, las más tontas del rebaño, que se quedaron a la intemperie aguantando el torrente que caía del cielo.

El agua fluía libremente por la hierba. La granja se había transformado en un río. La casa estaba construida a medio metro por encima del suelo, pero Tom temía que aquel medio metro no fuera suficiente. Y las gallinas, ay, Dios. ¿Tendrían el sentido común necesario para comprender que debían refugiarse en lo más alto? Tom corrió con Beau hacia el cobertizo de las aves donde las gallinas, bajo el generalato de los gallos, habían alcanzado las perchas más altas del gallinero. Se salvarían de quedarse empapadas gracias al tejado saledizo que Tom había construido hacía justo un mes. Parecían tranquilas.

El huerto no le preocupaba. Los árboles ya habían pasado la floración y no sufrirían ningún daño en cuanto el agua se retirara.

En la vaquería, Hannah se había sentado en el taburete y luchaba por retener entre los pies un cubo de cinco litros mientras trabajaba en vano las ubres. Había llenado la mitad del cubo en media hora. Las vacas la miraban con recelo. En cuanto vieron a Tom, levantaron su hocico húmedo para agradecer la llegada de un olor familiar y de confianza.

Hannah refunfuñó.

—¿Qué?

—¡Cooperar! No quieren cooperar.

Tom ocupó su lugar en el taburete y le hizo una demostración, con la cara de Hannah pegada a la suya para poder oírlo.

—Si te pasas de firmeza, no les gusta. No tienes que girar las manos. Al cabo de un rato le coges el tranquillo. Llega un momento en que se olvidan de ti. Pero saben cuándo estás esforzándote para hacerlo lo mejor que puedes. Lo saben.

Hannah acabó llenando su cubo mientras Tom llenaba los ocho restantes. A pesar de estar hecha una ruina y empapada, los ojos de Hannah seguían brillando con la alegría de estar aprendiendo algo. Le iba haciendo comentarios a Tom mientras continuaba ordeñando con torpeza. Pero Tom no oía nada, el estruendo de la lluvia era ensordecedor. Sonreía, de todos modos. No se le ocurría un momento en que la hubiera podido querer más.

Tom almacenó los cubos en el arcón frigorífico. De nuevo en casa, se ducharon y se vistieron con ropa seca, Hannah con ropa de Tom, pantalón, jersey, impermeable, gorro de plástico y botas de agua, todo varias tallas demasiado grandes para ella. Tom hubiera preferido que se quedara dentro, pero Hannah se imaginaba que podía ser de gran ayuda y decidió que debía acompañarlo a cavar un canal en la parte posterior de la casa para que filtrase mejor el agua. Y, de hecho, acabó siendo muy útil. Cogió una pala y fue retirando tierra del canal mientras Tom cavaba con el azadón. Utilizar la pala con un gesto de vaivén regular, llevándose una buena palada de tierra en cada movimiento, exigía práctica. ¿Dónde? ¿Cuándo? En... ¿cómo se llamaba ese lugar? ¿Auschwitz?

La lluvia había amainado, aunque no mucho. Tom miró en dirección a los prados de la colina y vio que el agua bajaba como un río entre la cebada y el alpiste crecidos arrastrando ramas y hojas, hojarasca y también una lámina de chapa ondulada del viejo observatorio de aves que el tío Frank construyó en su día más allá de la valla del prado.

Cuando Tom era pequeño, el tío Frank se aficionó durante un par de años al avistamiento de aves.

Cuando hubo alcanzado el lateral de la casa y se disponía a doblar la esquina para seguir cavando, Tom miró en dirección a la llanura aluvial y, pasmado, vio dos casas enteras flotando en el río. Llamó a Hannah.

—¡Mira eso!

—¡Dios mío! ¡Tom!

—Deben de haberse levantado del suelo en Sawyer's Flats. Podría ser la casa de Nev y Poppy, y también la de Scotty Campbell. ¡Dios misericordioso!

—¡Dios mío! Mi casa, Tom. ¿Se la llevará el río?

—No, no. En Harp Road no pasará nada. Estás a más de un kilómetro del río.

—¿Y la tienda, Tom? ¡El agua entrará en la tienda!

—Es posible. Sí. Pero ahora no podemos hacer nada.

La lluvia cesó al anochecer. Hannah y Tom cenaron las sobras de la comida y se metieron en la cama a las ocho. La tormenta había dejado el cuerpo de Tom sin fuerzas y estaba desesperado por dormir, pero Hannah seguía hablando sin parar. La experiencia de la tormenta la había elevado por los aires, como una cometa. Le abría los párpados cuando Tom se sumía en un estado de inconsciencia, le pellizcaba las mejillas, le daba bofetones cariñosos. Quería hablar sobre Dostoyevski, sobre *Crimen y castigo,* también sobre Turguénev, el favorito entre los lectores rusos de todos los genios del siglo XIX, más incluso que Tolstói, Tom, más incluso que Chéjov.

Era consciente de que Hannah se estaba tomando libertades con él mientras seguía charlando. Le parecía bien, pero tendría que suceder mientras él se sumergía en un potente sueño de oleaje y espuma, en el que su prometida nadaba y nadaba con una elegante brazada.

Por la mañana, después del ordeño, inspeccionaron la granja y comprobaron que los daños no habían sido tan terribles como cabía esperar. La lluvia había caído como en la Biblia, pero los vientos habían sido moderados. El taller, con el viejo carnero gruñendo en la plataforma de atrás, había salido bastante airoso, igual que el garaje que albergaba los dos tractores y la carretilla elevadora. El canal de desagüe había cumplido su cometido. Las ovejas necesitaban un poco de aire para secarse, pero no habían sufrido ningún daño. Tom decidió mantener los caballos en los establos para que no se les ensuciaran los cascos con el agua y el fango del prado.

Fueron a casa de Hannah, en Harp Road, para que ella pudiera cambiarse y luego se dirigieron al pueblo. Todo Hometown se había desplazado a la zona comercial para poder intercambiar historias sobre la tormenta, quejarse de la radio y la televisión (el servicio meteorológico) y expresar en voz alta su asombro por lo acontecido. La gente decía: «¡Qué demonios!», «¡Jamás en mi vida!» y «¡Estamos apañados!».

Connie Cash no paraba de hablar sobre la ferocidad de la naturaleza.

—Vi esa nube que entraba por el valle y pensé: «Cabrona hija de puta». Tú estabas a mi lado, cariño. Me oíste decirlo.

Duke, el marido de Connie, suscribió las palabras de su esposa.

—«Cabrona hija de puta» —repitió Connie. Y añadió—: Nev y Poppy. ¿Dónde ha ido a parar su casa? ¡Está
de camino hacia el Murray!

—Nev y Poppy —dijo Duke—. Scotty Campbell. De
camino hacia el Murray. Nev y Poppy se han instalado en
casa de la tía de Poppy, en Hell's Ridge; Scotty y Di están
con el pastor. Esperando a los del seguro. A nosotros no nos
tocó, por suerte. Las aguas se separaron en lo alto de la colina y bajaron por las dos vertientes. Increíble.

—Por las dos vertientes —ratificó Connie—. Se filtró
algo debajo del linóleo, pero poca cosa. ¿Y tu tienda, Hannah? ¿Has ido ya a mirar? Todas las tiendas, la de Dennison,
la de Russ Burnett, la de Jenny, la de los Lawson... han sufrido daños, muchos. Muchos. ¡Ay, tus preciosos libros!

—Aún no he ido a verla —contestó Hannah.

Tom y Hannah, seguidos por Connie y Duke, se enca-
minaron hacia la librería de los corazones solitarios dispuestos a ser testigos de la devastación. Hannah abrió la puerta.
Las estanterías estaban resplandecientes. Entró en la tienda.
Aplaudió entusiasmada.

—¿Has visto, Tom?

—Parece que está todo correcto —dijo Tom.

—¿Has visto?

—Echaré una ojeada por detrás.

Detrás de la docena de tiendas, el terreno descendía y
la riada había llegado a las puertas traseras. Pero Tom había
erigido una cerca detrás de la tienda de Hannah, clavando
estacas de madera en el terreno fangoso, hundiéndolas más
de un palmo, siguiendo el laborioso método del tío Frank,
y el cercado había desviado el agua.

—Ha habido suerte —dijo Tom.

Y Connie exclamó:

—¿Has visto eso?

Duke:

—¡Esto es la hostia!

Juicy, que se había acercado para acompañar a Hannah en sus lamentaciones, dijo:

—Tommy, si no hubieses hundido ahí esas planchas de madera, se habría jodido todo. Perdón, Hannah. Pero ¿ves lo que ha hecho Tommy? Ha impedido que el agua se filtrase por debajo. Eso es ingeniería, amigos míos.

Hannah cogió la mano de Tom y se la apretó. Un gesto embarazoso para los espectadores; no para Tom.

La gente se enteró rápidamente de las fabulosas dotes de previsión de Tom y vino a admirar su obra. Tom explicó que simplemente había colocado la valla para darle un aspecto más agradable a la parte posterior de la tienda, que no lo había hecho pensando en una posible inundación.

—Pero hundiste más de un palmo los postes —dijo Juicy—. ¿A cuántos tíos se les habría ocurrido eso? ¿Eh?

Entonces, con toda la gente reunida alrededor de la maravilla de la ingeniería que era la valla construida por Tom Hope, Hannah hizo su anuncio.

—Pues bien, voy a casarme con este hombre. Todo el mundo está invitado a la boda, todo el mundo.

Aún no habían hecho público lo de la boda. Los presentes se contuvieron de felicitarles hasta que se sintieron seguros de la reacción de Tom. Estaba ampliamente aceptado que Hannah estaba un poco loca, cosa que no era de extrañar con Hitler y todo eso, de modo que lo que pudiera decir sobre casarse con Tommy era quizá una chifladura. Mejor esperar a que Tom lo confirmara. Y Tom sonrió y asintió.

—Sí —dijo.

Palmaditas en la espalda. Un caluroso estrechón de manos a Tom por parte de Juicy Collins, Duke Cash y Arnie Priest, de State Rivers. Connie le dio un beso a Hannah.

—¿Para cuándo? —preguntó Juicy.

Tom se mostró vago en ese sentido. Y le pidió a Hannah si podía responder la pregunta.

—Pronto —dijo ella—. Primero hay que inaugurar la tienda. Después de eso, pronto. En septiembre.

13

En el norte de Polonia, en el valle del Vístula, la tierra empieza a endurecerse a finales de noviembre. A mediados de diciembre, la nieve se queda allí donde cae, sin derretirse. En cuestión de un mes más, los ríos quedan congelados hasta Danzig, en el mar Báltico. A finales de 1944, Hannah y las mujeres del ejército esclavo fueron enviadas a la llanura aluvial del este del Vístula para trabajar con picos y palas la tierra congelada. Su tarea consistía en excavar trincheras lo bastante profundas como para hacer recular a los tanques soviéticos. Los zapatos que les dieron estaban hechos de madera tosca y a todas les sangraban los pies a diario. Si en algún momento Hannah se permitía desear alguna cosa, pensaba en cuero suave y calcetines de lana.

Un equipo empezaba hacia la izquierda y el otro hacia la derecha. Las trincheras tenían que tener tres metros de ancho, quince de largo y dos metros de profundidad. Si un equipo llegaba a la mitad antes que el otro, las cuatro mujeres que integraban ese equipo tenían permiso para esperar. Pero no para sentarse. Descansaban apoyándose en sus picos y palas, apiñadas entre ellas para mantenerse calientes.

El equipo de la lituana que se llamaba Judith y que tenía la complexión de un fortachón de circo siempre terminaba primero. Aquella mujer tenía la cara colorada hiciera el tiempo que hiciese, más rubicunda si cabe cuando helaba y nevaba. Mostraba sus músculos a los guardias de las SS siempre que se lo pedían, se subía la manga y flexionaba el brazo. Indomable cuando tocaba cavar, por las noches era un mar de lágrimas de amargura por su padre, su madre y sus hermanas pequeñas. Las demás mujeres nunca lloraban. La mayoría habían perdido padres, hermanas y hermanos, pero solo Judith lo recordaba como si hubiera sucedido hacía apenas unas horas. Incluso Hannah había dejado de llorar.

Un día, Judith no se despertó al amanecer y fue declarada muerta por el doctor del ejército de esclavas, un estudiante de medicina polaco de escasa competencia. El oficial de las SS al mando del ejército itinerante integrado por mil doscientas esclavas, el *oberführer* Schubert, se acercó a la tienda por curiosidad. Quería ver el cadáver de Judith desnudo para asegurarse de que era mujer. Lo era.

Por petición de Hannah, permitió que entre ella y dos mujeres más dieran sepultura al cuerpo. Fue una concesión enorme. Las muchas mujeres del ejército de esclavas que habían ido debilitándose y habían sido fusiladas por ello eran simplemente transportadas a una cuneta a cierta distancia y abandonadas en la nieve.

Hannah había desarrollado una gran habilidad con las herramientas. Había estudiado a Judith. Pero sabía que el pico y la pala y las raciones miserables que recibían acabarían matándola pronto, matándolas a todas.

A través del médico polaco que en realidad no era médico y de una de las *kapos,* se enteró de que los alemanes estaban a punto de ser derrotados. Los rusos avanzaban desde el este con tanques y ametralladoras y un millón de soldados uniformados.

Estaba prácticamente segura de que el *oberführer* Schubert fusilaría a todas las mujeres del ejército de esclavas en cuanto los rusos estuvieran más cerca. Y que probablemente él también se pegaría un tiro. De vez en cuando, se instalaba al borde de las trincheras para observar a las mujeres mientras un oficial de menor rango sujetaba un enorme paraguas negro por encima de su cabeza. Jamás decía palabra.

¿Y qué podía decir? «¿Qué sentido tiene todo esto?», o: «Largaos a casa, por el amor de Dios, que esto ha acabado». O: «Hoy mandaré fusilaros, no me preguntéis por qué». Tenía un rostro demacrado y gris. Creer que estaba batallando con su propia conciencia sería mucho decir. Había servido en Auschwitz. ¿Le quedaría aún conciencia?

A veces Hannah lo miraba a la cara. Y él le permitía sostenerle la mirada. Si le hubiera ordenado que hablara, le habría dicho: «Mataste a mi hijo. Confío en que el infierno exista y vayas a parar allí».

Los peores días eran los de tormenta de nieve. El viento y la nieve caían sobre el ejército de esclavas procedentes del Ártico. La lona de las tiendas se quedaba congelada y tiesa. Cubrían a los caballos con mantas, pero no a las mujeres.

Morían a docenas a diario. Algunas se quedaban congeladas de pie, sin soltar sus herramientas. Las que seguían con vida se envolvían con los harapos de las muertas. Envolvían sus zuecos, se envolvían las manos. Desde el fondo del hueco de la trinchera, el mundo era blanco. Cavar era imposible. Hannah y las tres mujeres de su equipo se abrazaban y giraban en círculo, pataleando.

Entonces, una mañana, las mujeres del ejército de esclavas decidieron morir. Llevaban dos días sin recibir comida de la carreta de la cocina. En todo el campamento, y sin haberlo hablado previamente, las mujeres se quedaron en sus tiendas envueltas en las sábanas. Una decisión colectiva en la mente corporativa de las oprimidas: era la hora de morir. Llegarían los soldados y las empujarían para que salieran de las tiendas a la nieve. Y les obligarían a disparar contra todas ellas, porque ninguna querría levantarse y coger una pala.

A la espera del final, Hannah se imaginó el cielo por vez primera desde su infancia. Estrellas relucientes en un cielo azul y su cuerpo celestial libre por fin de dolor. El aire de la eternidad sabía a vainilla.

Pero no vinieron los soldados, sino Marika, la encargada de la carreta de la cocina, una chica rubia de dieciocho años de Budapest que había estado acostándose con el cocinero. Se plantó en medio de las mujeres y les anunció que los alemanes se habían ido. Que se habían llevado los tres carros, los seis caballos y se habían largado. Los soldados habían dado por sentado que fusilarían a las mujeres antes de marcharse, pero el *oberführer* Schubert había dicho que no. Se habían ido, todos. Y Marika añadió:

—No tenemos comida.

Las lituanas eran las mujeres más competentes del ejército de esclavas y habían muerto todas. El liderazgo cayó sobre los hombros de Hannah. Propuso empezar a caminar rumbo al este con la esperanza de encontrarse con los rusos. Las mujeres protestaron diciendo que los rusos las violarían. Los alemanes eran monstruos, de eso no cabía la menor duda, pero los rusos tenían apetitos incontrolables; no eran tan monstruos, pero eran igualmente malos.

Hannah ignoró las quejas.

—Violarán a las polacas alemanas —dijo, refiriéndose a las mujeres de etnia alemana del norte de Polonia—. Tienen más que suficiente con ellas.

Con la complicidad del cielo que Hannah se había imaginado, la tormenta de nieve amainó y luego cesó por completo. Dudaba que quedaran alemanes en aquella orilla del Vístula y consideró que emprender camino hacia el este por la carretera con las ochenta mujeres que quedaban con vida del ejército de esclavas sería bastante seguro. Confiaba en poder saquear las granjas abandonadas por la gente que huía de los rusos. Cuando habían marchado hacia el oeste, había visto muchas granjas así.

Se cruzaron con gente de etnia alemana y polacos que huían en dirección contraria a ellas en carros tirados por caballos. No había gasolina para los vehículos a motor. Los polacos y los alemanes pasaron en silencio por su lado, con expresiones de desdén que les resultaba imposible disimular. Los niños más pequeños se tapaban la nariz y hacían gestos con las manos, como de ahuyentar el hedor. La carretera estaba llena de coches y camiones abandonados. Las mujeres inspeccionaron todos los vehículos en busca de comida. Se dividieron una bolsa con diez caramelos, contando estrictamente dos minutos en la boca de cada una de ellas.

Encontraron la primera granja cuando Hannah estaba ya al límite de sus fuerzas. De listones de madera, dos pisos, tejado de teja a dos aguas. Parecía vacía, pero no lo estaba: un anciano postrado en la cama empezó a gritar que le estaban robando. Hannah le ignoró para concentrarse en la despensa. Y, Dios bendito, encontraron un jamón entero, patatas, zanahorias, manzanas verdes, carne de buey curada en sal y avellanas. Acordaron que las normas alimenticias del judaísmo eran válidas para otros momentos y otros lugares y cortaron todo el jamón, comieron las patatas y las zanahorias crudas, compartieron la carne, acabaron con las avellanas y dividieron las manzanas, ocho, entre las ochenta mujeres. Dieron de comer al anciano, aunque él les bufara. Por lo visto, la familia lo había abandonado. Alguien sugirió que estaría mejor muerto, pero Hannah dijo que no.

Y se quedaron en la granja.

Había leña para los fogones y tres chimeneas y materiales para cubrirse al dormir: cortinas, lonas del taller de la granja, mantas de los caballos. Como si las comodidades y el calor hubieran sido un exceso para ellas, en el transcurso de los dos días siguientes murieron cinco mujeres. Hannah se vio obligada a cavar una vez más.

En la vaquería había dos vacas atadas, raza Holstein, mugiendo de hambre y el malestar provocado por las ubres llenas. Frieda, la mujer superviviente de más edad, criada en una granja en Hungría, se encargó de ordeñarlas. Le enseñó a Hannah cómo hacerlo, pero las clases terminaron en seco con su fallecimiento, después de un breve ataque de tos. Hannah hizo lo que pudo con las vacas, pero con mucho esfuerzo.

La comida menguó rápidamente. En uno de los campos encontraron una cabra solitaria, un macho de gran tamaño. Un equipo de mujeres empezó a perseguirlo con cuchillos de carne y un hacha. Para acorralar al animal fueron necesarias diez futuras carniceras. El macho fue sometido mientras una mujer armada con un cuchillo grande montaba a horcajadas sobre él y lo apuñalaba por donde podía con insistencia. El macho cabrío consiguió liberarse y durante días eludió la captura y siguió mirando a las mujeres, agotado, a través de las rendijas que tenía a modo de ojos. Cuando por fin se desplomó, fue decapitado a hachazos, cortado de forma inexperta y servido en estofado durante un montón de días.

Después de la debacle de la cabra, la matanza de animales —las vacas— no era una solución realista. Se llegó a la decisión de que la mitad de las mujeres debería echarse de nuevo a la carretera en busca de más granjas vacías. A mediados de enero, después de tres semanas en la granja, solo quedaban allí Hannah y doce de las ochenta mujeres originales. Vivían a base de leche y los nabos que quedaban aún apilados en el sótano.

Había dejado de nevar, pero los campos estaban blancos con la excepción de la mancha de color intenso allí donde habían sacrificado al macho cabrío y las líneas salpicadas de rojo que indicaban los movimientos del desgraciado animal después de ser acuchillado. Hannah, envuelta como un fardo para protegerse del frío, desarrolló la costumbre de sentarse una hora al día en el tractor que había en uno de los cobertizos. Era un tiempo que dedicaba a no pensar en nada, al vacío. Si tenía que sobrevivir y la guerra tocaba a su fin, haría eso: sentarse y no pensar en nada. No leería más libros. Evitaría cualquier tipo de expresión artística. No cultivaría la mente. Nada de lo que ponía en los libros era verdad. El arte no era verdad. La verdad era que Michael había muerto incinerado en Auschwitz. No habría más hijos.

Los rusos llegaron el primer día de febrero.

14

$\mathcal{E}$l veredicto que hizo Tom de *Crimen y castigo* fue que nada podía redimir al hombre que había asesinado a dos mujeres con un hacha.

—Es una buena historia —le dijo a Hannah—, pero, si conocieras a ese tal Raskólnikov, sabrías que no hay esperanza para él. No merece la pena que Sonia vaya a visitarlo a la cárcel. Es un caso perdido.

Hannah le dio *Sin blanca en París y Londres* y *1984,* y los acabó los dos en solo diez días. Su ritmo de lectura se había acelerado. *Sin blanca* le pareció estupendo, pero *1984* demasiado inverosímil.

A Hannah le gustaba mirarlo mientras leía; apenas le importaba el libro que le hubiera dado. O tal vez sí. Sí le importaba. Pero aquella forma de sujetar el libro entre las manos, la arruga de concentración que se le formaba en la frente, encendían en su corazón un amor similar al de una madre hacia un hijo. Viéndolo leer, le entraban ganas de acariciarlo.

Las expresiones cambiantes de su cara eran como sombras de nubes que corren por encima de un paisaje.

Y se cuidaba mucho de decir «¡Buen chico!» cuando terminaba un libro. Los sentimientos maternales que albergaba hacia Tom no la turbaban en absoluto. Pero se los guardaba solo para ella.

La librería se inauguró sin gran fanfarria, solo con un anuncio publicitario a toda página en el *River Tribune*.

Hannah Babel y Tom Hope anuncian la inauguración de la
LIBRERÍA DE HANNAH
Ben Chifley Square, Hometown.
La única librería del condado.
Abierta de 9 a 5 entre semana y de 9 a 12 los sábados.
Con un amplio catálogo de clásicos y
las mejores novedades de todas las categorías.
¡7.500 títulos!
Ven a hojearlos y a disfrutar de una taza de té o café... ¡gratis!

El día de la inauguración coincidió con la feria anual del hospital de Hometown, en la que sesenta mesitas y tableros sostenidos con caballetes se llenaban con artículos que la gente del condado donaba. La feria del hospital atraía a una auténtica multitud hacia la pradera del rey Jorge VI y la rosaleda del Coronation Memorial, justo enfrente de Ben Chifley Square. Nunca había que preocuparse por las inclemencias del tiempo; en los treinta y dos años de celebración de la feria del hospital jamás había llovido.

El mismo día se celebraba también la feria del hurón del condado, importante en una región amante de los hurones como era aquella, donde se había criado originalmente el hurón plateado. En la feria se anunciaron los resultados de la cacería de conejos, una competición que se prolongaba durante todo el año entre Queenie, el hurón champán, y Bobby Hearst con su Mauser. Los resultados de este año: Queenie, 211, sin contar las crías; Bobby, 247, contando solo las presas confirmadas. Bobby era siempre el ganador. El *River Times* solía enviar un fotógrafo: Bobby y Queenie mejilla contra mejilla, Bobby poniendo cara de engreído, Queenie más amargado.

La feria del hospital daba a Eber Stanley, el representante local en el parlamento federal, una gran oportunidad para pasearse por allí vestido para promocionarse como el mejor amigo de los granjeros de aquel condado, en gran parte rural: pantalones beis, botas Blundstone, camisa de cuadros, sombrero Akubra. Cualquier otro año, Eber se habría escabullido para ir a lanzar la caña en alguno de los estanques que se formaban debajo de los puentes de granito. Pero este año intuía que tendría que luchar por retener su escaño.

Después de la desaparición de Harold Hot en el oleaje de Cheviot Beach, el problemático John Gorton había sido nombrado primer ministro. Gough Whitlam era el líder de la oposición, un hombre algo más elegible que el viejo Artie Calwell. Eber había levantado el dedo y había detectado los vientos de cambio que soplaban por el condado. El número de mujeres en vaqueros era un tema preocupante. Eber consideraba que los vestidos se adecuaban mejor a la figura femenina. Veía un vínculo entre las mujeres con vaqueros y las mujeres comportándose como bolcheviques. Pero relajarse un poco no hacía daño a nadie, de ahí que luciese con orgullo en el bolsillo de la camisa la chapa que le había regalado Moira, la fumeta, donde podía leerse: «¡El lugar de la mujer está en todas partes!». Por otro lado, en la carnicería de Juicy Collins, vendían kebabs ensartados en brochetas de madera marinados en especias que nada tenían que ver con la Australia que Eber conocía y amaba. ¿Qué demonios estaba pasando?

Aun así, el cambio, ¿qué le ibas a hacer? Con osadía, Eber se despidió de un dólar y diez centavos en la barbacoa que Juicy había instalado en una esquina de la Common-wealth of Australia Street, justo delante de la rosaleda. Cogió una brocheta de aquel producto nefasto y forzó una sonrisa descomunal para el fotógrafo del *River Times*.

Los visitantes de la feria cruzaban hasta la Librería de Hannah con ánimos, quizá, de gastar algo en literatura. También gente de los hurones, de Fisher Reserve, cuando podían escaparse un momento. Se vendieron libros: Enid Blyton, sobre todo; varios libros de *Noddy*, *Los Cinco* y *Los Siete Secretos*.

La mayoría de los clientes eran mujeres. Las había que agarraban un libro de las estanterías y lo hojeaban con cara de estar saboreándolo. Otras los cogían con cierta ansiedad, como si hacerlo significara un compromiso de compra.

Bunty George que, como Tom, gestionaba ella sola su granja en lo que los primeros colonos de Yorkshire bautizaron como «los grandes páramos», al oeste del pueblo, no mostró tantos escrúpulos; pasó por los títulos de Agatha Christie como una cortadora de paja y llevó un fardo de libros al mostrador.

Una enfermera del hospital, una mujer robusta de mediana edad llamada Lilly, con un moño alto de pelo rojo que destellaba como una baliza, se acercó al mostrador con un ejemplar de tapa dura de *Guerra y paz* editado por Bodley Head. Lo depositó con esa mirada desafiante que solo una veterana de las salas hospitalarias puede lograr.

—Llevaba años queriendo leer esto —dijo—. Y ahora es mi oportunidad.

Era como si se hubiera recetado un medicamento difícil de tragar, pero que le haría todo el bien del mundo.

De repente se oyó un grito en la tienda y una mujer con una boina de cuadros corrió hacia Hannah con un libro en las manos.

—*¡Las Andorinas y las Amazonas!* Lo leí hace treinta años cuando era pequeña. ¡Santo cielo!

No todos los que entraban en la tienda lo hacían con la intención de comprar. Muchos sentían simplemente curiosidad por ver cómo era una librería. En el pueblo había una biblioteca financiada sin mucho interés por el condado, de modo que la gente sabía qué esperar cuando veía libros apiñados en unas estanterías, pero la biblioteca nunca había tenido el lustre del establecimiento de Hannah. Estaba al lado de la sucursal del English, Scottish & Australian Bank, al final de Veronica Street, por encima del sumidero. Todo aquel lado de la calle había quedado anegado por el agua de la inundación, hasta la altura de las bombillas. Los libros habían ido a la basura y Ern Murdoch, el bibliotecario, anciano y frágil y siempre con su jersey gris, se había jubilado y se había ido a vivir a una residencia en la ciudad, como tendría que haber hecho ya diez años atrás. Pero, incluso cuando había libros, no era nada en comparación con el número de volúmenes que tenía Hannah.

Pero ¿necesitaba Hometown algo tan llamativo? ¿Siete mil quinientos títulos? Nadie le formuló a Hannah esa pregunta, pero ella la intuyó igualmente. Intuyó también que las mujeres se sentían más a gusto que los hombres entre aquella abundancia. Tal vez las mujeres, por costumbre y por carácter, fueran más felices ante la perspectiva de semejante inmersión. Los hombres, todos, contemplaban las estanterías meneando con un gesto de preocupación la cabeza. Muchos libros. Era como sentarse en la arena del desierto egipcio el día uno de la construcción de las pirámides y ver todos los bloques.

La curiosidad de los visitantes se extendía hasta la persona de Hannah. Los que conocían a Tom —bastantes en todo el condado— miraban con malos ojos a la extranjera madura que le había pescado para llevarlo hasta el matrimonio. Que Tom era susceptible de ser pescado y había sido pescado lo daba todo el mundo por sentado. Había que reconocer que Hannah Babel era una mujer muy atractiva para su edad, pero ese cabello gris... Madre mía. Además, estaba loca. Lo que salvaba a Hannah del desdén absoluto era la historia de sus esfuerzos heroicos por salvar la granja cuando el diluvio. Tom se lo había contado a Bev y Juicy; Bev y Juicy lo habían comentado a la gente. Por lo tanto, estaba claro que estaba dispuesta a ensuciarse las manos, a remangarse, en un momento dado. Pero superaba con creces los cuarenta. Y Tom tenía poco más de treinta.

Tom echaba una mano en la tienda desde las diez y media hasta que cerraba al mediodía. Le gustaba ayudar a Hannah. Pero, por otro lado, se sentía como un bobo allí dentro, tecleando los precios en la caja registradora, acompañando a los clientes en su paseo mirando las estanterías. Él era granjero y, antes que eso, mecánico y soldador. Y sí, podía bandearse en una docena de oficios, pero ningún manitas debería incorporar lo de «propietario de una librería» a su lista de habilidades. Gracias a Hannah, sabía quién era Dostoyevski, también Turguénev (llevaba cuarenta páginas de *Padres e hijos*), pero ¿un pueblerino como él moviéndose por aquella tienda tan exquisita, con su tapiz antiguo, sus cuadros bellamente enmarcados y sus alfombras de Kabul? Era un impostor. Una hora antes de presentarse cada día en la tienda, andaba cubierto de barro, reuniendo su rebaño de ovejas, gritándoles a las vacas, llevándose los dedos a la boca para silbarle a Beau y, luego, ponía su mejor sonrisa para explicarles a las esposas de los granjeros dónde podían encontrar los libros de Georgette Heyer. Con camisa y corbata. Zapatos lustrados. Pantalón negro planchado con raya. Cuando amabas a una mujer, podías acabar así. Dios. Al mediodía, se despedía de Hannah con un beso y volvía rápidamente a la granja, donde tenía cientos de cosas que hacer.

Hannah se deshacía con amabilidad de los dos últimos clientes que se entretenían en la tienda, giraba el cartel de «Cerrado» y se quedaba sola con su alegría. La tienda había vendido treinta y siete libros, casi un 0,5 por ciento de sus existencias. Para cubrir gastos, pagar el alquiler y las facturas, Hannah tendría que vender cincuenta libros diarios. Puesto que la mayor actividad se reducía al sábado por la mañana, sus objetivos de ventas eran más que improbables.

Pero daba igual. La felicidad corría por sus venas y sus arterias y alcanzaba hasta el último rincón de su cuerpo y su ser.

¿Ves cómo las cosas acaban saliendo? ¿Ves cómo el mundo es lo bastante grande como para facilitar que ciertas cosas se hagan realidad? Que, treinta y seis años atrás, el sindicato de estudiantes alemán pudiera llevar a cabo una manifestación en Opernplatz, Berlín, y quemar veinticinco mil libros, muchos de ellos escritos por judíos, que los estudiantes se regocijaran en su festival de odio, y ahora estuviera pasando esto, en Hometown. La librería de los corazones solitarios de Hannah, una auténtica maravilla.

Su padre se había enterado de la noticia por la radio, en su apartamento de Pest, cerca del Puente de las Cadenas, con Hannah y su hermana Mitzi, un año mayor que ella, sentadas en el sofá a su lado. «Están quemando libros. ¿Por qué esta locura? Los estudiantes están quemando libros». Se había estrujado las manos y había presionado su anillo de casado con el pulgar, como hacía siempre que estaba nervioso. Hannah le había cogido las manos y lo había tranquilizado. La barba de dos días que le cubría la barbilla y las mejillas empezaba a ser canosa y sus gafas redondas se habían quedado empañadas. Movió los labios en silencio. Una oración de perdón, imaginó Hannah; su padre iba por la vida perdonando incluso cuando no estaba especialmente justificado.

Era contable de profesión y tenía diez empleados, pero su vida estaba completamente consagrada a la literatura. El apartamento estaba ocupado con estanterías en casi todas las habitaciones; flanqueaban puertas, rodeaban ventanas; una exasperación para la madre de Hannah, Dafna, que se pasó la mitad de su vida encaramada a una escalera con un plumero.

Para George Babel, cada libro ocupaba su lugar en la narrativa mundial, era una historia única contada por miles de voces. Tenía sus favoritos —Moses Mendelssohn, Tolstói, Aristóteles—, pero nunca hablaba de ellos como gigantes entre los menos dotados; más bien se refería a ellos como líderes. Igual que le sucedía a Hannah, no aprobaba la existencia de colonias en las estanterías y obligaba a todos los autores a convivir en un kibutz literario.

Hannah cerró las manos sobre las de su padre y le dirigió palabras de consuelo, pero el consuelo no lo salvó. Murió en un campo de concentración en el norte, cuando su corazón no dio más de sí. La madre de Hannah y dos de sus hermanas, Mitzi y Pasqual, fueron ahorcadas por robo en el mismo campo; Deate recibió una paliza demasiado salvaje como para sobrevivir a ella; Moshe fue enviado a una unidad de trabajo y se dijo que murió de hambre. Ninguno de ellos llegó a Auschwitz.

No fue hasta 1948 cuando Hannah conoció el destino de los distintos miembros de su familia. La biblioteca de su padre había desaparecido cuando regresó al apartamento en 1945. Podría haber pensado: «¿Y qué? ¿Salvaron los libros a mi padre? ¿Salvaron a alguien?». O: «Mi padre amaba los libros, yo amaba los libros, un día tendré una tienda y me colocaré detrás del mostrador para venderlos».

Podría haber abierto una librería en Budapest después de la guerra, pero Stefan estaba demasiado ocupado como para poder prestarle atención y los comunistas controlaban en exceso los títulos. Y eso era intolerable. Incluso aquí, en Hometown, había que acomodarse a la censura. Su solución consistía en colocar un pequeño taco de madera allí donde tendría que exhibirse el libro prohibido. Y en cada taco (Tom los había fabricado siguiendo sus especificaciones) pegaba una etiqueta: «*Delincuente juvenil* está prohibido en Australia. Diríjase al mostrador para un resumen del relato». O *El amante de Lady Chatterley*. O *Eros y civilización*. Hannah almacenaba los resúmenes en la cabeza. Y estaba dispuesta a pregonar las vicisitudes narradas en el libro a cualquiera que mostrara la curiosidad suficiente.

Llegó a Australia con la librería aún en su imaginación y se dijo: «¿Acaso puedo alejarme más? Me pararé aquí». Muy al oeste de Budapest; de Auschwitz. Había leído lo bastante como para saber que no podemos hablar de que las cosas suceden de determinada manera porque así lo dicta el destino. Si su largo viaje desde Europa hasta Hometown, hasta Tom Hope, hasta la librería de los corazones solitarios, estaba dictado por el destino, entonces *Mein Kampf* también era cosa del destino, y el exterminio, y el *Säuberung* de los estudiantes en Opernplatz también fue cosa del destino.

Se dijo: «Es una lástima». La felicidad de Hannah era tan grande que podía albergar contradicciones. Sin duda alguna, todo aquello estaba predestinado, aquella librería que la sumiría en la bancarrota, aquel amor por un hombre que un día miraría más fijamente sus canas y sus arrugas de lo que lo hacía ahora. Una lástima. Pero, por el momento, tenía que saborear el paraíso.

15

El *trifle* es imprescindible —dijo Tom—. En el campo, Han, está presente en cualquier banquete de bodas. Y los hojaldres de salchicha.

—¿Y quién lo preparará? —preguntó Hannah.

Estaba perpleja con la importancia que se le daba a aquel pastel. Le parecía repugnante solo de imaginárselo.

—Bev preparará el *trifle*. Sus pasteles son famosos.

Hannah dijo que miraría cómo lo hacía. Si aquel tipo de pastel era más importante que el mismísimo Dios, tendría que preparárselo de vez en cuando a Tom.

Bev, con su delantal de tiempo inmemorial con un bolsillo en la parte delantera donde guardar sus Turf con filtro y las cerillas, señaló los ingredientes dispuestos sobre la mesa.

—Primero preparas el bizcocho, el brazo de gitano, ¿entendido? Lo cortas por la mitad y lo colocas en el fondo del cuenco. Entonces le viertes el jerez y dejas que el bizcocho se empape bien. Con el jerez no hay que ser tacaño, Hannah, cariño. Hay que intentar que el sabor del licor llegue hasta el centro del pastel, si no acabarías comiendo una tarta de fiesta infantil. Un buen chorretón de jerez. Luego, encima del bizcocho, la capa de melocotones cortados finos. Luego la gelatina, con oporto, una capa de eso. Todo son capas, Hannah, todo capas. Después la crema pastelera, una capa bien gruesa. Otra capa de melocotones, otra capa de gelatina, esta vez de frambuesas, otra de crema pastelera, bien gruesa. El cuenco es grande, ya lo ves, un cuenco gigante, siempre de cristal transparente, si utilizas un cuenco de cerámica no queda bien, hay que ver todas las capas, ¿entendido? Entendido. Y encima de todo, la nata. Nata de verdad. Nata espesa de la de verdad. ¿Y cómo terminamos todo esto? Pues con un poco de chocolate rallado por encima. Y tiene que ser chocolate negro. Nada de chocolate con leche. Tiene que ser chocolate negro. Y ya tienes tu *trifle*.

Y no prepararon solo uno, sino dos *trifles* gigantes. Todo Hometown estaba invitado a la boda y a la recepción que se celebraría después y con dos *trifles* apenas sería suficiente. Los bocadillos quedaron en manos de Kay, la eternamente sufridora esposa de Juicy, y de un equipo de ayudantes. Pese a su timidez, Kay deseaba implicarse en la celebración, deseaba vestirse con elegancia, deseaba ver a Hannah hacer sus votos de matrimonio y deseaba llorar sin contención. Se necesitarían bandejas enormes de bocadillos. De tomate y queso cheddar, de tomate y jamón, de tomate y lechuga, de tomate y huevo duro, de tomate y huevo al curry, de huevo al curry solo, de pepino, de pepino y jamón, de pepinillos y huevo duro. Otras mujeres del pueblo se encargaron de preparar bizcochos de jengibre, bizcochos de fruta de la pasión, bizcochos de vainilla, crestas de manzana. Los hojaldres de salchicha quedaron bajo la responsabilidad de las hermanas de Tom, que se alojaban en su granja. El consejo de Bev: «No os quedéis cortas con los hojaldres de salchicha. Tiene que dar al menos para alfombrar todo un acre de terreno». Y las ensaladas, por supuesto. Patty y Claudie se encargarían también de las ensaladas.

Hannah aportó un par de recetas que incluían cosas como berenjena asada y fueron aceptadas cortésmente, e ignoradas. La noche antes de la boda se volvió loca en la cocina preparando platos húngaros tradicionales suficientes para alimentar a todo el Ejército Rojo. Tom intentó ofrecerle su ayuda, pero ella le dijo que se marchara y no se acercara por allí. Una copa de carísimo vino syrah, luego otra, y después tres más, la ayudaron a seguir en marcha hasta medianoche, momento en el cual se quedó dormida en el suelo de la cocina. Se despertó a las cuatro y llamó por teléfono a Tom.

—Tom, cariño, estoy borracha. No te cases conmigo.

—Tranquila.

—Eres demasiado bueno para mí. Ya está, ¡ya lo he dicho! Tendrías que casarte con... ¿cómo se llama? ¿La chica esa tan pechugona? ¿Sharon? ¿La que trabaja en el colmado? Está loca por ti.

—¿Sharon? Cariño, pero ¿qué dices? Anda, vuélvete a dormir.

—La he visto, cómo te mira. ¿Se llama Sharon?

—Cariño, Sharon tiene dieciséis años. Anda, sigue durmiendo.

—Pero, Tom, quiéreme, por favor. Soy una judía loca. Pero quiéreme.

—Hannah, cariño, te querré siempre. Vete a dormir.

—¡Y toda esta comida húngara! ¿Quién se la comerá?

—Todo el mundo. Tienes que dormir un poco, Han. Vete a dormir.

¿Y el cepillo de dientes? Por Dios, ¿dónde estaba el cepillo de dientes? Se lavó los dientes aplicando el dentífrico al dedo y se acostó en la cama, donde durmió hasta las nueve de la mañana.

¿Podían aspirar a un tiempo mejor? ¿A un cielo más azul? Bev había ayudado a Hannah a prepararse: un vestido de Budapest que compró diez años atrás para asistir a la boda de la hermana de Stefan. Tal vez un poco demasiado cercano al carmesí para una novia, tal vez más escotado de lo conveniente, pero precioso. Un ramo de violetas, sujetas con una cinta de color morado que en su día utilizó Mitzi, la hermana de Hannah, y que encontró en el apartamento de Pest en 1945.

Y Tom con un traje nuevo, azul marino; camisa azul nueva; corbata espantosa de color beis con rayas amarillas en diagonal... ¿Cómo se le había ocurrido aquello? No era la corbata que había dicho que se pondría. Lo condujo hacia una habitación lejos de la zona reservada para la ceremonia y le hizo una señal a Juicy Collins, que llevaba una corbata lisa de color roja, indicándole que lo siguiera.

—Intercambiad las corbatas —dijo Hannah—. Rápido.

Horry, con americana de cuadros, les preguntó en voz baja al novio y a la novia, cuando por fin ocuparon sus puestos delante de él:

—¿Listos para empezar?

Y entonces se desató la creatividad.

—La señora Babel me ha pedido que empecemos con un poema —dijo Horry.

La multitud que se había congregado en el interior del edificio rozaba lo peligroso. La gente de Hometown y su región se había tomado como una promesa inviolable lo del «todo lo que puedas comer y beber» que habían colgado en el tablón de anuncios. Pero existía la sensación de que se aplicaría sobre todo a quien se hubiera tomado la molestia de presenciar la ceremonia. Fuera hacía calor, pero mucho más hacía dentro. La noticia de que iban a leer un poema fue recibida con gruñidos, solo unos cuantos.

—El poema —dijo Horry, enarcando una ceja en señal de advertencia contra cualquier otra posible muestra de disconformidad— es de..., es de Sapo. Sapo, ¿no es eso, Hannah? Tu caligrafía es un poco difícil de entender.

—Safo —dijo Hannah.

—Safo. ¿Sin apellido?

—Sí.

—Y es corto. No sé muy bien cómo se titula. ¿Hannah?

—El título es la primera línea.

—¿Es eso? ¿Justo lo que pone en la primera línea?

—Sí.

—¿De modo que sería «Es imposible»?

—Hasta la coma.

—¿«Es imposible madre querida»?

—Sí.

—Pues no deja mucho poema por leer. Pero, si tienes razón, tienes razón. El poema se titula «Es imposible madre querida». Supongo que irá sobre bodas y esas cosas. Pues ahí vamos. «Es imposible madre querida, no puedo seguir tejiendo. Culpa si lo deseas a la dulce Afrodita, pues casi me mata llenándome de amor hacia ese muchacho».

Horry leyó el poema con la cadencia cantarina y susurrante que utilizaba para anunciar las apuestas en el centro comercial. Cuando hubo terminado, siguió estudiando con expresión de perplejidad la hoja de papel donde Hannah había escrito los versos. La gente no sabía si había acabado o no.

—Sí, pues eso es todo, por lo que se ve —confirmó finalmente Horry—. «Culpa si lo deseas a la dulce Afrodita...». Imagino que se referirá a la diosa. Afrodita. Una de tus favoritas, ¿no es eso, Hannah?

—Sí, así es.

—Safo. No conocía a la muchacha. Pues muy bien. Veamos, estamos aquí para algo más, es decir, para celebrar el matrimonio de Tom y la bella Hannah. No es la primera vez para ninguno de los dos. La tercera vez para ti. ¿Hannah? La tercera vez. La segunda vez para Tom. Como dice el refrán: «La esperanza es eterna». Vamos allá.

Hicieron sus votos; sus promesas. Tom, erguido y serio, dijo que amaría a Hannah pasara lo que pasase y que cuidaría de ella y le daría consuelo hasta el fin de sus días. Hannah dijo lo mismo, pero en un susurro, con la mirada perdida hasta que por fin levantó la vista hacia Tom, abarcó su cara con las dos manos y le dio un beso en la boca. Emitió un grito que fue más de angustia que de alegría —«¡Tom! ¡Dios mío!»— y volvió a besarlo.

Tom no podría haber conformado una figura más estoica —estoica, seria y sobria— ni aunque se hubiera pasado un año estudiándose el papel. Aunque al final, declarado ya marido de su nueva esposa, se permitió sonreír. Primero a Hannah y luego volvió la cabeza hacia los reunidos y compartió con la gente de Hometown su... ¿alivio? ¿Podría ser alivio? Le respondieron.

—¡Me alegro, Tom!

—¡Me alegro por ti, colega!

—¡Bien hecho, Tommy!

Y, dirigiéndose a Hannah:

—¡Que seas muy feliz, querida!

Ya en el exterior, en lo alto de la escalera, le pidieron a Hannah que lanzara el ramo.

—Pero tenéis que devolverme la cinta. Era de mi hermana.

Se giró y lanzó el ramo por encima del hombro. Lo cazó Sharon, con un salto digno de un jugador de críquet atrapando la pelota en pleno vuelo.

—¡La cinta! —chilló Hannah.

Sharon deshizo el lazo y le entregó la cinta morada a Hannah. Unos minutos antes, le había murmurado a su madre con odio sincero: «Es demasiado vieja para él». Pero ahora parecía iluminada por el resplandor festivo de la jornada y se vio con ánimos de perdonar a Hannah. A modo de penitencia, le dijo en voz baja: «El vestido es precioso», al devolverle la cinta.

La CWA* había declinado implicarse oficialmente en la recepción posterior a la boda puesto que era un asunto privado y no de la comunidad, pero eso había sido por culpa de la estirada de Marg Barrister. La mayoría de las mujeres de la asociación conocían a Tom y sí se habían mostrado dispuestas a colaborar. ¿La esposa que Tom había elegido? Un problema; mejor ignorarlo.

Bev y Kay y diversos ayudantes se afanaron desde el instituto de mecánicos de la carretera para tenerlo todo listo en la granja antes de que llegara la multitud. Vern Viney, con un estudio fotográfico en Healesville y cuyos servicios habían contratado, había hecho numerosas fotografías durante la ceremonia y haría un centenar más fuera para que las mujeres pudieran disponer de media hora para calentar la comida y preparar las mesas. Cuatro barriles subidos desde el pub, una docena de botellas de espumoso, jerez, coñac, licor advocaat, Pimms, whisky... y vino, por insistencia de Hannah, aunque era un despilfarro de dinero, puesto que solo lo beberían los borrachos. Limonada y refrescos de frambuesa y lima para los niños.

En el porche trasero se habían instalado tres neveras de alquiler que habían conectado a adaptadores dobles y Kay había enchufado a la cocina de Tom un viejo horno eléctrico que estaba guardado en el cobertizo para de este modo poder tener cuatro bandejas calientes más. La comida se serviría en bancos y mesas instalados en el interior: la idea era que la

---

* La Country Women's Association es la organización femenina más importante de Australia y su principal objetivo es mejorar las condiciones de las mujeres en las zonas rurales. *[N. de la T.]*

gente se llenara el plato con pollo, cordero, costillas y verduras, se lo llevara fuera y se sentara en una de las sillas alquiladas a los Mason y a la RSL*. Habían dado cinco dólares a seis chavales del instituto de Hometown —de catorce años y poco más, algo discutiblemente legal— para que se encargaran de servir las bebidas durante la tarde y hasta entrada la noche.

La buena disposición hacia Hannah iba en aumento a cada hora que pasaba, puesto que se aceptaba que la feliz abundancia de comida y bebida era la expresión de una sensibilidad europea exótica. ¿Y tú que crees? ¿Los judíos comen cerdo? Mira esto: dos lechones asándose en brasas metidos en bidones de doscientos litros cortados por la mitad. Una judía que no permitía que ser judía se interpusiera en servir un lechón tenía que ser una persona maravillosa.

La banda se llamaba Gearchange: Angus Mac al bajo, Col Fast al violín, sus dos hijos a la batería y la guitarra acústica. Tom había montado un escenario con madera de pino en el patio trasero con la idea de que comenzaran a tocar a media tarde. Pero por cien pavos Col se mostró dispuesto a ofrecer ocho horas de actuación y la música empezó mientras cortaban la carne asada. Jenny Kitson, enfundada en un vestido negro de lentejuelas y canalizando el espíritu de Patsy Cline, se arrojó a *The Wayward Wind* con una sonoridad que obtuvo la más profunda aprobación de Bev, cuyos ojos azules se llenaron de lágrimas mientras se manejaba por

---

* Returned and Services League, organización de apoyo para hombres y mujeres que han servido en el ejército. *[N. de la T.]*

la cocina con un Turf entre los labios y un tenedor para carne en la mano.

En ausencia de padre y madre por ambos lados, Patty asumió el papel de pariente de mayor edad. A las cinco de la tarde, con una bandada de cacatúas blancas formando un tumultuoso grupo de espectadores en las ramas de los eucaliptos, llamó la atención de los presentes con los tradicionales golpes de tenedor contra una copa de champán.

—¡Atención, por favor!

A aquellas alturas los niños ya estaban desmadrados. Las madres los llamaron al orden:

—¡Kevin! ¡Georgina! ¡Venid aquí! ¡Ya!

—¡Atención, por favor!

Patty ofreció un discurso compacto en el que no se abstuvo de informar a Hannah de que era una mejora condenadamente enorme con respecto a Trudy. Tom, al que sin previo aviso se le requirió para pronunciar unas palabras, sin damas de honor a las que dar las gracias, dijo simplemente que era un hombre feliz. Mencionó por encima que bajo la tutela de su esposa estaba «conociendo a los clásicos».

Hannah declinó de entrada el ofrecimiento para hablar, aunque acabó claudicando a consecuencia de la presión de los reunidos.

—De acuerdo. De acuerdo.

Le dio un beso en la mejilla a Tom antes de ponerse en pie y extendió los brazos, en un gesto de abrazo, hacia la gran cantidad de gente que se había desplazado desde el pueblo hasta la granja.

—Gracias por haber venido hasta aquí —dijo.

Su voz tenía una calidad ronca natural, acentuada en aquel momento por la emoción.

Había llegado a Hometown, explicó, harta de Europa.

—Querían asesinarme. Y no es que yo fuera especial. Querían asesinar a todos los judíos, incluso terminada la guerra. Aquí, nadie quiere asesinarme. Adoro a los australianos. —Y a continuación—: ¡Comed! ¡Bebed!

Cuando volvió a tomar asiento, le dijo a Tom en voz baja:

—Creo que no tendría que haber dicho esto, ¿no?

—No pasa nada, cariño. Además, es verdad.

—Los australianos no quieren oír hablar de asesinatos. No sé por qué lo he dicho. Pero estoy harta de Europa, Tom, sí. Amo Budapest, pero estoy harta. Lo único que deseo es estar contigo. ¿Te parece bien?

—Me parece bien. Me parece estupendo.

El único amigo europeo que Hannah tenía en Australia se había desplazado hasta allí desde St. Kilda. George Cantor, anciano y elegante, con una fabulosa mata de cabello blanco y sedoso, lucía la kipá en la coronilla. Se colocó detrás de Hannah y le susurró al oído:

—Estás muy guapa, cariño. Pero eres tonta. No hay que hablar de asesinatos en una boda.

Entonces Kay Collins preguntó si podía decir una cosa.

—Quiero mucho a este hombre, a Tommy, a nuestro Tom. Quiero a Hannah. Y deseo cantar una canción.

Una chillona puesta de sol empezaba a extenderse por encima de las colinas del oeste. Rupe Stevens y su mujer se habían ocupado de ordeñar a las vacas y Tom pudo bailar tranquilamente con la novia mientras los colores del cielo se intensificaban y desaparecían. Se movió con competencia al ritmo de la interpretación que hizo Jenny de *Tennessee Waltz* y *He'll Have to Go,* aunque fue todo un reto. Cuanto más bebía Hannah, más animada estaba. Quería que Tom se la llevase al cuarto y Tom tuvo que hacer esfuerzos para convencerla de que aquello no quedaría muy bien.

Pasadas las ocho, bajo un cielo tachonado de estrellas, los invitados empezaron a desfilar hacia los coches aparcados en el camino de acceso a la casa. Los más remolones seguían sentados en grupitos en el porche, sujetando las copas con actitud decidida y desafiante. Las mujeres no tenían ganas de volver a las penosas tareas de la casa y los hombres estaban aproximándose a esa lagrimosa fase del amor perdido y la soledad. La comida se había acabado, con la excepción de lo que quedaba de las ensaladas. ¿Los *trifles?* Ni una sola migaja. Los niños Hutchinson, del gueto católico del otro lado de la vía del tren, con su apetito adaptado a banquetes desmesurados, habían relamido los cuencos de cristal hasta dejarlos relucientes.

Llamaron a Tom para que fuera a sacar a una banda de niños que estaban en el prado de la carretera. Hannah le dijo: «No, quédate aquí», pero era una cuestión urgente; a Stubby le entraría la locura y empezaría a darse golpes contra la valla.

Hannah fijó la mirada en la oscuridad hacia la que Tom había desaparecido y siguió aceptando de forma distraída los mejores deseos de la gente que se iba marchando. Había crecido en su interior una sensación de malestar que confiaba en que desapareciera en la cama con Tom. Despidió a los últimos invitados y subió hasta las rocas con sus tacones;

extendió sus manos sobre la cara áspera de la más alta. La luna, que emergió por el este, confirió a la piedra el tono blanco de los huesos.

Dijo:

—Perdóname. Ni siquiera estoy en el continente donde moriste. Perdóname. No podía seguir allí. Un día te sonreían por la calle y al día siguiente te colgaban de una farola. No podía quedarme allí, pequeño mío.

16

Los rusos estaban contentos. Habían ganado la guerra. Todavía no, pero sucedería en cualquier momento. Los alemanes se estaban retirando y pronto quedarían atrapados en las ciudades de su país, destrozados por el fuego de los bombarderos aliados. Los soldados, todos del este y en realidad no rusos, sino mongoles siberianos, se mostraban ignorantes y felices, confiados en capturar a los alemanes en su último refugio para poder matarlos a todos. Era época de Carnaval, tiempo de alegría, y a Dios gracias los altos mandos rusos —sofisticados y astutos— sabían contener a los eufóricos siberianos. Los comandantes rusos permitieron a los siberianos violar a las mujeres de etnia alemana, pero no a aquellas que habían logrado escapar de los nazis, especialmente a las mujeres judías que habían sufrido en los campos de concentración. Lo hicieron, claro está, pero supuestamente no tenían que hacerlo.

Las mujeres al cuidado de Hannah, cuyo número se había reducido a ocho debido a las enfermedades, los fallecimientos y las huidas, no fueron violadas. Las que estaban enfermas fueron enviadas a un hospital de campo ruso para ser tratadas. El comandante al mando de los siberianos en aquel pequeño rincón de Polonia se encargó de que así fuera. Era un judío moscovita llamado Zalman, un hombre culto, comprometido y austero. Había visto los campos que sus siberianos habían liberado. Le explicó a Hannah (el idioma con el que se comunicaban era el alemán) que con el tiempo se acabaría revelando que los nazis habían asesinado no a centenares de miles de judíos, sino a millones. No hablaba de esos millones en tono sentimental, simplemente exponía los hechos. Su misión no era demostrar lo malvados que habían llegado a ser los alemanes, sino defender la autoridad del Partido. No era un oficial político, pero se comportaba como si lo fuera. Le dijo a Hannah: «Si estuvieras en nuestro ejército te vigilaría como un halcón».

Entre el personal de la división de fusileros comandada por el teniente coronel Zalman había varias mujeres. Trabajaban como mecanógrafas, como secretarias, preparando la comida. Eran del este, como los soldados, y tenían un aspecto asiático, aunque no eran mongolas.

Zalman tenía una conducta austera, sí, pero le gustaba la buena conversación. Se acercaba a la granja cada dos noches para cenar con Hannah. Evitaban la política. Hannah, como Zalman pronto comprobó, tendía a decir cosas excesivamente satíricas para su gusto. Discutían, en cambio, sobre literatura y filosofía. Los conocimientos de él excedían los de ella, pero Hannah no se turbaba en absoluto. Tenía intención de pedirle un salvoconducto antes de que siguiera avanzando con sus siberianos, algo que le permitiera moverse sin problemas por el territorio liberado por los soviéticos y regresar a Budapest. Estudiando la expresión seria de Zalman mientras disfrutaba de las estupendas comidas que le preparaban las mujeres del este, se preguntaba siempre si aquel hombre habría conocido alguna vez la risa.

Hablaba sin cesar de Platón con tanta sinceridad que Hannah no podía evitar sonreír. Una noche, Hannah le dijo:

—Platón quería quitarse de encima a la gente que no era de su agrado, ¿verdad? Actores, escritores. Quería fusilarlos.

Zalman levantó un dedo en un gesto de censura.

—En la antigua Grecia no existían las armas de fuego.

Tenía las cejas más bonitas que Hannah había visto en un hombre: de forma perfecta y con el brillo del pelaje más preciado de algún animal. Tenía los labios rojos, pero nada que ver con el rojo que puede llegar a producir la malnutrición. No, los labios de Shmuel Zalman eran rojos como el vino, traicionando algún complemento oculto de la sensualidad que corría por su sangre. Hannah estaba segura de que deseaba acostarse con ella pero no podía reconocerlo. Aquellas discusiones sin humos acompañadas por la mejor comida que podía encontrarse en Polonia eran en realidad banquetes de seducción inconsciente. Hannah no quería que la seducción llegara más lejos.

A principios de febrero de 1945, Zalman y sus siberianos se prepararon para avanzar hacia Berlín. Habían llegado tanques, muchos. Los soldados se subieron a los tanques, diez o más hombres encaramados a su estructura, sentados incluso a horcajadas sobre los cañones. Al marchar, lanzaron gritos de guerra.

Zalman observó la escena con Hannah.

—Son gente sanguinaria —dijo—. Estuvieron años combatiendo contra nosotros. Los rusos somos sus enemigos naturales. Ahora quieren matar alemanes. Si les dijera que nuestros enemigos son los franceses, matarían franceses.

Zalman pretendía despedirse de Hannah a la mañana siguiente. Así lo habían convenido, había estado animándola a marcharse a vivir a Rusia, y había insistido en ello incluso mientras le redactaba un salvoconducto para desplazarse por los territorios controlados por los rusos. Dijo que él podría arreglárselo todo. Pero a la mañana siguiente no se presentó en la granja. Hannah temió enseguida que le hubiera pasado alguna cosa, y así fue. Una de las cocineras del este le informó de que el teniente coronel Zalman había sido arrestado y se lo habían llevado a Rusia. La cocinera hablaba ruso a un nivel tan poco sofisticado como Hannah. ¿Por qué razón habían arrestado al teniente coronel Zalman? Por motivos políticos, dijo la cocinera.

Hannah, después de haberse enterado de que los rusos estaban en Toruń, más hacia el sur, convenció a dos de las mujeres que aún quedaban con ella en la granja de que intentaran desplazarse hasta esa ciudad. La idea era poder subir a un tren en Toruń para regresar a Hungría, que estaba también bajo el control de los rusos. Era peligroso. Zalman se había ido y, con él, la protección que podía darles. Incluso siguiendo en la granja, podían violarlas cualquier día. Podían violarlas todos los días. La mayoría de los siberianos se había marchado con los tanques a matar alemanes, pero llegarían más soldados soviéticos, tal vez tan malos como los siberianos, tal vez peores.

En cuanto salieran a la carretera, el peligro sería todavía peor. Los rusos habían avanzado con tanta rapidez que había alemanes que habían quedado atrapados detrás de las unidades destacadas que habían emprendido la marcha hacia Berlín; al menos eso era lo que Zalman le había contado a Hannah. Los había que seguían en el este, en el lado del Vístula donde ellas se encontraban. Y no solo alemanes, sino también unidades integradas por soldados soviéticos que habían desertado dos años atrás para combatir con los alemanes: kazajos, tayikos, auténticos bárbaros. Eran desertores que estaban ya muertos, que jamás permitirían ser hechos prisioneros. Caer en sus manos sería una catástrofe.

Pero Hannah y sus dos amigas —Lette y Eva— se echaron a la carretera cargadas con bolsas de tejido cosidas a mano con comida suficiente para una semana. Temían a los desertores, temían a los alemanes, temían a los soldados soviéticos. Pero quedarse sin hacer nada era peor. Si recorrían a pie las carreteras de Polonia en dirección a Toruń estarían, al menos, plantándole cara a su destino. La cautividad, en vez de haberlas cohibido, las había llenado de valor. Habían visto cómo seleccionaban para la cámara de gas a sus compañeras de celda en Auschwitz, habían visto caer en la carretera a mujeres con las que habían llegado a tener la intimidad de una familia, habían visto cómo las fusilaban los soldados de las SS. Emprendieron la marcha hacia Toruń. Dispuestas a aceptar lo que aquel mundo absurdo les pusiera en su camino y confiando, por encima de todas las cosas, en vivir, sobrevivir, poder volver a caminar por las calles de Budapest.

Pero la comida para una semana no les duraría hasta Budapest. Las granjas que encontraron en su viaje hacia el sur habían sido saqueadas por completo por los soldados soviéticos, que iban por delante de los cuerpos con el abastecimiento y tenían que alimentarse. Hannah, Lette y Eva se ensuciaban con barro la cara y el pelo para conseguir un aspecto sucio y eludir cualquier deseo de violación, y de esa guisa se aproximaban a los campamentos de los soldados para pedir comida. Tuvieron suerte alguna vez; otras, tuvieron que salir corriendo como velocistas olímpicos, levantándose el vestido para liberar las piernas y facilitar la huida. Tenían, al menos, un calzado razonable, confiscado a los cuerpos de los refugiados que yacían en las cunetas. Habían aprendido a desnudar con rapidez a los cadáveres, puesto que mucha de esa gente que había huido desesperada tenía material comestible escondido cerca de la piel, fragmentos de galletas de harina de trigo, huesos, pieles de patatas, que se habían conservado gracias al frío invernal. La mayoría de los muertos había sido fusilada por las tropas alemanas en retirada o por las unidades de desertores, los había también que habían sucumbido a las enfermedades. Hannah aconsejó contención a sus compañeras: mejor no comer nada de alguien que podría haber muerto de tifus.

En una ocasión, descartaron una pata de algún animal que descubrieron entre los harapos de una chica que parecía haber muerto como consecuencia de una enfermedad. Después de dar unos veinte pasos, las tres se volvieron a la vez, corrieron hacia el cadáver de la chica y fueron comiendo la pata por turnos.

En Toruń, Hannah localizó enseguida el hospital, gestionado ahora por los soviéticos. Habló en ruso a un médico a todas luces agobiado para ofrecerle sus servicios, y también los de Lette y Eva, que podían colaborar preparando vendajes y limpiando. El hombre dijo enseguida: «Sí, sí», las empujó hacia una horrorizada enfermera y se marchó corriendo. La enfermera era asiática. Les dijo a las tres mujeres que tenían que ducharse y desinfectarse y les proporcionó ropa interior de tejido tosco y unos vestidos grises espantosos. Las tres mujeres no dijeron nada, pero no estaban dispuestas a ponerse bajo una ducha. No después de lo de Auschwitz. Se lavaron frotándose bien con agua caliente y se limpiaron la porquería del pelo con la ayuda de un cubo; ignoraron por completo el desinfectante.

Y así comenzaron los tres meses, desde marzo hasta principios de junio, que calificaron como las «vacaciones polacas». El trabajo empezó a escasear al cabo de una semana de su llegada al hospital. Cuando las tropas soviéticas comenzaron a avanzar rápidamente por Alemania en dirección a su meta, Berlín, Toruń quedó demasiado alejado de la contienda como para que los heridos fueran remitidos a su hospital. Hannah, Lette y Eva fregaban suelos a ritmo lento, bañaban enfermos y cepillaban los dientes a los soldados que no podían utilizar las manos o ya no las tenían, y ayudaban también en la cantina.

La comida llegaba desde Georgia y Azerbaiyán. Un error administrativo había dado como resultado una asignación de comida para trescientos pacientes y trescientos miembros de personal sanitario. En realidad, el equipo del centro no ascendía a más de noventa personas, incluyendo médicos, y había tan solo setenta pacientes. Hannah llegó a empacharse de frambuesas de Georgia. El desayuno, la comida y la cena constaban de tres platos tanto para el personal como para los pacientes. En seis años de guerra, nadie había comido tan bien. La gran esperanza de todo el mundo era que los rusos tardaran un año entero en capturar Berlín.

Las tres mujeres se instalaron en un apartamento de un edificio del siglo XVII que se decía que había sido propiedad de una adinerada familia alemana hasta hacía tan solo unos meses. A lo largo del siglo pasado, los alemanes habían ocupado aquella parte de Polonia, pero ahora ya no quedaba ni uno. El apartamento contaba con tuberías modernas y estaba equipado con una magnífica cocina con baldosas azules y blancas. Si hubiesen sabido que el apartamento era tan bonito, lo habrían asignado a gente de más categoría que Hannah y sus amigas.

Los alemanes habían dejado en su huida todo tipo de cosas: armarios llenos de vestidos, elementos decorativos, cuadros. Incluso la despensa había quedado bien surtida, aunque Hannah no se tomó la molestia de abrir las conservas de nueces al vino tinto; estaba demasiado bien alimentada. Pero sí se probó los vestidos. Enfrente de un espejo de cuerpo entero, sostenido por figuras de ninfas esculpidas en pórfido, se admiró cubierta con un abrigo largo y un sombrero de piel negra. Los zapatos le iban grandes —la señora de la casa tenía pies que parecían pontones—, pero los vestidos le quedaban bien. Empezó a adoptar la costumbre de pasear por las calles de Toruń vestida con ropa elegante, incluso con un abrigo de pieles, en absoluto necesario a finales de abril. Su cabello había recuperado el volumen y el brillo gracias a la aplicación del champú de la familia alemana.

La ocupación alemana no había causado prácticamente ningún daño en la ciudad; había muchos edificios, incluso del siglo xv, y también un castillo construido por los nazis de aquella época, los caballeros teutones. Las murallas de la ciudad seguían en pie. Hannah paseaba canturreando alegremente y aceptando las miradas sorprendidas y de aprobación de los soldados soviéticos.

Pero llenar el estómago con comida tres veces al día y pasear por una ciudad extranjera enfundada en la ropa de tus enemigos no era vida. No era vida, sino un vacío que evolucionaba en un anochecer perpetuo. Por otro lado, sin embargo, Hannah tampoco estaba segura de que en Budapest estuviera esperándole algo que pudiera calificar de vida. Leon no estaría, Michael nunca más la abordaría con un libro con ilustraciones para pedirle que le leyera lo que ponía allí. Como había hecho una vez. Una vez.

En cualquier caso, una mañana comunicó a Lette y a Eva que cogería el tren para ir hasta Berlín y que allí tomaría otro hasta Budapest. Lette le dijo:

—Que Dios nos ayude, iremos contigo. Disponemos de un solo salvoconducto.

Eva se mostró de acuerdo de entrada, pero luego cambió de idea. Había iniciado una relación con un anestesista ruso que triplicaba sus veintiún años de edad. Decía que la llevaría a Moscú, que se divorciaría de su esposa y se casaría con ella.

—Lo amo —dijo Eva.

Hannah y Lette se encogieron de hombros con indiferencia. El anestesista era un hombre atractivo y lleno de la típica tontería rusa. Discutir la decisión no tenía sentido.

17

Aparte de Bev y Kay, casi todo el mundo pensaba que el matrimonio de Tom y Hannah era una locura. Pero a la gente le gustaba verlos juntos en la tienda, como sucedía varias veces por semana. Les gustaba muy especialmente Hannah, que les contaba historias sobre los contadores de historias, y también sus propias teorías sobre la vida privada de los escritores: que Agatha Christie era una ninfómana de joven y que William Shakespeare tuvo una amante judía. Y muchas teorías más. Cuando empezó a hacer más calor, decidió tener siempre una pequeña gamuza debajo del mostrador para secarse con delicadeza la cara sin echar a perder el maquillaje y ofrecer a los clientes un vaso de zumo de limón con hielo.

Vendía setenta libros a la semana, a veces ochenta, noventa, incluyendo las novelas románticas a cinco dólares y los libros del oeste del Lobo Solitario que le guardaba a Aubie, el hermano de Juicy Collins. Hannah había invertido todo su dinero, treinta y cinco mil dólares, en libros. Vendiendo setenta libros a la semana —Hannah era demasiado vaga como para hacer los cálculos y por eso se encargaba Tom—, entraría en quiebra en cuestión de un año. Hannah movió afirmativamente la cabeza cuando Tom, con los números delante de él en la mesa de la cocina, le comunicó la mala noticia.

—Venderé el dibujo de Fragonard a Victor, el que vive en Prahran, y después el De Chirico. Están valorados en mucho más que toda la tienda.

—Pero, Han, los negocios no se gestionan así. Hay que tener más ingresos que gastos, no al revés.

—¿Crees entonces que debería cerrar la tienda? No pienso hacerlo. Y piensa en Maggie. Esto es lo mejor que le ha pasado en la vida. No puedo.

Maggie se encargaba de la librería a partir de las tres y media de la tarde, mientras Hannah daba clases a sus alumnos. Con quince años, y con un desengaño amoroso, había llegado recomendada por Joan Swan, la profesora de lengua y literatura del instituto. «Así pensará en otras cosas». Desempeñaba su papel de dependienta de forma brillante y estaba enamorada de Hannah.

—¿Y cuando no te queden cuadros para vender? ¿Entonces qué?

—Pues entonces será entonces. No podemos cerrar la tienda, Tom. ¿No lo ves? No podemos.

Había liquidado el alquiler de la casa de Harp Road; Tom había enganchado el remolque al coche y había trasladado todos los muebles de Hannah a la granja. Todo excepto el Steinway: un especialista en mudanzas de pianos de la ciudad se había desplazado hasta allí con dos ayudantes y había transportado con mimo el instrumento hasta su nuevo alojamiento. El gran salón de la granja tenía una estancia adyacente que nunca se había destinado a nada en concreto y que estaba amueblada con un sofá y unos sillones que no se utilizaban jamás, un secreter de madera de roble y más pinturas del tío Frank. Ese espacio se convertiría en la sala de estar y Hannah daría sus clases en el salón grande.

Tom la observaba a veces mientras impartía clase a sus alumnos. Los padres de los niños los acompañaban en coche hasta la granja y aceptaban una taza de té mientras esperaban o bien Hannah recogía a sus alumnos en Hometown. Hannah se quedaba de pie junto al Steinway mientras los alumnos tocaban. Intervenía inclinándose y pasando el brazo por las espaldas del niño. Jamás perdía la paciencia, jamás elevaba el tono. Descansaba con delicadeza las manos sobre los hombros del niño y le animaba a seguir un ritmo más lento.

—¿Ves lo que necesitamos? Amistad. Entre tú y Henry Steinway. Una amistad perfecta. Más adelante ya podrás decirle palabrotas, si eso es lo que quieres, de aquí a diez años. Pero por el momento tienes que decir: «Encantado de verlo, herr Steinway. Espero que sus hijos sigan bien. Encantado de compartir este rato con usted».

Bajo el mismo techo y casados, lo que siempre le había gustado a Tom de Hannah aún le gustaba más. Miraba por el pasillo y veía a su esposa leyendo el *Age* apoyada en la encimera de la cocina; leía el periódico de pie. Y, mientras leía, sus pies evolucionaban en pequeños pasos de baile y su cuerpo se negaba a permanecer quieto. Verla estimulaba sus sentimientos.

Una tarde, cuando sus alumnos se marcharon, lo llamó desde donde estaba leyendo.

—¡Tom! ¡El señor Whitlam! ¡Un hombre inteligente! —Acababan de tener lugar las elecciones federales de 1969: un resultado muy ajustado, pero una victoria para el favorito de Hannah—. ¡Voté por él! ¡Hannah, tú también eres lista!

No paraba de hacer comentarios de alegre desdén delante del enorme televisor AWA que Tom había adquirido a un precio elevadísimo en los almacenes Vealls, en la ciudad. Refunfuñaba y se tapaba la cara con las manos cuando daban el noticiario de la ABC y *This Day Tonight,* imploraba al presentador Bill Peach que se mostrara más desinhibido en las entrevistas. Veía el concurso *Elige una caja* sin quejarse, pero con *Bonanza,* uno de los programas favoritos de Tom, se mofaba sin parar. Papá Cartwright y todos sus hijos eran claramente homosexuales, decía, y Tom no tenía más remedio que reconocérselo.

La llegada a la luna la cautivó. El día del alunizaje, Hannah cerró la librería e invitó a todos los conocidos que no tuviesen televisor a ir a su casa; treinta personas, incluyendo niños. Estaba tan excitada que ni se sentó. La alegría de Tom era más por la emoción infantil de Hannah que por las imágenes borrosas que se veían en la pantalla. ¿Por qué sería todo aquello tan importante para ella? Cuando se lo preguntó, le dijo que era una aventura que no terminaba en asesinato, algo bueno y fuera de lo común. «Todo lo de Vietnam es horrible, pero la luna, Tom, ¡la luna!».

Pero había una parte de ella a la que no podía acceder. A veces, Hannah lo miraba y era como si estuviera a miles de kilómetros. En aquellos momentos, Tom tenía la sensación de que no era nada para ella, un simple monigote. Ella apartaba la vista y levantaba la mano en un gesto de cansancio. Una vez le dijo: «Tom, vete a algún lado». Sabía que se refería a que se ausentase una hora, solo una hora, pero fue como si le hubiera dado un bofetón. Le resultó imposible tomárselo con calma; miró sus hombros caídos y sintió deseos de zarandearla para hacerle cambiar de estado de ánimo. Salió y se dirigió al cobertizo con un nudo en el estómago. Empezó a caminar de arriba abajo sumido en la oscuridad, en un interior donde solo los orificios de los clavos y los agujeros perpetrados por el óxido permitían el paso de finas varillas de luz dorada. Pensó en largarse, con la ropa que llevaba puesta y nada más. Estuvo a punto de hacerlo. Pero sabía que era imposible. Si se marchaba, sería como si la carne de su cuerpo se desprendiera de los huesos.

Más tarde, durmió pegada a él, aferrada a él. Era su manera de pedir disculpas. Sin palabras, solo con el abrazo. Con su cuerpo aún en un lugar remoto, por mucho que se asiera a él. Cuando regresó, su deseo la volvió violenta y torpe, y le hizo daño físicamente: le agarró la piel de la nuca y la retorció, le tiró del pelo. Tom no emitió ni un sonido. La había perdonado, pero se mantuvo frío. No le acarició los hombros, no la besó. Ella se apartó. Y él se retorció de nuevo de dolor.

Estuvo un día o más —hasta que la ternura regresó sinceramente, y también su buen humor— preguntándose si de verdad Hannah le quería tanto como decía. Sabía que sí; le bastaba con pensar en Trudy para estar seguro de ello. Trudy, que hubo un tiempo que le decía: «Cuando me follas, Tom-Tom, estás guapo»; que a veces se había permitido dejarse llevar por la pasión. Pero había acabado perdiendo el interés. En una ocasión, de pie tras ella en el porche, Tom le intentó besar la nuca. Recordaba la expresión de su cara cuando se giró: la sorpresa y la rabia.

Hannah nunca lo miraba de aquella manera. Pero le provocaba un nudo en el estómago, le hacía pensar en marcharse cuando se retraía a aquel lugar al que él no podía acceder. «Lo llevaré mejor —se decía—. No me preocuparé tanto». Pero se preocupaba.

Así que estaban juntos, y estaban muy bien juntos, excepto cuando no lo estaban. Y Tom sabía, como si algo se alterara bajo su piel, que ciertas cosas que le había dicho a Hannah nunca podría volver a decírselas. «¿Qué sentías cuando estabas en aquel campo?». Una pregunta así jamás podría volver a formulársela. Ni preguntarle nada relacionado con su hijo. La conocía tanto que sabía que nunca podría saber nada pidiéndole que hablara sobre Michael, sobre Auschwitz. Comprendía que aquel silencio debía mantener su dominio.

Los episodios de ausencia de Hannah se equilibraban con aquellos momentos en los que hablaba felizmente sobre su vida en Budapest; sobre su madre, su padre, sus hermanas y su hermano; sobre sus primos y cuñados. Tenía que estar de humor, pero cuando empezaba y hablaba de su familia (nunca de Michael, por supuesto), estaba en todas partes: con su tío Arkady durante un minuto, luego en los tiempos de su infancia, con una niñera que le enseñaba a aplicar figuritas de tela a una colcha con puntadas minúsculas.

—Era una niñera, sí, pero no exactamente, porque se esperaba de ella que hiciera de todo, que ayudara en la cocina, con la colada. Tenía solo veinte años, supongo que veinte, aunque quizá era más joven, y una melena negra que le llegaba hasta la cintura, y supuestamente su padre era griego, cosa que dudo, porque no parecía griega para nada. Mi madre la encontró mientras estaba vendiendo *pogácsa* en la estación de tren, unos panecillos con levadura y un poco de queso, con un bebé en brazos. Mi madre —una mujer bondadosa, Tom—, interrogó a la chica, que no tenía nada, ni dónde vivir; su padre estaba en Rumanía y su madre había muerto cuando huían hacia Hungría. El bebé no era de ella, sino de su madre, dijo. Pero ¿griega? No, no, los griegos no son como Helena, era *kaldera,* del pueblo romaní, gitana, pero en aquella época en Hungría no querían gitanos y por eso decía que era griega. Desapareció un día después de dos años de estar en casa, y lloré muchísimo, era muy buena con nosotras, con mis hermanas y conmigo. Creo que mi padre le pagó para que se fuera. A veces pienso que es posible que mi tío Lem estuviera haciendo cosas con ella. ¿Me explico?

Y el Sabbat, el domingo de los judíos, la familia se reunía alrededor de la mesa los viernes por la noche, con un pan especial, con oraciones, y el padre de Hannah posaba la mano en la coronilla de una de sus hermanas para hacer una invocación y recitar una bendición, y toda la comida se preparaba con antelación porque a partir de una determinada hora los judíos no podían cocinar.

—Una locura —dijo Hannah—, pero mi padre, George Babel, honraba el Sabbat. Mi madre no le daba tanta importancia.

Y más tíos y tías, Tom había perdido la cuenta. Un tal tío Viktor, que tenía en la mejilla una marca de nacimiento con la forma de Checoslovaquia y con un punto más oscuro allí donde debería estar Praga; Abigail, la hermana mayor del padre de Hannah, que jugaba el papel de esposa tanto para su marido como para su cuñado Aaron, con dos hijos de cada uno, todos muy simpáticos. Los primos aparecían de la nada en las historias que contaba Hannah: Daniel, de ocho años, un prodigio de las matemáticas; Susan, coja como consecuencia de la polio, a la que llevaban con su silla de ruedas hasta lo alto de una cuesta y la dejaban bajar acelerando; Noah, el amante del cine, que escribía cartas de amor en inglés a actrices de Hollywood y recibía amables respuestas.

Cuando Hannah hablaba de los miembros de su familia, los ponía en cuarentena del Holocausto. Le explicó a Tom, solo una vez, que su familia entera había fallecido: todos sus cuñados, todo el mundo, treinta y dos en total. Tenía cuñados de su segundo matrimonio que seguían viviendo en Hungría, sí. Escribía cartas. Y cuando estaba con ánimos y le contaba historias de Noah, que dormía con una nota escrita por Norma Shearer bajo la almohada, o de Susan, exultante cuando su silla de ruedas daba tumbos cuesta abajo, los mantenía a este lado de una gruesa línea negra. Y Tom se alegraba. No sabía cómo reaccionar con respecto a aquella masacre.

Tampoco sabía qué pensar acerca del dinero que Hannah enviaba a sus cuñados de Budapest; a Antoinette, la hermana de Stefan, que había salido de un sótano cuando llegaron los rusos y que no pronunció palabra entre 1944 y 1945. «Su cabeza no está donde tendría que estar, pobrecita», dijo un día Hannah. Estaba preparando una transferencia internacional para llevarla a correos, y una segunda transferencia para la abuela de Stefan, Golda, de ochenta y cinco años, que estaba al cuidado de la familia de la que había sido su criada durante la ocupación nazi.

—¿Stefan era el que estaba loco? —le preguntó Tom—. ¿Era ese?

—Loco, sí —respondió Hannah.

—Pero ¿le querías?

—Por supuesto. Mucho.

Tom asintió.

—¿Le echas de menos?

—Le echo de menos. Sí, es verdad.

E hizo entonces la pregunta que había querido plantear la primera vez que Hannah le habló de Stefan y que se quedó sin formular.

—A lo mejor te gustaría que yo estuviese un poco loco, como Stefan, ¿no?

Hannah levantó la cabeza de los formularios de las transferencias y volcó toda su atención en su marido.

—Tú eres de fiar, Tom. Y ser de fiar es bueno.

—Pero mejor si estuviera un poco loco.

—No, no, no —dijo Hannah. Lo que quería decir, naturalmente, «sí».

La floreciente tribu de Hannah, su familia de genios y locos, tenía fascinado a Tom. Suponía que su infancia en Mordialloc podría calificarse de... discreta, práctica. Su padre, Gus, en el jardín con su cortacésped, se detenía de vez en cuando un momento y fijaba la mirada por encima de los tejados, como queriendo asimilar la parte más alejada del cielo. Como si sus sueños estuvieran en una cometa y hubieran logrado escapar de su mano controladora para quedar reducidos a una simple motita en el azul remoto. Su madre, Liz, terminaba a diario el crucigrama del *Sun*, sentada en el porche de atrás, si no hacía sol, con una taza de té y un cigarrillo Craven A. Tenía una marca roja en la pantorrilla derecha, recuerdo de una quemadura que había sufrido una Noche de las Hogueras cuando era pequeña, y, cuando estaba concentrada, se la rascaba distraídamente con la punta del lápiz. «Ven y échame una mano con esto, Claudie, cariño». Claudie, la inteligente. «Palabra de siete letras, la tercera letra es una "n", la última una "d" y es sinónimo de "arrogancia"».

Una familia discreta. Autónoma, con la excepción del tío Frank, que era un caso aparte. Tom nunca había asistido a reuniones rituales alrededor de una mesa excepto por Navidad.

Y no sabía que los judíos no celebraban la Navidad.

—¿Qué? —dijo al enterarse.

—No somos cristianos, Tom. No, no. Pero no pasa nada. Puedo preparar una buena Navidad para nosotros. En Budapest, a veces celebrábamos una pequeña Navidad. Claro. Con regalos, el pastel. En una ocasión incluso con un árbol con luces. Pero lo que celebramos los judíos es la festividad de Janucá. Y en Janucá también hay pasteles. Juegos. Es más o menos por la misma época que la Navidad.

—¿Que los judíos no tenéis Navidad?

—Tom, lo de la Navidad es por Jesús. ¿Y quién es Jesús para los judíos? Un don nadie.

—¿En serio?

—Mira, Tom. Escúchame bien. Esta Navidad celebraremos Janucá al mismo tiempo, en la misma casa. En mi familia teníamos rabinos. Tengo el poder suficiente para declarar que celebraremos Janucá y Navidad en una sola casa.

Aprovechando el clima de la festividad que se acercaba, Hannah animó a Tom a empezar un nuevo libro: *Cuento de Navidad*, la novela que su tío le había leído, o de la que le había leído al menos unas cuantas páginas. Tom lo acabó en tres días. Le gustó más que cualquiera de las otras novelas que le había recomendado Hannah. Era un hombre al que le gustaban los finales felices. En la vida, no tenías la posibilidad de elegir el final. Pero si un escritor tenía la posibilidad de darle a Bob Cratchit una Navidad feliz, eso era lo que todo escritor tendría que hacer.

18

El valle y el río tenían un poco de todo: un pantano resultado de la acumulación del agua de lluvia y donde las libélulas ponían sus huevos y los cisnes negros batían las alas entre los juncos; una cascada que caía entre rocas de basalto, cerca de los yacimientos auríferos de Tennessee; una zona de aguas profundas de setenta metros de anchura a la que un norteamericano que estuvo un tiempo en los yacimientos bautizó como Mississippi Hole; kilómetros de torrentes donde los eucaliptos en una orilla y los nogales silvestres de la que fuera la casa de Tony Croft se arqueaban sobre el curso del riachuelo hasta prácticamente tocarse.

Cerca de las tierras de Tom, el río formaba lo que se conocía como los puentes de granito. No es que fueran puentes, sino que era más bien un lugar donde el agua se deslizaba poco profunda por encima de las costillas de granito que asomaban bajo la piel de la llanura aluvial. Río arriba podías encontrar Mississippi Hole; río abajo, las aguas rápidas que corrían a la sombra de los eucaliptos.

Unas horas después de medianoche, dos semanas antes de la celebración judío-cristiana que se estaba preparando en casa de Tom Hope, la figura de un niño empezó a perfilarse en la orilla oeste del río, junto a las aguas poco profundas que corrían sobre el granito. Iba vestido con una camisa y un pantalón corto prácticamente hechos harapos y sujetaba en una mano una única sandalia de cuero. Miraba hacia el otro lado de la corriente de agua, su cuerpo flojo por ese agotamiento que supera a los niños que se han marcado con testarudez una meta e ignoran la necesidad de descansar hasta llegar al punto de caer completamente agotados.

Después de dos días de viaje en tren y a pie, había llegado al lugar que estaba buscando, al cruce que había justo debajo de la granja. Había pasado dos días sin dormir, sin comer y, antes de llegar al río y agacharse para coger un poco de agua, sin beber. Al empezar el viaje, ni siquiera se había planteado la posibilidad de poder necesitar comida y bebida. Ni tampoco ahora. La tensión de su expresión, con los párpados casi inmóviles, era demasiado madura para su pequeña estatura. Tenía el aspecto de un adulto loco.

El niño se lanzó al río para vadearlo, manteniendo en todo momento su única sandalia por encima del nivel del agua, desdeñando totalmente la precaución que debería acompañar el paso de un río en plena noche. Cuando la corriente le alcanzó la cintura, siguió adelante, esforzándose por conservar el equilibrio. Mantuvo en todo momento la mirada clavada en las frondosas matas de planta espejo que crecían en la orilla este, resplandecientes bajo la luz de la luna. A paso firme, superó la mitad del cauce y siguió adelante, hasta situarse lo bastante cerca de las ramas de las plantas espejo como para poder estirar el brazo y agarrarse a una de ellas con la mano que tenía libre. Dejó que la corriente empujara su cuerpo hacia la orilla y transfirió la mano de la rama a los arbustos para, gateando, llegar a lugar seguro. Libre por fin del empuje de la corriente, se sentó en el agua, entre los juncos, y cogió aire. Durante la travesía apenas había respirado, era como si hubiera estado nadando todo el rato bajo el agua, con la boca herméticamente cerrada, las mejillas hinchadas.

Se había destrozado la camisa y el pantalón al trepar entre las alambradas, siguiendo el curso del río, y había vuelto a rasgárselos en los prados de Henty. Y estaba además lleno de arañazos. Tenía brazos y piernas, y también el cuello, cubiertos con hilillos de sangre, alguna seca, otra reciente. Cruzó la carretera y echó a andar por el margen izquierdo hasta llegar a la verja de la granja de Tom. Cuando llevaba andados apenas doce pasos por el camino de acceso, oyó ladrar a Beau y su rostro se relajó con una sonrisa. En cuestión de segundos, Beau emergió de la oscuridad, temblando de felicidad. El niño cayó de rodillas para abrazar al perro.

—Ni en broma me voy de aquí —le dijo a Beau, sin levantar la voz—. Me quedo aquí, joder. De aquí no me voy.

Hannah, con su fobia a los lugares oscuros y cerrados, tenía que dormir siempre con las cortinas abiertas. Las ventanas de la habitación daban hacia el oeste y a aquellas horas de la noche —más de las tres, según el despertador que Tom tenía en la mesilla, el reloj que marcaba la hora de ir a ordeñar— el cuarto estaba iluminado por la luz de la luna. Tom vislumbró una pequeña forma que lo zarandeaba por el hombro. Unos instantes de aturdimiento y, acto seguido:

—¿Petey?

Notó que el cuerpo de Hannah se movía un poco.

—¿Petey?

El niño permaneció inmóvil, con los brazos colgados a ambos lados del cuerpo, la sandalia sujeta con una mano.

Hannah estaba ya consciente y miraba a Peter parpadeando, confusa.

—¿Quién es? —preguntó.

—Peter —respondió Tom—. Ya me ocupo yo de él. —Y, dirigiéndose a Peter—: Petey, pásame los calzoncillos que tengo ahí en la silla.

Levantó las piernas y se puso la ropa interior bajo las sábanas. Salió de la cama y abrazó al niño, que seguía inmóvil.

—¿Qué te trae por aquí, viejo amigo? Vamos a la cocina. Deja que te vea con buena luz.

Tom se puso un pantalón y una camiseta. Con una mano en el hombro del niño, recorrió el pasillo hasta la cocina y encendió la luz.

—¡Caramba! Vaya pinta tienes para un tipo tan elegante como eres tú. ¿Has estado pasando entre alambradas?

Peter asintió. Su expresión era de desoladora paciencia, como si diera por sentado que era obligatorio padecer adversidades.

Tom abrió el grifo y cogió un trapo de la cocina.

—Así que nos hemos quedado solo con esto, ¿no, colega? Con solo un zapato.

Se arrodilló y le cogió la sandalia, para empezar a continuación a limpiarle los arañazos. Protegió los más recientes con tiritas del botiquín. Aclaró el trapo, lo escurrió y le lavó la cara a Peter.

—Imagino que tu madre no sabe dónde estás.

Peter no respondió.

—No creo. ¿Qué piensas? ¿Te apetece comer algo? ¿Un poco de desayuno? ¿Huevos y tostadas? Tu siéntate a la mesa y miraré qué tenemos. Sería una catástrofe si nos hubiéramos quedado sin huevos, ¿no te parece? Con gallinas que ponen veinte al día, no tendríamos que quedarnos sin, ¿verdad?

Peter se sentó a la mesa, tal vez un poquillo menos alterado. Tom le sirvió un vaso grande de leche fría. Mientras bebía, miró a su alrededor, capturando detalles familiares y no familiares de la cocina. No dio a entender qué pensaba de los diversos elementos decorativos nuevos que había repartidos por todas partes.

—¿Quieres contarme cómo has llegado hasta aquí, viejo amigo? ¿Darme alguna pista?

Peter habló por fin.

—En tren.

—¿Qué? ¿Que has venido en tren? ¿Desde Newhaven?

—En tres trenes.

—¿Tres? ¡Madre mía! ¿Qué has hecho? ¿Cogiste la línea de South Gippy hasta la ciudad? ¿Hasta Spencer Street?

—Sí —respondió Peter.

—¿Y luego qué? ¿El tren desde Spencer Street hasta Cornford? ¿Ese?

—Sí.

—Te habrá costado un dinero, ¿no? Todo ese viaje debe de ser tres o cuatro dólares.

Peter no dijo nada. Entonces, cuando Tom le concedió más espacio para explicaciones, dijo:

—No he pagado nada.

—Me lo imaginaba, viejo amigo. ¿Y has venido caminando desde Cornford?

¿Había hecho eso? ¿Más de treinta kilómetros?

—Caminando, sí.

Tom dejó que el niño comiera los huevos y las tostadas sin interrogarlo más. Se sentó también a la mesa, apoyándose en sus brazos cruzados, sin dejar de mirar a Peter. Pronto llegarían más preguntas, claro está, y Peter lo sabía. Entendía, a buen seguro, que Tom estaba proporcionándole una pausa antes de que se viera obligado a revelar cosas complicadas. Pero fue Peter quien puso prematuramente fin a la pausa. Tenía aún los huevos y las tostadas a medias.

—No quiero irme —dijo.

Tom no asintió. Pero movió ligeramente la cabeza para darle a entender que había oído lo que acababa de decir.

—No pienso irme, Tom.

Tom no dijo nada.

—Mierda, no pienso volver a ese rollo de Jesús. Joder.

—¡Caramba! ¡Vaya vocabulario! ¿De dónde sale todo esto?

—De ningún lado.

—¿De ningún lado?

—No sé.

—No pasa nada. Pero mejor que cortes con eso. Termina tu desayuno, colega.

Peter retomó sus huevos y sus tostadas, pero con tristeza. Comió dos o tres bocados y dejó el tenedor y el cuchillo.

—Lo siento —dijo.

—¿El qué? ¿Lo de las palabrotas? No pasa nada, Peter. Pero mejor que cortes con eso.

—De Trudy.

—¿Qué quieres decir?

—Es de Trudy.

—¿Lo de las palabrotas?

Peter movió la cabeza en un gesto exageradamente afirmativo.

—¿De tu madre? ¡Anda ya! ¿En serio?

Peter se llevó la mano al corazón para dar seriedad a su respuesta.

—Pues vaya —dijo Tom, meneando la cabeza—. Sí que ha cambiado.

Tom nunca había oído a Trudy decir palabrotas. Excepto una vez, sí. Excepto una vez. Cuando Trudy volvió a la granja, años atrás, Averil Booth, una mujer mayor que le tenía mucho cariño a Tom, había arrugado la nariz y se había negado a responder al saludo de Trudy cuando se habían cruzado con ella por la calle. Cuando la mujer quedó atrás, Trudy había murmurado, en un tono de voz perfectamente audible: «Estúpida vieja de mierda».

De pronto, la mirada de Peter se trasladó a la puerta que daba acceso al pasillo, situada detrás de Tom. Este volvió la cabeza y descubrió a Hannah con su bata negra de seda. Su expresión era difícil de interpretar. Podía dejar entrever cierta censura. Pero también preocupación.

—Peter ha llegado hasta aquí solo, Han —dijo Tom—. Desde Isla Phillip. Sin comprar billetes ni nada. Un vagabundo infantil.

Hannah cruzó la cocina hasta llegar al fregadero y luego le indicó con un gesto a Tom que se acercara.

—Tienes que devolverlo, Tom —dijo en voz baja.

La insistencia en su tono de voz resultaba violenta. En absoluto agradable.

—Sí, ya lo sé. Dame un poco de tiempo.

—Te lo digo en serio, Tom. Tiene que volver a su casa.

—No voy a llevarlo allí ahora mismo, Han. ¿Entendido?

—No. —Hannah hizo una mueca de exasperación—. No me refiero a inmediatamente. Pero tiene que volver a su casa.

A Tom le preocupaba que Peter pudiera oír aquel diálogo. Se llevó un dedo a los labios. Pero con solo mirar por encima del hombro supo que Peter estaba al corriente de lo que se estaban diciendo.

—Han, vuelve a la cama. Por favor, deja el tema en mis manos.

Hannah se quedó mirándolo.

—¿Te das cuenta de que hablo en serio?

—Sí. Pero vuelve a la cama. Déjalo en mis manos.

Tom acostó a Peter en la habitación de invitados —la que había sido su habitación— después de supervisar que se cepillara los dientes y se lavara las manos y los pies.

—Hablaremos cuando hayas descansado un buen rato, señor viajero, ¿entendido?

—Pero, Tom, no pienso volver. No quiero a Trudy. No quiero a la abuela. No quiero al pastor.

—Ya tendremos esta conversación por la mañana, colega. Ahora descansa, ¿vale? ¿Amigos?

—Amigos —dijo Peter, pero no con la convicción y la confianza del pasado.

Tom esperó en la cocina media hora larga, tiempo suficiente para que Peter se hubiera quedado dormido. Echó un vistazo a la habitación de invitados y le dio la impresión de que el niño estaba ya descansando. Cogió el teléfono, entró con él en su dormitorio y lo conectó a la segunda toma. Hannah estaba completamente despierta y sus ojos brillaban a la luz de la luna. Tom encendió la lámpara de la mesilla para buscar en la agenda el número del campamento de Jesucristo. Hannah lo miró fijamente.

Respondió Gordon Bligh, el pastor. Su voz sonaba amortiguada. Como si acabara de despertarlo.

Tom se identificó, pidió disculpas por llamar a aquellas horas y le explicó que Peter había aparecido en la granja.

—¿Y cómo ha llegado hasta ahí? —preguntó Gordon Bligh.

—Con varios trenes, y luego caminando un buen trecho. Me gustaría hablar con Trudy.

Le dijo que esperara; Trudy se puso al aparato al cabo de unos minutos. Parecía estar de un humor de perros.

—¿Y qué hace ahí? —dijo—. Ya puedes ir devolviéndomelo.

—Te lo devolveré. Pero ¿es eso lo que quieres?

—Más te vale.

—¿Has estado buscándolo? —preguntó Tom, que tenía sus dudas.

—Sí, por supuesto. Habla con el pastor.

Gordon Bligh se puso de nuevo al aparato.

—Iremos a recogerlo.

—No. No. Ya lo llevaré yo. Llegaremos hacia el mediodía.

Trudy volvió a coger el teléfono.

—Haz lo que quieras —dijo Trudy.

Otra vez Gordon Bligh.

—Que Peter esté aquí a las doce en punto.

Hannah le dijo que había hecho lo que debía. Tom le lanzó una mirada de enojo. Se desnudó y se metió otra vez en la cama, pero como el despertador sonaría en cuestión de media hora, ni siquiera intentó conciliar el sueño. ¿Tres trenes y más de treinta kilómetros andando? ¿Acaso alguien ponía en duda dónde quería estar el niño? Hannah le acercó la mano a la espalda. Tom se la retiró.

Antes de marcharse a la librería a las ocho y media de la mañana, Hannah buscó la caja donde estaban guardadas las cosas que Peter se había dejado en la casa, incluyendo el uniforme de la escuela de primaria de Hometown. Le planchó el pantalón corto y la camisa. No encontró más calzado que sus chancletas viejas. Sabía que el niño ya no estaría cuando ella regresara a la granja por la tarde, pero tuvo el tacto de evitar decir nada que pudiera ser entendido como un adiós. Aprovechó una oportunidad que se le presentó para posarle la mano en el hombro, brevemente. Y deseó que aquel contacto transmitiera mucho, mucho más de lo que posiblemente era capaz de transmitir.

Peter rechazó un segundo desayuno. Solo quiso un vaso de leche. Estaba destrozado y derrotado. Sabía que Tom lo devolvería a su casa sin siquiera hablar sobre el tema. Permaneció sentado cabizbajo a la mesa mientras Tom soltaba su discurso, oyéndolo, pero sin escuchar. «La ley, lo que dice la ley, por ley tengo que devolverte con tu madre, por ley al campamento, la ley, ojalá tuviera la manera de hacerlo, me gustaría poder quedarme contigo, me gustaría que te quedases aquí, la ley...».

—¿Ves dónde está el problema, colega?

—Hum...

—En la ley.

—Hum...

—Es duro, ¿verdad? Es muy duro, colega.

Peter levantó la barbilla, pero apartó la vista. Se abrió una puerta y la rebeldía irrumpió de golpe. Deseaba pegar a Tom, prender fuego a la casa, prender fuego a toda la granja. La rebeldía corría por su sangre. Pero de pronto se esfumó: una incursión, nada más. Estaba roto en la derrota y ya no necesitaba vivir.

Durante el largo camino de vuelta, Peter no tenía nada que decir. Tom, esforzándose por hacerle hablar, se dio cuenta de que el niño estaba superado por el dolor. Se calló, intentando encontrar algo que pudiera marcar la diferencia en su estado de ánimo, un comentario que arrojara un poco de luz al futuro.

Y había una cosa que podía decir, pero que no debía. Podía decir: «Te quiero conmigo en la granja. Nada me detendrá». El niño había ido hasta allí para escuchar esas palabras.

19

Tom tardó un par de días en hacer una pausa en el trabajo para suspirar y menear la cabeza con preocupación. Durante todo aquel tiempo, Hannah apenas lo había mirado a los ojos. Entonces el domingo, cuando faltaba poco más de una semana para Navidad, Tom levantó la vista de su comida húngara y dijo:

—Volverá a hacerlo, Han.

Hannah asintió.

—Tendría que estar con su madre —contestó.

Era la primera frase odiosa que Tom le oía pronunciar a Hannah.

—Eso es lo que piensas, ¿no?

Hannah levantó los hombros y los dejó caer.

—¿Qué quieres que diga, Tom?

—Podrías decir que es triste, Han, que es muy triste que Peter no pueda vivir con nosotros. Es triste, muy triste que no pueda estar donde le gustaría estar. Eso es lo que podrías decir.

—Sí —replicó Hannah—, podría decir eso. ¿Quieres que lo diga, Tom?

Tom no respondió y comió en silencio el resto del potaje de lentejas. Era una temporada de largas jornadas de trabajo en la granja y Tom le dio las gracias a su esposa por la comida, se excusó y se marchó. ¿Dónde había visto ya esa escena, la del marido levantándose de la mesa, diciendo algo envenenado de formalidad y largándose? En su propia casa, cuando era pequeño.

Se abrió la puerta mosquitera. Tom se giró y vio que Hannah había salido al porche, que la emoción afeaba su cara. Bajó a toda velocidad los peldaños, agarró a Tom por la camisa con las dos manos y tiró de él.

—No quiero hacer esto, Tom. No. Mírame.

La miró. Pero fue una de esas ocasiones en las que se experimentaba a sí mismo, a su ser, como algo distinto y singular en este mundo, en las que apenas podía recordar lo que Hannah significaba para él. No la odiaba, no la quería. Percibió esa claridad trascendente del guerrero que empuña un arma para enfrentarse a un enemigo que sabe que derrotará.

—Tom, sé bueno conmigo —dijo Hannah—. No quiero hacer esto. No quiero estas estupideces. ¡Mira qué expresión más dura tienes en este momento!

Dio media vuelta, entró en la casa y Tom se dirigió al cobertizo para revisar el tractor. Había un problema en la caja de cambios. Y se alegraba de poder estar a solas con el problema. Le daba igual que Hannah hiciera las maletas y se volviera a Harp Road, o a Budapest. Pero la caja de cambios había que repararla. Trabajó solo y feliz. Oía las hojas de los eucaliptos que el viento del norte levantaba del suelo cayendo con un repiqueteo sobre el tejado metálico del cobertizo del tractor. Y oía el viento, de vez en cuando una ráfaga más fuerte que sonaba como una voz alzada en plena discusión.

El problema era culpa de un muelle, de un pequeño muelle metálico que se había gastado por uno de los extremos y no conseguía mantener la marcha atrás en el lugar que le correspondía. Tom sostuvo el muelle entre los dedos y lo examinó con atención. Se acercó a una caja de madera y revolvió los centenares de fragmentos y trozos de otro tractor que contenía, piezas de recambio, hasta localizar justo lo que estaba buscando: un muelle de caja de cambios del tamaño que necesitaba. Encajó el muelle en su lugar, presionó y la pieza emitió un clic muy satisfactorio. Probó el movimiento de las distintas marchas. Perfecto. Perfecto. Sonrió y asintió, satisfecho con el trabajo realizado. Sentía su mente libre, fresca y transparente. Había dejado de pensar en su mujer; había dejado de pensar en Petey y su sufrimiento en aquel campamento de Jesucristo.

Hannah entró en el cobertizo sujetando por las esquinas una tela, enseñándosela. Sonreía.

—Mira, Tom, lo que he encontrado. Estaba buscando mis paños de cocina en una caja. ¿Has visto qué preciosidad?

Y así, sin más, se desvaneció, la rabia que de algún modo se había transformado en aquella sensación de libertad. Volvía a la realidad, con Hannah mirándolo bajo una luz intensa. En su esposa no quedaba ni rastro de la angustia y la irritación que exhibía hacía tan solo treinta minutos.

No le sabía mal que aquella sensación de dicha que acababa de experimentar hubiera desaparecido. No podía tener a Hannah y ser libre de esa manera. Y aquí era donde debía estar, en la realidad.

—Estaba en una caja, Tom, en la que guardaba los paños de cocina. Mezclado con ellos, supongo. ¿Ves qué preciosidad, Tom?

—Sí, lo veo. Es precioso, Han.

Era una funda de cojín. Las formas bordadas representaban una mujer vestida con ropa oriental tocando un instrumento musical. Un hombre la escuchaba, sentado.

—Lo hizo mi prima Susan, Tom. La que tenía polio. ¿Ves esta mujer tocando el salterio? ¿Ves lo preciosa que es? Está hecha con distintos recortes de tela. ¿Y el hombre, que representa un rey, percibes la expresión de deseo de su cara? ¿Cómo es posible que lograra hacer esto? Era buenísima bordando, sentada en su silla de ruedas, Tom. Y el árbol, ¿ves que es un cerezo, las cerecitas? Estaba en el apartamento cuando volví. En Budapest.

Tom asintió. Tenía aún en la mano un par de alicates de punta fina. La caja de cambios estaba en el banco de trabajo.

—Han —dijo—, te quiero, no puedo evitarlo. No puedo.

Hannah movió la cabeza en sentido afirmativo.

—Sí, lo sé —dijo—. Tom, esto lo colgaré en la pared. Con una chincheta en cada esquina. No puedo ponerlo en un cojín. Se estropearía. ¿Lo entiendes?

El sábado antes de Navidad, el 18 de diciembre, Hannah sacó un candelabro decorativo —una *menorá* dijo que se llamaba— de una de las cajas de Harp Road que aún no había abierto. Lo colocó en la mesa y le insertó una vela central —el *shamash*, la llamó— y otra vela, que prendió con el *shamash*. Dijo que cada día iría incorporando una nueva vela. Y que las velas tenían que arder hasta consumirse y sustituirse la noche siguiente, hasta que las nueve velas estuvieran encendidas a la vez. Le dijo a Tom que se sentara a la mesa, y lo hizo, con los brazos cruzados, las piernas cruzadas. No podría haberse sentido más incómodo de haber estado su esposa a punto de confesarle que era la Gran Bruja de los Continentes.

Hannah, sentada también, con la espalda muy recta y las manos unidas sobre el regazo, entonó una canción con la voz dulce y aflautada de una soprano. La canción le quitaba un montón de años; podría haber tenido perfectamente solo dieciséis. Sus ojos brillaban a la luz de las velas. Cantaba con la barbilla levantada y de vez en cuando se llevaba la mano al corazón. La incomodidad de Tom se esfumó mirándola y escuchándola. Pensó, como ya había pensado en otras ocasiones, que sus transformaciones no tenían fin. Y, cuando concluyó la canción, Hannah tenía una expresión increíble de timidez y satisfacción, ella, que jamás había mostrado el menor indicio de timidez.

Llegó Navidad, un día de muchísimo calor después de varias jornadas de clima más agradable. El cielo estaba claro ya a las cuatro de la madrugada, cuando Tom se levantó para ordeñar las vacas. Las hojas de los eucaliptos de atrás se agitaban al ritmo del viento, la señal que solía indicar un cielo completamente azul durante todo el día.

La jornada empezó, después del ordeño, con un *dreidel.* En cuanto Tom entró en la casa, Hannah lo llamó para que se sentara a la mesa de la cocina. Le explicó las reglas; le explicó las letras hebreas que había en cada cara del *dreidel.* Tom tenía doce bombones de licor de cereza; Hannah también tenía doce. Tom acertó con sus tiradas una y otra vez. En cuestión de media hora se había hecho con todos los bombones. Bebieron coñac en vasitos de jerez porque era Navidad y Janucá, se comieron los veinticuatro bombones de licor de cereza y regresaron a la cama para jugar y besarse. Más tarde, en un estado más bien deplorable, el intercambio de regalos. Por parte de Tom, un joyero de madera con cierre de latón e incrustaciones de cedro, entre las que destacaba una Estrella de David en la tapa. Había estado trabajando en él en secreto durante tres meses.

—¡Qué belleza, Tom! La estrella, Tom. Dios mío, con los años que tengo y nunca nadie me había hecho un regalo así.

Por parte de Hannah, un blusón de pastor con un bordado basado en un modelo de Cornualles que había encontrado en un libro. Plisado. Una belleza, con el bordado realizado en hilo de lana de color verde. Lo había confeccionado Thelma Coot, de la CWA, un genio de la aguja y el hilo. Precioso, sí, aunque también ridículo. Tom se lo probó y, pese a tener la mejor voluntad del mundo, no pudo prometerle que se lo pondría fuera de casa.

—Una vez al año, Tom, póntelo por mí. Solo para mí. Por Navidad.

De acuerdo, una vez al año. Tom lo llevó puesto todo el día de Navidad para enseñárselo a su creadora, Thelma, una viuda que tenía los hijos y los nietos en Perth y que vino a cenar con ellos junto con Nev y Poppy, que no tenían hijos, no tenían a nadie especial en Hometown a quien servir la salsa de carne y, después de las inundaciones, tampoco tenían casa.

Dijo Nev:

—¡Dios bendito! ¿Qué demonios es esto, Tommy?

Y Thelma:

—Es un blusón típico de los pastores de Cornualles, tonto.

—¿Y? Oye, Tom. No se te ocurra pasearte por ahí con esto. Estoy seguro de que las ovejas cruzarían corriendo la carretera para ir a los prados de Henty y estar más seguras.

Hannah había colocado la *menorá* en la mesa de Navidad. Pidió a Tom y a los invitados que ocuparan su lugar en una mesa cubierta con un impecable mantel de lino blanco y sirvió el pollo asado con verduras y salsa que Tom había preparado. Sombreritos de tela en forma de corona, bombones, silbatos. En el tocadiscos, un LP de villancicos que empezaba con *God Rest Ye Merry, Gentlemen*.

—Si ve esto, mi padre llorará en el cielo —dijo Hannah—. Cuatro cristianos en mi mesa del Janucá.

—Espera un momento —dijo Neville—. Yo no soy cristiano. Jamás en la vida.

—Sí que lo eres —dijo Poppy—. Estamos casados por la Iglesia. Y esto te convierte en cristiano.

El árbol de Navidad, en una gran maceta de terracota, estaba repleto de adornos y envuelto en luces preparadas por Tom, con un transformador que iluminaba en distintas fases las bombillitas de quince vatios pintadas de rojo, azul y amarillo. Dos ventiladores regalaban una suave brisa a los reunidos y levantaban la tela de los sombreritos de fiesta. David, el canario, que a aquellas horas estaba normalmente confinado en una hornacina contigua a la pequeña cocina de la tienda, estaba en casa con motivo de la celebración; trataba el aire de los ventiladores como una especie de juego de aventura, volaba como un rayo a merced de las corrientes y emitía sonidos de aprobación.

Hannah, de un humor excelente, cantó villancicos tradicionales húngaros y gorjeó como un David sin plumas. Cuando llegó el momento del pudin, lo trajo bailando desde la cocina dando saltitos y haciendo piruetas. Después del pudin, actuación. Todos los invitados tenían que cantar alguna cosa, recitar alguna cosa, leer alguna cosa, lo que quisieran. Era una innovación del Janucá que habían implementado en casa de Hannah, en Budapest. Neville ofreció una versión local del poema *The Face on the Barroom Floor*, sin escatimar el más mínimo gesto grandilocuente. Poppy, a quien le faltaba solo media clara de cerveza para caer redonda, cogió un lápiz de labios y se pintó unas caras en las rodillas, se levantó la falda y movió las piernas de tal modo que la cara de chico diera besos a la cara de chica. Thelma, baptista estricta antes de la muerte de su esposo y un poco más relajada desde entonces, cantó *Santa Claus is Coming to Town*. Hannah cantó un villancico húngaro que incluía trinos de diversos pájaros y Tom, revelando unas dotes cómicas que había mantenido ocultas al público hasta aquel momento, leyó un poema titulado *Doreen* de un ejemplar del recopilatorio *Songs of a Sentimental Bloke* que conservaba el tío Frank. El tío Frank le leía de vez en cuando poemas de aquel libro. Pero en vez del fraseo retórico que solía utilizar Frank, Tom hizo una lectura contemplativa del poema.

Y entonces, como salido de la nada, Vietnam. Nadie, excepto Hannah, tenía una idea muy clara de en qué punto del globo terráqueo estaba emplazado aquel país, pero recientemente habían anunciado que enviarían más reclutas australianos allí, donde quiera que estuviera. Nev, animado por el licor y dispuesto a brindar por todos sus seres queridos, empezó con el tema.

—¡Por Terry! —Habían llamado a filas a su sobrino—. Que parte para luchar contra esos pequeños amarillos paganos. —Y añadió, al levantar la copa—: ¡Vietnam!

Hannah, después de unos segundos de reflexión, replicó con calma:

—A luchar. ¿Y te parece bien?

—Si eso es lo que él quiere...

—¿Es así? No es lo que quieren esos pequeños amarillos paganos.

En Hometown desdeñaban mayoritariamente a los manifestantes pacifistas que hablaban en la radio y en la televisión; los consideraban criaturas de una cultura de otra parte, una cultura estúpida, fastidiosa además. De modo que siguió un silencio. Hannah, al parecer y de forma muy inconveniente, era una de esas personas fastidiosas.

Tom se preparó para la que iba a caer. Su esposa seguiría hablando, estaba seguro de ello. Neville, sin reconocer que hubiera hecho ningún daño, a menos que «pequeños amarillos paganos» se hubiera tomado en el sentido equivocado, dijo:

—No es más que una forma de hablar, Han. Un chiste.

—A fin de cuentas —dijo Thelma—, siguen siendo seres humanos, como tú y como yo.

Thelma habló como si sus palabras fueran a ser felizmente aceptadas por todo el mundo como broche final a la conversación a fin de mantener un ambiente cordial.

—¿Una taza de té? —dijo Tom—. ¿A alguien le apetece una taza de té?

—¿Acaso son los vietnamitas los enemigos tradicionales de Australia? —dijo Hannah—. ¿Lleváis miles de años de enfrentamiento con ellos? ¿Os quieren usurpar vuestras tierras? Disculpadme, pero no lo entiendo.

—Dios mío —murmuró Tom.

—Los rusos sí —replicó Neville—. Los rojos. Apoyan a los vietnamitas.

—Ah, los rusos —dijo Hannah.

—Bueno, ya basta de política —intervino Poppy.

La fiesta se fue apagando. Los tres invitados dieron las gracias a Hannah y a Tom por su hospitalidad, Nev con especial entusiasmo puesto que tenía que demostrar que su orgullo no estaba herido, aunque lo estaba. Thelma y Poppy le suplicaron a Hannah que les permitiera ayudarla a recogerlo todo, pero Hannah replicó:

—¡No! ¿Estáis locas?

Solos ya con todo el lío, dijo Hannah:

—Tom, de verdad, créeme, no quería ponerte en una situación incómoda. Pero lo de Vietnam, Tom. Los americanos lo están convirtiendo en una pesadilla. ¿Es que no lo ves?

Tom no lo veía. Pero tal vez debía haber escuchado con más atención a su mujer cuando hacía su aparición, periódico en mano, mientras él estaba limpiando los canales del huerto; cuando venía rezongando contra los americanos, menospreciando a Gordon. «¡Ay, Tom! Pero ¿qué hacen? Escucha esto».

Le habría gustado decirle: «Hannah, sí, me has puesto en una situación incómoda. Todo lo que dices me pone en una situación incómoda. Todo lo que haces. Es una lástima».

Y era una lástima también, aunque en otro sentido, lo del regalo para Peter. Una caja artesanal, como la de Hannah, pero con unas cañas de pescar cruzadas encima de la tapa. Se la habían devuelto por correo con una nota del pastor Bligh informándole de que en el campamento de Jesucristo no había regalos de Navidad. El pastor Bligh señalaba que el año anterior habían devuelto también los regalos de Tom. De modo que, de cara al futuro, era mejor que se ahorrase los regalos. Atentamente.

20

*P*eter volvió a fugarse del campamento de Jesucristo pasada la medianoche del último día de marzo de 1970. Desde su primera fuga, había estado encerrado solo en una habitación y el pastor había ingeniado una alarma chapucera hecha con latas que había instalado en la puerta. La idea era que cualquier movimiento de la puerta hiciera sonar las latas. Peter tenía que quedarse encerrado toda la noche en la habitación y tenía un orinal para sus necesidades. Pero boicotear la alarma del pastor no era complicado si tenías paciencia, y Peter había tenido paciencia.

Esta vez contaba con dinero. Había estado birlando monedas de los bolsillos de los pantalones de los hombres de la congregación mientras estos dormían. No de las mujeres, puesto que Peter se había dado cuenta de que ellas estaban más al tanto que los hombres si perdían una moneda de cinco centavos. Salía de su habitación cuando todo el mundo dormía, a altas horas de la noche, e iba de cabaña en cabaña, en la zona de lo que se conocía como «las viviendas». En las viviendas, como prueba de la confianza reinante, nadie cerraba la puerta con llave. Silencioso como una araña, Peter entraba a hurtadillas en los dormitorios e introducía sus hábiles manos en los bolsillos que encontraba. Los hombres tenían permiso para quedarse con veinticinco dólares semanales para sus gastos —tabaco y golosinas para los niños— del salario que ganaban en las diversas ocupaciones que llevaban a cabo por la región.

En el campamento de Jesucristo vivían dieciséis familias (unas doscientas más vivían en su propia casa en la amplia área que abarcaba el ámbito de actividad de la iglesia), con lo cual podía conseguir una cosecha de monedas bastante decente. Peter solo afanaba monedas de cinco y de diez centavos, monedas cuya ausencia podía pasar más desapercibida que las de veinte y cincuenta centavos.

Cuando abandonó el recinto del campamento de Jesucristo y corrió hacia el puente, con rumbo a la estación de ferrocarril, llevaba encima un total de cuatro dólares y treinta centavos. Si apareciera casualmente un coche mientras cruzaba el puente, vería las luces a lo lejos antes de que el conductor pudiera verlo. Y, si sucediera eso, se escondería bajo las barandillas de madera y se quedaría ahí colgando hasta que el vehículo pasara. Lo tenía todo pensado. También había pensado en cómo montarse en el tren, que no saldría de la estación hasta las siete de la mañana, hora en la cual el pastor ya se habría dado cuenta de su ausencia. El pastor subiría rápidamente a su Chevrolet, iría directo a la estación y le pediría al responsable que vigilara la presencia de un niño con su descripción. Pero el jefe de la estación nunca conseguiría verlo. Porque él se habría metido ya en un vagón y permanecería allí escondido hasta que el tren se pusiera en marcha.

Se escondió en la estación de Anderson, igual que había hecho la otra vez, entre la hierba crecida que había un poco más allá del andén. Pensó: «Veré a Tom, pero no veré a esa señora. Veré a Tom a solas. Le diré que me mataré si me devuelve con el pastor y Trudy. Joder». Palpó en el bolsillo el bulto de la bolsa de papel con las monedas. No tenía intención de gastarse el dinero en billetes de tren a menos que fuera imprescindible; sabía cómo esconderse en el lavabo cuando pasara el revisor. Pero si lo pillaban, tendría que pagar. Tom había dicho que llegar hasta Spencer Street y de allí a Cornford costaba tres dólares. Por lo tanto, tendría suficiente para comprarse un bocadillo en Spencer Street y también una porción de tarta de frutas. Y a lo mejor incluso una botella de Passiona.

La espera hasta que llegara el tren sería larga. Se tumbó boca abajo en el suelo, con la mejilla descansando sobre la hierba, y pensó en Tom. Estaba preocupado por él. Aquella señora que había visto en la casa era vieja. Peter tenía la certeza de que era imposible que Tom pudiera hacer lo que le gustaba con una señora mayor. Pescar y cosas así. Arreglar el motor del tractor. Estar con aquella señora tenía que ser espantoso para Tom. Durante las dos últimas semanas, Peter había estado planeando un remedio para la situación de Tom. Se le había ocurrido. Aquella señora tenía que largarse. Tom le diría: «Peter ha vuelto. Y tú tienes que irte».

Pero lo que pasaba era que la gente que no te gusta nunca se larga. Trudy y la abuela no se largaban de su vida.

A la hora de la plegaria, en la iglesia, cuando la gente inclinaba la cabeza, Peter rezaba para que Trudy y la abuela desaparecieran. Y el pastor, el pastor sobre todo, pero cuando abría los ojos seguían todos allí.

El pastor decía a menudo: «Lo que le digas a Dios es una muestra de la persona que eres». Peter no sabía a qué se refería el pastor con aquello, pero se lo imaginaba. El pastor se refería a cosas secretas. Peter deseaba que Trudy, la abuela y el pastor se muriesen, y eso era un secreto. No le gustaban nada. El campamento no le gustaba nada. Ni siquiera le gustaba Jesucristo.

Trudy decía: «Jesús me rescató». Pero Jesús no la hacía feliz. Se pasaba el día de mal humor. Se pasaba el día tirándose del pelo y diciendo que quería que le creciese. Margareta se encargaba de cortarles el pelo a las mujeres y las niñas del campamento cada quince días. Pero los niños nunca pasaban por Margareta. Al pastor no le preocupaba el pelo de los niños, lo único que quería era que las niñas y las mujeres lo llevaran corto. Trudy siempre decía: «No pienso ir a ver a Margareta». Pero entonces llegaba Judy Susan y la hacía arrodillarse en el campo que había delante de las viviendas para que rezase por su paz interior.

Judy Susan era la mujer del pastor. Los domingos, en la gran misa, el pastor decía a la congregación, que siempre estaba formada por más de doscientas personas y algunas de ellas se quedaban de pie en la nueva ampliación que habían construido con madera contrachapada en la parte de atrás: «Bendigo a Dios por haberme dado a Judy Susan. Bendigamos todos a Judy Susan, que da resplandor a nuestra iglesia». Judy Susan, delante de la congregación, cerca del pastor, se giraba sonriente con las manos unidas bajo la barbilla. Era una mujer muy guapa, mucho más joven que el pastor, y tenía permiso para lucir una sedosa melena pelirroja. Era la segunda esposa del pastor.

Pero a Peter no le gustaba en absoluto. El pastor nunca levantaba la voz ni pegaba a nadie, pero Judy Susan sí. Casi cada día le decía a Peter: «Sé perfectamente lo que piensas, chico malo». Le gustaba tirarle de las orejas y darle pisotones. Si el pastor rondaba por ahí, le decía: «Deja tranquilo al chico. Se está esforzando». Lo cual no era cierto. Peter no estaba esforzándose. Cuando Judy Susan le preguntó un día si estaba esforzándose, Peter le respondió: «Sí, joder». Y recibió un bofetón.

De vez en cuando, durante unos minutos, se quedaba dormido. Pero se despertó cuando el cielo empezó a iluminarse y el jefe de estación se puso a trabajar. Vio llegar el Chev del pastor. Lo acompañaban Trudy y la abuela, y también Judy Susan. Trudy empezó a gritar: «¡Peter! Dondequiera que estés, ¡sal de ahí ahora mismo!». Peter los veía a los cuatro perfectamente, el pastor haciendo señales para indicarle a Trudy que se callara. Se pararon para hablar con el jefe de estación, Clarrie. Empezaron a mirar por las vías, arriba y abajo.

Peter sonrió. ¿Se pensaban que iba a quedarse en las vías? ¿No sabían que estaría escondido entre la hierba? ¿No sabían que el tren pararía justo al lado de la hierba? ¿No sabían que abriría una de las puertas del lado que quedaba oculto justo antes de que el tren se pusiera en marcha rumbo a Nyora y saltaría a su interior para correr a esconderse en el lavabo? Se retorció de gusto y canturreó para sus adentros, feliz: «¡No encontraréis a Peter, no encontraréis a Peter, por mucho que busquéis, no encontraréis al chico malo!».

Había gente esperando el tren en el andén, no mucha. Un hombre con traje y sombrero con un maletín Gladstone. Una madre con un bebé y una niña pequeña. Peter decidió que subiría al vagón que escogiese ella. La gente pensaría que iba con su madre.

El tren llegó con un prolongado chirrido de frenos en su viaje de ida. Seguiría tres estaciones y luego volvería en dirección a Nyora. Peter cambiaría de tren en Nyora para iniciar la siguiente etapa del viaje, por Koo-Wee-Rup y Dandenong hasta Spencer Street. Si Tom decía que no se podía quedar, viviría en el tren. En vez de suicidarse, viviría en el tren. En este y en otros. Iría a todas partes. Robaría comida, dormiría en los bancos. Un día, cuando el tren estuviera cruzando un río, saltaría y se ahogaría. Pero, antes de saltar, habría ido a todas partes.

Cuando el tren se detuvo, el pastor, Judy Susan, Trudy y la abuela recorrieron el andén, mirando por las ventanillas de los vagones. Seis vagones, y miraron todas las ventanillas. Peter siguió observándolos. El lugar que había escogido como escondite estaba en un montículo, lo que le permitía ver a través de los vagones. Rio, porque ¿a santo de qué iba a subir al tren si iba en dirección contraria? Ver al pastor y a Judy Susan comportándose tan estúpidamente le hizo sentirse libre y feliz. Canturreó para sus adentros: «Soy el chico malo, el chico malo, y nadie me ve...».

El tren regresó un poco después y permaneció un minuto parado antes de entrar en la estación. Se oyó entonces un sonido metálico, el tren dio una sacudida y avanzó lentamente hasta llegar al andén. Peter esperó a ver qué vagón elegía la mujer con el bebé y la niña. Abandonó la hierba y se acercó con sigilo hasta la hilera de vagones del extremo del andén, quedando oculto del campo de visión del pastor. Las puertas de los vagones eran antiguas y se abrían haciendo girar la empuñadura de latón y tirando hacia fuera. Peter oyó que Clarrie anunciaba a voz en grito: «¡Tren con destino a Nyora! ¡Transbordo en Nyora para ir a Dandenong! ¡Tren con destino a Nyora!». Justo cuando el tren empezaba a moverse, en silencio al principio, Peter saltó y se agarró al tirador de latón. Abrió la puerta y se colgó de ella hasta que consiguió entrar en el vagón.

La mujer con el bebé y la niña se quedó mirándolo, alarmada. Dos pasajeros más, hombres, se levantaron del asiento. Peter se sentó delante de la mujer, la madre, con una amplia sonrisa. No dijo nada. La niña lo miró con admiración y con recelo con unos ojos castaños abiertos de par en par.

El hombre con traje y sombrero y maletín Gladstone se levantó de su asiento, estudió a Peter con una sonrisa, se acercó por el pasillo y tomó asiento a su lado. Dejó el maletín en su regazo y se levantó el sombrero gris para saludar educadamente a la madre. Lo tenía demasiado cerca, y Peter intentó crear más espacio entre el hombre y él. Pero en cuanto ganó unos centímetros, el hombre se acomodó más, pegándose a Peter. Tenía una cabeza demasiado grande para aquel sombrero, que quedaba asentado muy por encima de sus orejas, como si pretendiera buscar un efecto cómico. Era un hombre grande. Demasiado grande; parecía como si fuese el resultado de sumar un hombre normal con otro medio hombre. Su sonrisa, como comprobó Peter cuando echó una veloz mirada de reojo a la cara del hombre, no era una sonrisa, sino una posición rara de los labios.

Cuando el hombre habló, lo que hizo al cabo de unos minutos, lo hizo en tono animado.

—¿Así que vamos a la metrópolis, muchacho?

«Muchacho» era una palabra que solía utilizar el pastor. Peter la aborrecía. No respondió y se limitó a volver la cabeza hacia la ventana. Por instinto adivinó que tendría problemas.

—¿Viajas ligero de equipaje?

Peter no sabía qué era «la metrópolis» y tampoco a qué se refería con aquello de «ligero de equipaje».

—¿Cómo te llamas, muchacho?

—John —dijo Peter.

—¿Solo John? ¿John qué?

—John Hope.

—¿John Hope? Lo correcto sería darme tu nombre, ¿verdad? ¿Verdad que eso sería lo correcto?

El tono de voz del hombre se había vuelto autoritario, a pesar de seguir sonando amistoso. Parecía esperar la aprobación de la madre, tal vez también de la hija. Cuando hablaba con Peter, solo le dirigía a él las primeras palabras y luego miraba a la mujer con vestido de tirantes.

—Luke Shutter —dijo el hombre, y le tendió una mano blanca a Peter.

A pesar de que no tenía ningunas ganas de entrar en contacto con aquel hombre, consideró que era mejor acceder.

—Así pues —dijo el hombre—, eres John. John Hope. No Peter Carson, del campamento del pastor Bligh.

Peter se ruborizó. Pero negó con la cabeza.

—Pienso que podrías serlo. Pienso que podrías ser el pequeño Peter Carson, que se ha ido de casa.

Peter siguió negando con la cabeza, ahora con más fuerza.

—He estado hablando con el pastor en el andén. Me ha pedido que vigilara por si veía a un muchacho de tu edad que responde al nombre de Peter Carson.

Peter intentó escaparse de aquel hombre, pero el hombre lo agarró y lo obligó a regresar al asiento.

—Lo que me imaginaba —dijo Luke Shutter.

Miró a la mujer como si quisiera compartir con ella su victoria. La mujer, con el bebé en brazos, liberó una mano para acercar a su hija hacia ella. Los ojos castaños de la hija se hicieron aún más grandes. Peter se había quedado con la pierna derecha extendida después de su intento de huida y rozaba la rodilla de la niña. La madre le apartó la rodilla sin contemplaciones y, con el movimiento, un espasmo de repugnancia le desfiguró la cara.

—Pues muy bien, joven Peter, la próxima estación es Woolamai. Bajarás allí. La cuestión es cómo lo harás. ¿Con calma y tranquilidad? Sería lo mejor. Te contaré lo que llevo en este maletín, muchacho. —Luke Shutter dio unos golpecitos al maletín Gladstone que descansaba en su regazo—. Esposas. Grilletes. No querrás que te saque del tren con esposas y grilletes, ¿verdad? Como un criminal de Pentridge, ¿no? ¿Qué piensas? ¿Eh?

—No —dijo Peter, con una voz amortiguada por la humillación.

—No. Claro que no.

La niña tenía ahora los ojos fijos en el maletín Gladstone.

El pastor esperaba en Woolamai, junto con Trudy, Judy Susan y la abuela. Debían de haber imaginado que Peter, de alguna manera, se había subido al tren en Anderson. Luke Shutter abrió la puerta del vagón y llamó al pastor, que inclinó la cabeza hacia atrás y unió las manos en una estruendosa palmada. Avanzó a grandes zancadas hacia la puerta del vagón y recogió a Peter de las manos de su captor.

—Señor Shutter, le doy las gracias de todo corazón.

—No se preocupe, pastor —dijo Luke Shutter, levantándose el sombrero.

El pastor se quedó mirando la marcha del tren y levantó la mano para responder al saludo de Luke Shutter desde la ventanilla abierta del vagón.

—Esto no ha estado nada bien, muchacho —le dijo el pastor a Peter—. Nada bien, ¿verdad?

Trudy tenía la mano sobre la nuca de Peter. Judy Susan se había situado al otro lado, ansiosa, a todas luces, por pegarle un tirón de orejas. La abuela se había quedado con los brazos cruzados y meneaba la cabeza con desaprobación. Tan grande era su decepción que parecía probable que siguiera meneando la cabeza durante más de una hora.

—¿Qué es eso que llevas en el bolsillo? —preguntó el pastor.

La bolsa de papel con las monedas hacía mucho bulto.

—Una manzana —respondió Peter.

El pastor hundió la mano en el bolsillo de Peter y encontró la bolsa de monedas.

—¿Qué es esto? ¿Qué es esto?

Judy Susan le arrancó la bolsa al pastor antes de que él pudiera estudiar el contenido. Su instinto debía de haberle dicho que lo que iba a encontrar allí magnificaría la ofensa que Peter había cometido contra el pastor y contra Dios. Y contra ella.

—¡Dinero! —exclamó, mirando la bolsa abierta—. ¡Dinero!

Extrajo una moneda de diez centavos y la volvió a guardar en la bolsa, luego una de cinco centavos. Sacudió la bolsa para que los testigos de aquel crimen pudieran oír el sonido metálico que emitía un volumen tan grande de monedas.

—¡Ladrón! —gritó Judy Susan, y quedó patente que el robo, en su escala de valores, superaba con creces en maldad la fuga del campamento de Jesucristo.

El pastor se rascó su blanca mata de pelo. Trudy se tapó la boca, que se le había quedado abierta, e inspiró hondo. La abuela siguió meneando la cabeza en un gesto de apesadumbrado rechazo.

—Volvamos a casa —dijo el pastor, agarrando a Peter por el hombro con su manaza.

Era una lástima, pero, de vez en cuando, en el campamento de Jesucristo, había algún niño que se merecía una azotaina. Era excepcional, tal vez tres o cuatro veces al año. El pastor no era el encargado de dar las azotainas, y tampoco Judy Susan; el pastor consideraba prudente mantener cierta distancia entre su esposa y el ejercicio de sus apetitos.

No, el encargado era siempre Leo Bosk, que se había incorporado al campamento procedente de la fe católica. Cuatro años de su infancia en los Hermanos Cristianos le habían enseñado los secretos de las palizas. Pero Leo era recomendable como castigador por algo más que por sus antecedentes, puesto que era un hombre sin malicia pero con un sentimiento sincero de cuál era su deber. Y además era padre, tenía cuatro hijas y un hijo, todos ellos modelo de buena conducta, con los que nunca se había escatimado la vara.

El pastor supervisaba siempre las azotainas, procurando que el asunto no se fuera de las manos. Judy Susan tenía también permiso para asistir. Y los padres del niño que sufría la azotaina o, en el caso de Peter, Trudy, su madre, junto con su abuela y su tía Tilly. El castigo solía llevarse a cabo en la sala de juegos, donde los niños más pequeños hacían manualidades con plastilina, limpiapipas de colores y bloques de madera. El pastor, la familia de Peter y Judy Susan se sentaron en semicírculo en las sillitas de la sala y Leo Bosk tomó asiento en una silla de adulto con Peter a su falda. Peter estaba con el culo al aire, el pantalón y los calzoncillos bajados hasta quedar a la altura de los tobillos.

Antes de dar inicio a la zurra, Leo, alegre como siempre, le dijo a Peter:

—Bien, Peter, esto solo viene a demostrar... que los hay que nacen con mala fortuna. Fue mala suerte coincidir en el vagón con el señor Lucas Maynard Shutter. Hoy en día vende peluquines, pero antes fue poli.

Y, sin más miramientos, Leo Bosk hizo caer su grueso cinturón de cuero sobre el trasero de Peter.

El contacto del cuero con la carne sonó más fuerte de lo esperado para las que nunca antes habían sido testigos de una zurra de aquel tipo: Trudy, la abuela y tía Tilly. Las tres se agitaron con inquietud en sus sillitas. Peter, con los brazos colgando, se convulsionó de dolor, pero no gritó. A partir de ahí, los golpes se sucedieron con rapidez. La dosis tenía que ser de diez azotes. Peter se retorció con cada sacudida, pero siguió mordiéndose el labio para no chillar. Cuando el pastor levantó la mano después del octavo golpe, su trasero había adquirido un tono rojo brillante.

—Diez —dijo el pastor—. Ya es suficiente.

Era su forma de restar uno o dos golpes de la dosis prescrita, fingiendo que ya se había administrado la totalidad del castigo. Pero esos indultos no satisfacían a todo el mundo; a veces incluso los padres protestaban. Aquel día, fue Judy Susan quien puso objeciones.

—Ocho —corrigió.

—Diez —insistió el pastor.

—Ocho llevo yo contados —señaló Leo Bosk.

Trudy se levantó con rapidez. Tenía la cara empapada de lágrimas y sus labios temblaban por su esfuerzo de controlarse.

—¡Han sido diez! —exclamó.

Se acercó a Peter, lo puso en pie y le subió los calzoncillos y el pantalón. Se encaró acto seguido con el pastor y con Judy Susan.

—No estoy de acuerdo con esto, pastor. Tengo que decir que no estoy de acuerdo. No está bien pegar al niño. Me causa un gran malestar.

Mientras hablaba, Peter levantó la cara; igual que la de su madre, estaba mojada por las lágrimas. Había conseguido contener los gritos de dolor, pero no las lágrimas.

El pastor asintió. Tenía el pelo alborotado después de haber sumergido en él una mano mientras presenciaba la azotaina.

—Trudy, querida mía, a nadie le gusta esto —dijo—. Ni a mí, ni a Tilly, ni a Judy Susan, ni a ti y, evidentemente, tampoco a Peter. Pero piensa en Proverbios 29, 15: «La vara y la corrección dan sabiduría, mas el muchacho consentido avergonzará a su madre».

El pastor se incorporó de su sillita con una facilidad sorprendente; con setenta y siete años de edad, cabía esperar que le costara. Se plantó delante de Peter, cogió su cara entre ambas manos y se la levantó para poder mirar al niño a los ojos.

—¿Amigos de nuevo, Peter? Porque soy capaz de ir mucho más lejos que esto con tal de verte en brazos de Jesús. Mucho más lejos. ¿Amigos de nuevo?

Peter no dijo nada. El pastor se interponía entre Tom y él. Trudy, con el tiempo, lo dejaría marcharse. Pero el pastor no. Jamás. En la mirada de Peter ardía una enemistad implacable. Y en la mirada del pastor, sin soltar la cara de Peter de entre sus manos, el placer que proporcionaba la enemistad, deleitándose con ella. Si se hubiera visto obligado, por circunstancias que ya no imperaban en esa época —por supuesto que no—, a acercar una cerilla encendida a la pila de leña sobre la que estaba Peter atado, lo habría hecho. Lo sabía. Y aceptaba el peso del dolor que sufriría cuando la cerilla prendiera en la leña.

21

La antigua locomotora que echaba humo en el andén de Toruń tenía que arrastrar supuestamente sus veinte vagones hasta Anhalter Bahnhof, en Berlín. Si podía. Hannah y Lette habían pasado horas esperando la llegada del tren, junto con centenares de soldados rusos y una cincuentena o más de civiles que hacían un tardío intento de huir de la ocupación soviética.

Los polacos, algunos con niños, estaban atemorizados. Como si esperaran que los rusos fueran a arrojarlos del tren por el camino o a matarlos, un miedo bien fundado. Los rusos estaban siendo escandalosamente imprudentes con sus armas y durante la espera se habían dedicado a disparar a los cuervos posados en los árboles de detrás de la estación. Estaban bebiendo además no vodka, sino *slivovitsa*, un licor transparente de ciruela típico de la región. Entre los soldados había varios que parecían enanos y lucían todos ellos la insignia de la misma unidad. Lo que hablaban entre ellos no era ruso. Hannah esperaba con todo su corazón que pudieran encontrar un vagón donde no hubiera soldados enanos; tenían el aspecto de verdaderos salvajes y estaban bebiendo mucho más que los demás rusos.

Hannah y Lette se habían vestido para el viaje como modelos de revista. Querían tener un aspecto especial, inviolable. Vestirse con aquella elegancia habría sido, en condiciones normales, garantía de problemas, pero, con el salvoconducto escrito a mano por el teniente coronel Zalman, calculaban que conseguirían parecer intocables, las amantes de un par de peces gordos, y gracias a ello las dejarían tranquilas. A menos que un documento redactado por Zalman fuera a provocar un conflicto, teniendo en cuenta que a aquellas alturas lo más probable era que estuviera muerto, que hubiera sido fusilado por cualquiera que fuera la absurda falta que sus superiores hubieran imaginado. ¿Sabrían aquellos rusos, tan alejados como estaban de Moscú, que Zalman era un traidor?, se preguntaba Hannah, con cierta indiferencia. «Confiemos en que no».

Un chico flaco vestido con el uniforme oficial de los ferrocarriles polacos anunció con voz titubeante que todos los pasajeros debían subir al tren. El uniforme le iba enorme y debía de haber pertenecido hasta hacía muy poco al cadáver parcialmente cubierto con una manta que había en el suelo de la sala de espera.

Hannah tiró de Lette para subir corriendo al vagón que iba justo detrás de la locomotora, lo más lejos posible de los enanos. Eligió el más pequeño de los cinco compartimentos, uno con solo cuatro asientos. Era un vagón que en su día debió de ser de primera clase y que conservaba aún los vestigios de tiempos más felices. Los mullidos asientos, tapizados de azul, no estaban tan destrozados como cabría esperar. Por encima de los asientos había lamparitas y se veía todavía algún que otro antimacasar cubriendo los reposacabezas; había también pequeñas bandejas extensibles para descansar una taza con su platillo. Hannah pensó en dejar sus pertenencias sobre los dos asientos libres para desanimar a cualquiera que quisiese elegir el compartimento, pero no lo hizo, pues se consideraba una persona que jamás se comportaría con tanta avaricia. Y le dijo a Lette que no lo hiciera tampoco.

De pronto, dos soldados abrieron la puerta del compartimento con gran estrépito, miraron con creciente curiosidad a las dos mujeres y subieron sus petates al estante de los equipajes. En cuanto el soldado que se sentó al lado de Hannah estuvo correctamente instalado, intentó ponerle la mano sobre el vestido. Hannah le dio un bofetón en la mano y la retiró de su falda.

—¿Hablas ruso? —dijo Hannah—. Estupendo. ¿Sabes leer? ¿No? Pues escúchame bien.

Le leyó el salvoconducto redactado por Zalman. Cuando terminó lo que Zalman había escrito, añadió, con énfasis, unas palabras de cosecha propia:

—Si las portadoras de este pase sufren algún daño, me enteraré y mi venganza será terrible.

Melodramático, pero con los rusos incultos solo funcionaba el melodrama.

Aunque no con aquellos. El soldado le arrancó el documento de las manos y escupió en él. Acto seguido, se lo devolvió. Siguió a aquello una animada discusión entre los dos soldados en un dialecto que Hannah desconocía por completo.

Lette se arrinconó en su asiento. Hannah limpió con un pañuelo la saliva que había quedado adherida al documento. El tren se había puesto ya en marcha, pero avanzaba al ritmo de alguien caminando. En cuanto dejó atrás el andén, se detuvo. Los soldados cortaron su discusión y prestaron atención. Una voz decía alguna cosa en ruso y a Hannah le costaba entenderlo. Pero los dos soldados empezaron a despotricar y a soltar palabrotas en ruso, que Hannah reconoció a pesar del dialecto.

Se abrió la puerta y un soldado, un joven teniente según su insignia, de aspecto más refinado que sus camaradas, gritó en un ruso claro y culto:

—¡Recoged vuestros petates, hermanos! ¡Bajamos!

Salió al pasillo y empezó a vociferar la orden en todos los compartimentos. El soldado que había escupido el salvoconducto se inclinó, con el petate colgado al hombro, y le dio un beso en la boca a Hannah presionándola con la lengua. Al llegar a la puerta dijo alguna cosa en su dialecto. Hannah entendió la palabra «cariño».

Minutos más tarde, el tren se volvió a poner en marcha, vacío ahora de soldados.

El viaje se instaló en la monotonía del paisaje, verde, plano, soleado. La catástrofe de la guerra no era tan evidente: en los pueblos, alguna vivienda devorada por las llamas, alguna granja destrozada en el campo. Pero en las afueras de un pueblo, a varias horas ya al oeste de Toruń, empezaron a aparecer, a intervalos regulares, cadáveres junto a las vías, lo que sugería que toda aquella gente —toda vestida con ropa civil, varios niños entre ellos— había sido disparada en las puertas de un tren en marcha y empujada hacia el exterior. Disparada hacía muy poco tiempo, no haría seguramente ni dos días. No creía que fueran de etnia alemana. Tendrían que haber huido hacia Alemania hacía ya nueve meses.

Hannah miró los cuerpos no con asco, sino con una rabia incontrolada. ¿Para qué? La guerra había terminado. Un tren pasa en el este de Europa por delante de muertos, abandonados allá donde han caído, como si nada tuviera que decirse al respecto, como si nada tuviera que saberse. Aquella escena cambiante, la evidencia de la retirada de los nazis derrotados, le resultaba agotadora. El sol brillaba sobre los campos de Polonia, pero luego estaban los cadáveres, incluso de niños. Aquello podía seguir eternamente: justicia, belleza, asesinato.

Lette tenía alguna cosa en la mano. ¿Qué? Parecía una piedrecita que hacía girar constantemente entre sus dedos. E iba entretanto murmurando.

—¿Qué haces? —le preguntó Hannah.

No era la primera vez en todos aquellos meses que Hannah veía a Lette manoseando lo que quiera que fuese aquello. Nunca le había preguntado al respecto.

Lette se encogió de hombros y siguió con ello.

—Tú, loca, te he preguntado que qué estás haciendo.

El tren, con su marcha tranquila, pasó de largo una pequeña estación donde varias mujeres vestidas prácticamente con harapos sujetaban carteles de papel o cartón con mensajes escritos a mano en polaco. Había mujeres como aquellas en todas las estaciones y en los márgenes de las carreteras. En los carteles preguntaban si alguien conocía el paradero de esta o aquella persona, de esa o aquella edad, que había enviado una carta desde tal y tal oficina de correos. La inutilidad de la búsqueda obligaba a Hannah a suspirar cada vez que las veía. Pero en esta ocasión no suspiró, porque estaba concentrada en la locura de Lette.

Lette, con su atuendo elegante, con su sombrero cloche de felpa, su vestido de punto amarillo, su lápiz de labios y sus pendientes de jade, dijo:

—Nada de tu incumbencia.

—¿Qué es eso?

—Un amuleto —respondió por fin Lette.

—¿Un amuleto? ¿Qué amuleto?

—Es de Kristina.

—¿De qué Kristina?

—De la granja. De una de las siberianas. Kristina.

—¿La grandota?

—No. De la grandota no.

—¿La que tenía la nariz tan chata?

—Sí.

—¿Un amuleto?

Lette cerró la mano sobre la piedra.

—Sirve para mantener alejado al diablo.

—¿Qué?

—Que mantiene alejado al diablo. Me lo regaló porque le solucioné un dolor de muelas.

—¿Que le solucionaste un dolor de muelas? ¿Cómo?

—Con un hechizo. Un hechizo magiar.

—Pero ¿qué dices? ¿Eres bruja? ¿De dónde has sacado tú un hechizo magiar?

—De la criada que teníamos en Buda.

—Lette, somos judías. Nosotras no practicamos hechizos. Ni veneramos piedras. ¿Es necesario que te lo explique?

—¿Y qué? Esto es algo de los magiares, y algo de los siberianos. ¿Qué importancia tiene? Estuve en Auschwitz por ser judía. ¿Acaso no pueden ayudarme un poco los bárbaros?

Hannah dejó correr el tema. Sabía por qué su amiga les rezaba a las piedras. Porque quería encontrar a su marido con vida, y a sus hijos. Por obra y arte de algún milagro. Por el milagro de la piedra.

Hannah no quería saber nada de aquello. Michael estaba muerto. No quedaban de él ni siquiera los huesos. Siempre que oía hablar de milagros, la sacudía una tempestad de asco. No me habléis de milagros. Los milagros recaen sobre una sola persona, no sobre millones.

Cambiaron dos veces de tren, cada vez a un vagón más decrépito que el anterior. Pero, a trompicones, consiguieron llegar hasta las ruinas de Berlín. A ambos lados de las vías se acumulaban montañas de escombros. El cielo azul se vislumbraba entre los pisos más altos de los edificios medio derruidos. La capital del Tercer Reich saqueada. Pero Hannah no experimentó ningún sentimiento de alegría. El egocentrismo de Hitler había llegado incluso hasta aquel extremo: ¿Berlín destruida? ¿Para qué?

En Berlín habían montado una agencia de reasentamiento para judíos, dirigida por jóvenes hombres y mujeres de mirada gélida procedentes de Palestina, de Jerusalén. Se encontraba en un edificio elegante de Charlottenburg que los americanos habían cedido, no muy lejos del Spree: pilares, columnatas, céspedes, olmos. Los escombros, resultado de los bombardeos, lo flanqueaban por todos lados; el resto del barrio había quedado arrasado. Si mirabas hacia el norte, hacia Charlottenburg Palace, podías vislumbrar, incluso desde tan lejos, los daños que había sufrido la estructura como consecuencia de las bombas de más de doscientos kilos lanzadas por los Mosquitos de la RAF sobre la ciudad.

Los judíos que llegaban a la agencia con abrigos andrajosos y vestidos hechos jirones disfrutaban de unos instantes de optimismo cuando veían el edificio. Aquello era señal de que lo imposible podía pasar. ¿Las bombas habían respetado el edificio? Entonces, había esperanza.

Los funcionarios de la agencia eran gente tremendamente motivada que, a pesar de ser capaz de esbozar una sonrisa, rara vez lo hacía en horario de trabajo. Su tarea consistía en encontrar hogar a los judíos que hubieran sobrevivido en Europa y que acudieran allí a solicitar ayuda. El hogar que se les asignaba era Palestina. Cultivar naranjas, fresas, tomates. Mezclar el sudor de su frente con el suelo de su antigua patria. Sentarse a la sombra de los árboles que ellos mismos hubieran plantado. No había sombra igual a la de un árbol crecido en Israel, en el Israel que existiría. En los canales entre los árboles corría agua fresca. Agua fresca en la que sumergir las manos. Con la que lavarse la cara y las manos de forma honorable.

Pero, si así lo querías, podías rechazar su sugerencia. Te seguían ofreciendo té y galletas; se te encontraría un hogar en otro lado, tal vez en Viena, si era ahí donde vivías antes. Tal vez en Berlín. Tal vez en Budapest.

Entre junio de 1945, momento en el cual se puso en marcha la agencia, hasta noviembre de aquel mismo año, cuando Hannah y Lette acudieron allí en busca de ayuda, aquellos jóvenes hombres y mujeres habían oído historias de sufrimiento de judíos de veinte nacionalidades o más. Fueran cuales fuesen sus sentimientos al escuchar los relatos, se los guardaban para sus adentros. Habían oído hablar de los campos, y de su objetivo, antes de llegar a Berlín procedentes de Palestina. No sabían aún el número exacto de judíos que habían muerto en los campos y en otros lugares, pero sus estimaciones estaban cerca de la cifra que salió a la luz años más tarde como resultado de una minuciosa investigación.

Mantenían una disciplinada distancia entre ellos y la atrocidad. Habían sido entrenados para pensar con sentido práctico y para pronunciar pocas palabras cuando la gente que los consultaba les hablaba de sus sueños. «En Viena, éramos veinticinco, no puede ser que estén todos muertos, encuentre a mi hermana, localice a mi madre». El único consuelo concebible para un pasado destruido era un futuro de seguridad, eterno. Y, por tanto, Israel. Los naranjos, la sombra.

En Anhalter Bahnhof, un chico vestido con chaqueta y pantalón negro, camisa blanca y aspecto saludable, le había dado a Hannah la dirección de Charlottenburg. Un chico guapo. Le había entregado un papel impreso y le había dicho: «Vaya aquí». Debajo de la dirección, y en cuatro idiomas —húngaro, alemán, francés y hebreo—, podía leerse: «Para asistencia».

Hannah le dijo:

—Eres judío.

Una afirmación.

El joven dijo en hebreo:

—Por supuesto.

Ambos movieron la cabeza en un gesto de asentimiento.

Tardaron cuatro horas en llegar a Charlottenburg. La ciudad estaba destrozada, era un caos, y había muchísimos controles. ¿Quién disponía de documentación que poder enseñar en un momento como aquel? Había algunos autobuses que recorrían distancias cortas, sin tener que pagar billete. El resto del trayecto, Hannah y Lette se desplazaron a pie. La expresión más común en la cara de los alemanes que circulaban por las calles era de taciturna resistencia. Incluso los niños tenían aquella mirada. También de resentimiento. ¿Hacia quién? ¿Hacia su Führer? ¿Hacia las fuerzas de ocupación? Tal vez, simplemente, hacia las desgracias de la vida.

Entre los escombros se habían erigido cruces modestas. Algunas tenían nombres escritos a pluma, a lápiz, o grabados en la madera; algunas estaban totalmente desnudas. El texto de los rótulos de las tiendas que despuntaban entre los escombros transmitía mensajes de una vida comercial inimaginable en aquellas circunstancias. *Lebensmittel für Sie. Alles ist frisch. Bilderrahmen. Chiropodist nach Vereinbarung. Kunz und Söhne Besteck und Kerzenhalter.*

Entre los escombros había gente, caras que asomaban entre hoyos y agujeros, ojos brillantes y hambrientos. Hannah vio un niño que podría haber sido el doble de Michael, y se le paró el corazón. Le dijo en húngaro:

—¿Quién eres?

El niño se escabulló. Hannah murmuró entonces para sus adentros:

—Pero ¿qué te pasa por la cabeza?

En la agencia, una chica muy eficiente que hablaba alemán con un acento muy marcado las acompañó hasta una mesa, tomó nota de su nombre y fecha de nacimiento y, a continuación, en un tono tranquilo y monótono, les preguntó acerca de su experiencia.

—Auschwitz —dijo—. ¿Llegó allí en el cuarenta y cuatro? ¿Procedente de dónde? ¿A través de qué medio? ¿Con su familia? ¿Marido y un hijo? Cuénteme acerca del proceso de selección. ¿Seleccionaron a su hijo? Lo siento mucho. ¿Cómo se llamaba? ¿Edad? ¿Conoce el nombre de alguna de las mujeres que fueron seleccionadas? ¿Sabe de dónde venían?

La chica llevaba unos pendientes de pequeño tamaño, de ámbar montado en oro. Creaban un efecto extraño, un toque de atractivo..., aunque ¿allí? ¿Formulando preguntas sobre Auschwitz? Por lo demás, todo era muy sobrio.

Lette preguntó por su marido. Una pregunta difícil de formular. Lette llevaba meses y meses confiando en que su marido siguiese con vida. La chica tranquila consultó un archivador repleto de hojas. Y dijo finalmente:

—Señora Rosen, no nos consta nada. Lo siento.

A Budapest, pues, si era posible, y lo era. No había muchos soldados viajando a Budapest, y solo había seis vagones. La locomotora era más vieja que la de la línea que venía de Polonia. Era como si los rusos hubieran desarrollado un cariño especial hacia otra época de la locomoción a vapor. Hasta que veías a los peces gordos soviéticos subiendo a bordo en Leipzig, borrachos y sin mostrar un cariño especial hacia nada. Dirigieron palabras groseras a Hannah y Lette, empuñando una botella de coñac.

No vieron más cadáveres, gracias a Dios.

El campo había regresado a sus prioridades. En Bohemia, empezaba a prepararse el invierno y los árboles estaban casi desnudos. Más allá del margen cubierto de hierba de la vía del tren, ciervos en grupos de a cuatro pastaban en los bordes del bosque. ¿Sería una locura imaginarse lo que Hannah estaba imaginándose? ¿Un verano, un viaje en tren hacia el bosque de las afueras de Budapest, un pícnic, vino tinto, el sol abriéndose paso entre el follaje? Solo que sin Michael. Solo que sin Leon. ¿Era posible imaginarse aquello? Sí, por un instante, por dos instantes. Luego, no.

22

ada año, en febrero, Tom mandaba los corderos al matadero de Garland & Garland, pasado el cementerio de una pequeña ciudad sin pretensiones que había vivido su apogeo en la época de la fiebre del oro. Este año los retuvo para poder concentrarse en recoger las manzanas, las nectarinas y las peras, que habían decidido madurar curiosamente todas a la vez. Los huertos de todo el valle estaban produciendo una cosecha normal, pero los árboles de Tom fructificaban a un ritmo frenético.

Se apuntaron teorías. El sistema de drenaje e irrigación de Tom, siempre tan bien atendido, había evitado que las raíces sufrieran las consecuencias de la inundación. Aquello era ciencia. Hubo también quien sugirió la acción de la brujería. Hannah, la judía, había llevado a cabo un hechizo húngaro, o tal vez lo hubiera extraído de ese libro de hechizos que todo el mundo sabía que los judíos guardaban bajo llave en su... ¿cómo se llamaba eso? Sí, en su sinagoga. Esto según Pearly Gates, presidente de la sección de la RSL en Hometown.

La tendencia antisemita de Pearly alcanzaba solo a los judíos primitivos (había visto uno), que llevaban esa ropa tan especial y esos gorritos y no, por ejemplo, a sir John Monash, el mejor soldado de la Primera Guerra Mundial y un hombre cultivado en cuyo honor habían bautizado recientemente una universidad. Una judía como Hannah (muy astuta ella) podía tener una librería y, a la vez, ser primitiva.

Había que reconocer que Hannah exacerbaba los prejuicios de Pearly, conocidos en todo el pueblo. Un día entró en la tienda en busca de un libro infantil de la serie Golden Book (eligió al final *La gallinita roja*, el cumpleaños de un nieto) y Hannah le contó que en la granja tenía un gallo negro capaz de hablar en hebreo.

Los del CES, el sistema de intercambio comunitario, le enviaron a Tom un grupo de cuatro recolectores, supuestamente con experiencia, pero en realidad unos inútiles, que tenían miedo a las escaleras, a las moscas, a los escarabajos y a las arañas. Eran una familia, asirios de Turquía, aceptados como migrantes porque eran cristianos y hablaban inglés: madre, padre y dos hijas. El padre, Hector, se había cambiado el nombre y también el de los miembros de su familia siguiendo el consejo de un funcionario de emigración. Llevaba una barba que le llegaba hasta el pecho y pasaba la hora de comer y del pitillo afilando un cuchillo con una hoja de treinta centímetros; a tal efecto, guardaba en el bolsillo una piedra de afilar de color negro. Y para demostrar que cualquier varón asirio, incluso un ingeniero, sabía utilizar un cuchillo, partió por la mitad una manzana que colgaba de una rama con un lanzamiento desde quince metros de distancia.

Las hijas, Sue y Sylvie, de catorce y quince años de edad, recogían lánguidamente la fruta cantando al ritmo de Herman's Hermits, que sonaba en un transistor sintonizado en la 3UZ. La madre, Sharon, trabajaba sin cesar, pero necesitaba cinco minutos para encaramarse a una escalera. Y su técnica era espantosa. En un día, era capaz de llenar solo una caja y no las cuatro que se esperaba que llenase. Por la noche, dormían los cuatro en la habitación de invitados. Retiraron de las paredes los cuadros del tío Frank y colgaron fotografías de Turquía, bordados con hilo de lana con dibujos tradicionales asirios, fotografías de los Beatles, de Mick Jagger y de Johnny Farnham. Tenían que levantarlos a las siete de la mañana para desayunar, una barra entera de pan a rebanadas y una docena de huevos fritos.

El otro recolector era Bobby Hearst, que trabajaba para Tom dos semanas todos los veranos. Encaramado a las ramas de los manzanos, cantaba y reía, apuntaba a «amarillos» con un imaginario M14 y lanzaba proposiciones subidas de tono a Sue y a Sylvie. Tom tuvo que decirle que, en la tierra de donde venía Hector, los padres tenían la costumbre de cortar el cuello a los jóvenes que flirteaban con sus hijas.

Aunque con Hector era complicado saber lo que en realidad significaba para él aquel cuchillo. Era más filósofo que jenízaro. Un día, con la escalera apoyada en un árbol y mientras Tom examinaba la calidad de las peras de su caja, empezó a hablar sobre la vida interior de los árboles.

—Son seres vivos, igual que usted, no sé si me explico. Los frutos son como sus hijos. Cuando le arranco una fruta a un árbol le digo que lo siento. Y el árbol me dice: «Tranquilo, no pasa nada. Pero planta las semillas». ¿Cuánto tiempo llevamos nosotros en este mundo, señor Tom? ¿Cien mil años? Los árboles millones y millones de años. Millones.

Ingeniero civil en Turquía, Hector había perdido el empleo cuando el gobierno lo incorporó a la lista de elementos subversivos. Tom, sonriendo, le preguntó si era cierto.

Hector se encogió de hombros.

—¿Quién sabe?

Hannah recogía manzanas siempre que podía; una hora, de cinco a seis, cuando se marchaba su último alumno. Hacía aún mucho calor al sol cuando se encaramaba entre el follaje bajo una ridícula pamela de paja del tamaño de un sombrero mexicano, una de las escasas ocasiones en las que elegía la comodidad antes que el estilo. Recolectaba a solas en el huerto de manzana Gravenstein que el tío Frank había cultivado a partir de las semilla de unos austriacos de Melbourne que las utilizaban para preparar licor Obstler, muy típico de la región de Austria de donde provenía esa gente.

Elegía aquel huerto para no tener que escuchar la guerra contra los amarillos de Bobby. Y además le relajaba estar entre la vegetación. Necesitaba relajarse. Entre Tom y ella había zarzas llenas de espinas: el amor que Tom sentía por aquel niño, su esperanza de que Peter volviera y se quedase con él.

El corazón de Hannah no era un parlamento, sino que había tres o cuatro déspotas gritándose entre ellos. Y el déspota que gritaba más fuerte decía: «Lo abandonarás. Si viene el niño, lo abandonarás». Qué locura. «¿Vas a huir de este hombre que tanto amas, de Tom? ¿Y vivir sola? Lo haré. Lo sé. Lo haré». Y constantemente le suplicaba a Tom, con palabras que jamás pronunciaba en voz alta: «No traigas al niño a casa. No lo traigas. No traigas al niño».

Una tarde, encaramada a la escalera, Hannah hizo una pausa, y durante esa pausa se permitió recordar otro huerto. Podría haber dejado vagar sus pensamientos otras tardes, pero no lo había hecho. ¿Por qué estaba hoy más dispuesta? Y sin darse cuenta, subida al manzano, se estaba secando las lágrimas de las mejillas. Como el soldado que lloraba aquel día, años atrás, cuando Eva, Lette y ella deambulaban hambrientas por Polonia y encontraron una choza en un huerto donde se refugiaron para protegerse del frío del invierno. Eva, que sabía de esas cosas, dijo: «Es una choza para la sidra. Es donde guardan las manzanas malas para hacer sidra. Las que tienen marcas». En la choza no había nada. Eva y Lette se acurrucaron con sus harapos en el suelo de tierra. Hannah empezó a mirar en todos los lugares donde nunca se encontraría comida, pero donde contra toda lógica podía encontrarse comida, aunque no encontró nada. Hasta que allí, en lo alto de uno de los árboles de un huerto vacío, vio una manzana: una manzana que no podía ser una manzana porque era noviembre y habían pasado ya cuatro meses desde la época de la cosecha. Pero aun así. Hannah trepó por las ramas hasta lo más alto y con cuidado arrancó la fruta amarilla, fría como una bola de nieve, y la guardó entre sus jirones de ropa.

Antes de que le diera tiempo a bajar, un soldado, alemán, apareció en el camino, avanzando a marchas forzadas, sin gorra, llevándose una mano al cuello. Un chico, rubio, de dieciséis o diecisiete años. No llevaba rifle.

Tropezó y cayó justo debajo del árbol donde estaba Hannah, que se mantuvo inmóvil, aferrada a la rama, sin apenas respirar. El soldado, un niño, se quedó tumbado de espaldas sobre las hojas negruzcas, mirando las nubes, llorando con intensidad. La sangre rezumaba entre los dedos de la mano con la que se cubría la herida. La hemorragia brotaba al ritmo de sus pulsaciones. Tenía el hombro de la chaqueta del uniforme empapado de sangre, una mancha que alcanzaba el emblema de la Wehrmachtsadler que lucía en el bolsillo del pecho.

Cuando vio a Hannah por encima de él, soltó un grito. Debió de pensar que era el ángel de la muerte vestido con harapos. Rompió de nuevo a llorar. A buen seguro sabía que moriría pronto. Y no era el llanto de un hombre, sino el de un niño, con la boca contorsionada, llorando sin cesar.

Hannah vio que tenía la cartuchera vacía y se le pasó por la cabeza la idea de bajar a consolarlo. Luego se le ocurrió otra idea más práctica: ahogarlo. El sonido del llanto podía atraer a los rusos, porque tenían que haber sido los rusos, ¿quién, si no, podría haberle disparado? Y con los rusos, ya se sabía. Veían una mujer y pensaban en lo evidente.

Pero no, se quedó donde estaba y vio cómo el chico desistía de vivir, cómo lloraba sin medida hasta que dejó de hacerlo. Siguió mirando incluso cuando el chico se quedó inmóvil, cuando sus párpados dejaron de pestañear y su boca quedó abierta en un rictus de dolor. Bajó entonces del árbol, se arrodilló junto al cadáver y pensó: «Era muy alto para su edad». Le dejó los ojos abiertos cuando podía habérselos cerrado, pensando que aquel último gesto hacia el muerto no tenía que hacerlo ella, puesto que no lo conocía de nada.

Repasó los bolsillos del uniforme con la esperanza de encontrar comida, una galleta que pudiera llevar encima, alguna cosa. Pero tenía los bolsillos vacíos; no encontró ni siquiera ningún tipo de documentación. Alguien lo había registrado ya, tal vez la persona que le había disparado. Lo giró e inspeccionó los bolsillos de atrás y encontró, santo Dios, onzas de chocolate, *schokolade*, envueltas en papel verde oscuro. En el envoltorio podía leerse en alemán: «*Unsere Jungs*». «Nuestros chicos».

Hannah se olvidó al instante del soldado y corrió hacia la choza con la manzana amarilla y el chocolate de los *Unsere Jungs*.

En el huerto se había levantado brisa, en el huerto de Tom. Y Hannah la disfrutó. Sus mejillas húmedas se secaron. Le parecía inconcebible abandonar a Tom si el niño regresaba. Pero era un obstáculo terrible para su felicidad. La brisa le levantó el sombrero de paja. Y aquel terrible obstáculo para su felicidad, igual que la librería de los corazones solitarios, estaba empezando a abrirse paso.

Mejor pensar en el éxito que en la perspectiva de una catástrofe. Hannah había reclutado a las mujeres de la CWA para vender libros por el condado. Estaban visitando escuelas, clubes, asociaciones y las tres bibliotecas de la región, y hacían presentaciones en reuniones de té que organizaban con el objetivo de dar salida a los libros. La mitad de los beneficios que obtenían iban a parar a la CWA. Lo cual dejaba a Hannah un margen escaso, aunque tampoco tan escaso. Resultó que vendiendo libros podías ganarte la vida. Más o menos al nivel de un empleado de correos durante su primer año, sí. Pero para Hannah era emocionante. Verlo para creerlo: una tienda con un inventario valorado en casi veinte mil dólares, gastos generales, el sueldo de Maggie. Y podías ganarte la vida.

Más que eso, era saber que los escritos de hombres y mujeres geniales estaban en las estanterías de casas de treinta y dos pueblos del condado, era pensar que tal vez la novela del autor australiano Joseph Furphy *Such Is Life* estaría junto a las hojas de color rosa del *Sporting Globe* en una mesilla, que tal vez *Middlemarch* tendría un punto de lectura en algún capítulo. Sí, también había muchas tonterías, *Besos a medianoche*, *Besos para desayunar*, aunque Hannah consideraba las tonterías como parte de la familia: Nina, la del pecho generoso de *Besos para desayunar*, con su cerebro de tortita untada con azúcar y crema fresca, era prima de Dorothea Brooke..., debías reconocerlo, a no ser que fueras un esnob.

Hannah no creía tener una misión, ni tampoco deseaba convertir a las masas inculcándoles el amor al arte. Pero llevaba la cuenta de los libros que vendía. Su objetivo estaba en veinticinco mil, la cifra aproximada de libros que se quemaron en Berlín el 10 de mayo de 1933. En aquel momento, y gracias a la ayuda de la CWA, estaba vendiendo unos ciento diez libros semanales. De modo que necesitaría cuatro o cinco años. Lo más especial era cuando alguien que venía de cualquier casa del pueblo, de alguna granja a treinta kilómetros de allí, se acercaba al mostrador con alguno de los libros que los estudiantes habían echado a la pira: *El proceso, Adiós a las armas, Mujeres enamoradas, Ana Karenina, La guerra de los mundos, Ulises.*

Los compradores de aquellos libros resultaban sorprendentes. *El malestar en la cultura* lo compró una anciana con los labios mal pintados que caminaba con la ayuda de dos bastones. Era la abuela del médico de familia de Hometown, Bob Carroll, quien la había traído hasta allí después de que se quedara viuda en Irlanda. Resultó ser una de las primeras mujeres admitidas en el Trinity College de Dublín, allá por 1910. El ejemplar de *Ulises* fue a parar a manos de Des Bond, director de instituto jubilado que se había instalado en Hometown con su esposa atraído por la pesca de la trucha. Estaba leyendo una lista de clásicos publicada en el *Punch* y que llevaba treinta años cultivando.

Aquello no era Budapest, el gran apartamento junto a la avenida Andrássy, ni el apartamento de menor tamaño en Nagymezo, donde vivió primero con Leon y luego con Stefan. La gente que entraba y salía de allí lo había leído todo, gente loca con ideas políticas locas, todos muertos ahora, ellos y sus variados gustos. Nadie posponía la lectura a la época de la jubilación. Pero aun así, a la gente de Hometown, a la gente del condado, había que saber valorarla: gente muy alejada de la bohemia, pero muy querida por Hannah. Aquí, Adolf Hitler habría rebuznado en vano. Tal vez. Había días en los que deseaba plantarse en la puerta de la librería con los bazos abiertos y decir... ¿decir qué? Algo imposible, algo ofensivamente condescendiente, como: «Sabe Dios lo que os pasa por vuestras cabezas australianas, pero os quiero igualmente».

La cosecha de fruta estuvo finalmente ochenta y siete cajas por encima de la del año anterior; los precios de las conservas estaban altos debido a las inundaciones. El cordero de primavera subiría también, con toda probabilidad; se habían ahogado miles de ovejas. Tom transformó el superávit conseguido gracias al precio elevado de la fruta en un bono de fin de recolección de setenta y cinco dólares para Hector, su familia y Bobby. Para los recolectores, el bono llegó caído del cielo. Hector, agradecido, pidió a sus hijas que bailaran para Tom, en el tosco suelo del huerto, una especie de polca asiria. Dijo que volvería cuando tuviera los papeles reconocidos por los australianos y le construiría a Tom un dique. «¿Cree que me olvidaré? Eso jamás, señor Tom. De cinco metros de profundidad, con la tierra bien prensada, y, en medio, un puente metálico. ¡Claro que sí!».

Para celebrar la última noche, Hannah preparó una comida de aspecto asirio. A juzgar por el demasiado vivo coro de cumplidos por parte de Hector y Sharon, junto con algunas palabras complementarias de elogios más moderados por parte de las hijas, las recetas fueron un fracaso. Teniendo en cuenta también la cantidad de comida dejada en cada plato.

Pero la cena que compartieron y el vino que compartieron brindaron a Hector la oportunidad de expresar con más detalle su visión de una Turquía donde corrían ríos de sangre. A los turcos no les bastaba con haber asesinado a los armenios, que podían o no merecerse aquel destino, a saber, ¿pero por qué tenían luego que masacrar a los asirios?

Aquel fue un día del mal; hubo muchos días del mal. Pero se estaba construyendo un ejército, dijo Hector, un ejército secreto, hombres que de día eran tenderos y de noche asesinos. Y llegaría el momento, Dios procuraría que así fuera, en el que los turcos murieran a miles en sus lechos.

Sylvie, la hija, dijo:

—Papá, eso no le interesa a nadie.

—¡El *byriani*, Hannah! —dijo Sharon—. Precioso. Las patatas necesitan tal vez un poco más de tiempo en la sartén. La próxima vez.

Hector contó historias de masacres. Su voz adoptó la entonación de un cántico, como si aquellas historias fueran capaces de invocar algo relacionado con lo sagrado.

Bobby, que estaba también presente en la cena para celebrar el fin de la cosecha, acogió las historias con entusiasmo.

—Tío —dijo—, déjamelos a mí. Jodidos turcos. Perdón.

Sylvie y Susie lo provocaron sacando pecho e inspirando y espirando hondo.

Tom miró a Hannah y Hannah le devolvió la mirada. No tenía historias de su propia terrible experiencia que aportar. Su rostro era una máscara. Tom confiaba en que los relatos de Hector no llegaran a un punto en el que los judíos se sumaran a los turcos como enemigos del pueblo asirio.

Pero no. Solo los turcos. Hector destacó que los asirios y los australianos tenían un parentesco en cuanto a sangre derramada por los turcos. Gallipoli.

23

Asesinatos en la naturaleza; asesinatos en la gran ciudad. Son cosas distintas. La mayoría de los asesinatos en el campo se produce por la tarde, para empezar; en la ciudad, por la noche. El asesinato en el campo está rodeado de más sinceridad, se materializa a plena luz de día. Y su planificación es breve y directa, un compromiso al que se llega casi por casualidad. No hay forcejeo alguno con el diablo, y tampoco un gran escándalo por lo que a la ocultación se refiere. El hecho y sus consecuencias se entienden como una sola cosa, como si el asesino hubiera dicho, al coger el arma, rifle o cuchillo: «Podrían colgarme por esto».

Bernie Shaw era un recién llegado a Hometown; ocho años en State Rivers, en Hydro Road, transferido desde algún lugar del sur. Había llegado con su esposa, Lou. Sin hijos, aunque Bernie tenía un chucho grande y bobo, Huey, al que Lou y él adoraban.

Después de años de vivir cómodamente en casa, aquel invierno Huey se perdió por los prados de pastoreo de Henty, dejándose llevar por el mal camino por un perro salvaje por los cuatro costados, un auténtico proscrito, de la mitad del tamaño de Huey, pero con un complemento de maldad en el corazón que valía para los dos. Empezaron a matar. Huey descubrió que tenía aptitudes para el tema, hasta que un día, con la cara enterrada en las entrañas calientes de un cordero nacido en primavera, no captó a tiempo el olor de Henty. La punta de un cartucho de calibre 303 se llevó por delante sus patas traseras. Henty corrió a toda velocidad hasta donde estaba el perro, le cortó la garganta y leyó la información escrupulosamente escrita en su etiqueta de identificación.

Decidió llevar el cadáver a casa de Bernie y Lou, en Commonwealth of Australia Street, pero a las diez de la mañana de un día laborable solo estaba en casa Lou. Chilló, montó un escándalo, tal vez porque no había llegado a comprender que en un país de ovejas un perro que se volvía loco en los pastos se convertía en un blanco andante.

A última hora de la tarde de aquel mismo día, Bernie, con traje y corbata, se plantó en casa de Henty con una escopeta de caza de calibre 22 y le disparó un tiro en la cabeza a la mujer de Henty en cuanto esta le abrió la puerta. Después disparó a Henty, que estaba en el taller, no una vez, sino cinco, cargando de nuevo el arma después de cada disparo.

Condujo por la carretera los ochocientos metros que lo separaban de la casa de Tom para comunicarle lo que había hecho. Bernie había recogido fruta para Tom durante sus vacaciones anuales en State Rivers, de vez en cuando, trabajo pagado, aunque no aquel año. Pero ¿por qué elegir a Tom? ¿Porque contaba con que mantendría la calma? ¿Por esa razón?

Tom estaba en el prado de la ciénaga atendiendo a una borrega que se había vuelto loca y había empezado a atacar a las demás ovejas sin motivo evidente para hacerlo. Oyó que le llamaban desde la casa y dio un grito en respuesta. Vio una figura que se acercaba a la valla, con traje y sombrero, pero ¿qué demonios? Vio que la figura conseguía abrir la puerta del cercado. Bernie Shaw, con un rifle en una mano y una maleta en la otra. Ver a Bernie con un rifle no le pareció extraño, vivían en un condado donde todo el mundo tenía armas. Pero lo de la maleta. Aquello sí que era curioso. Y el sombrero y la corbata.

Dijo entonces Bernie:

—Tom, he disparado a Henty y a su mujer.

—¿Qué?

—Sí, hace veinte minutos.

Bernie señaló en dirección a la propiedad de Henty.

—Hace veinte minutos —repitió—. Los dos han muerto. Puedes comunicárselo a Kev Egan.

Tom se quedó mirándolo fijamente. Si Bernie se había vuelto loco, eso explicaría lo de la camisa, la corbata y el traje, los zapatos negros relucientes.

—¿Que has matado a Henty? ¿Que has matado a Juliet?

—Sí, eso he hecho.

Tom estaba sujetando por el grueso de la lana a la borrega loca. Los ojos de la borrega tenían un brillo lunático. Le pegó un bofetón en el morro y la soltó.

—Entrégame esa escopeta, Bern.

Cogió el rifle que le pasó Bernie, puso el seguro. Estaba descargado.

—Muy bien, enséñamelo —dijo.

Se dirigió con Bernie hasta el coche; dejó el rifle apoyado contra la pared del taller. Bernie subió en el asiento del acompañante después de sacudir el asiento y subirse los bajos del pantalón. Colocó la maleta azul entre Tom y él y descansó su mano sobre ella.

—Listo para el trullo —explicó.

Tom no dijo nada.

Un orificio limpio entre los ojos para Juliet. Había caído de rodillas en el umbral y la puerta mosquitera estaba abierta de par en par. Juliet había sido una belleza rural, con tez suave y cejas oscuras perfectamente arqueadas. El asesinato la había dejado con un mohín poco atractivo. Después de intentar localizarle el pulso, Tom la dejó donde estaba y siguió a Bernie hacia el taller. Henty estaba en el suelo con las rodillas dobladas, la cabeza y la cara desfiguradas.

Sin pulso.

Los casquillos estaban esparcidos por un suelo de hormigón inmaculadamente barrido. A pesar de descuidar sus ovejas, Henty siempre había sido un hombre escrupuloso en sus costumbres. En las estanterías y las baldas de las paredes del taller había leña almacenada y clasificada según la longitud de los troncos.

—Muertos, efectivamente —dijo Tom.

Se incorporó y posó una mano en el hombro de Bernie. Este era más bien bajito y tuvo que levantar la barbilla para poder mirar a Tom a los ojos. Tenía la punta de la nariz roja y brillante, como si se hubiera activado una alarma.

—Bernie, pero ¿qué has hecho, por Dios?

Bernie levantó mínimamente los hombros y los dejó caer enseguida.

—Mató a Huey.

—¿A Huey?

—A nuestro perro, Huey.

Los ojos azules de Bernie se inundaron de lágrimas.

Tom asintió, en parte para darle a entender a Bernie que un poco lo comprendía, en parte confirmándose a sí mismo que aquel hombre estaba loco.

—Vamos a entrar y llamaremos a Kev —dijo.

—Sí. Sí —respondió Bernie—. Estoy bien y preparado para ello.

La ley se hizo cargo de Bernie; el padre Costello se hizo cargo de las almas de Augustus y Juliet Henty. Una cola interminable de coches con los faros encendidos se desplazó a ritmo lento desde la iglesia de St. Benedict, en Federation Hill, hasta el cementerio, pasando por Alfred Deakin Way, Mercer Street y cruzando Top Bridge para enfilar finalmente Old Melbourne Road. El padre Costello condujo su viejo Fiat azul desde la iglesia hasta el cementerio a toda velocidad, como era habitual en él, y estaba ya esperando en el sector católico del cementerio cuando la comitiva fúnebre llegó.

Entre los asistentes, las dos hijas de Henty, Bea y Pip, altas, rubias, guapas como su madre, que acababan de regresar de la escuela de magisterio al enterarse de la noticia. Bea estaba blanca como el papel por el dolor; Pip, la hija mayor, fría y serena. Posteriormente, durante la recepción (en el instituto de mecánicos, no en la granja que, al fin y al cabo, había sido la escena del crimen), Pip habló con Tom sobre las tres mil ovejas de su padre, que qué tenía que hacerse, si él lo sabía, si alguien lo sabía.

Tom le dijo que por el momento él se ocuparía de ellas. Pip asintió.

—¿Quieres comprarlas? ¿Quieres comprar la granja? A nosotras no nos sirve de nada. Nunca me gustó vivir aquí. Me gusta Glenferrie. Pero esto no. Ese hombre está loco, ¿verdad? El que mató a mamá. —Y después de una pausa, añadió—: Y a papá.

Tom dijo que sí, que Bernie Shaw estaba loco. Y le dijo que no quería comprar la granja.

O a lo mejor sí. Durante las semanas siguientes, cuando miraba las ovejas de Henty, pensaba: «No es imposible». Los prados que se extendían hasta la base de las colinas de pastoreo estaban cubiertos por un suelo rico y húmedo que se había ido acumulando con los años al ir deslizándose por la ladera. En aquel suelo crecía hierba fresca durante todo el año. Henty, que odiaba las ovejas, gestionaba la cantidad mínima necesaria para que le resultaran rentables, pero Tom tenía claro que los prados de atrás podían dar de comer a casi el doble.

Los cinco mil árboles de Henty —manzanos y perales, mal cuidados, rara vez podados—, tal vez. Las conserveras pagaban cada vez más. Además, abajo en los meandros abandonados, Juliet había preparado hacía poco tiempo unos dos mil metros cuadrados para cultivar la fresa, un experimento que el destino no le había permitido ver convertido en realidad. Así que además había eso, fresas.

—Tom, si lo quieres, cómpralo —le dijo Hannah.

Una tarde, a finales de primavera, estaban paseando por la finca de Henty. El magistrado que llevaría la causa, Ted Beach, había pasado antes, con su viejo Riley rojo, para echar un rápido vistazo al escenario del crimen. Fue Ted quien le dio a Tom el empujoncito que necesitaba para llevar adelante la idea de comprar. Sumando las ovejas de Henty a las suyas, Tom tendría cabezas de ganado suficientes como para ofrecer una garantía de suministro, lo cual le otorgaría categoría de proveedor preferente en Garland. Y lo mismo con la fruta: proveedor preferente en las conserveras.

Ted tenía tierras en el valle y sabía de qué hablaba.

—Piénsatelo bien, Tom. Prosperarás. —Y añadió—: A menos que alguien te pegue un tiro. ¡Ja! A menos que alguien te pegue un tiro, Tom.

Detrás de la casa y los cobertizos de Henty, había un granero de dos pisos de altura construido por los alemanes que llevaron la granja durante la década posterior a la Gran Guerra. Era una obra soberbia, sobre cimientos de bloques de granito tallado tan sólidos que todas las vigas y todos los postes seguían perfectamente en su sitio incluso comprobándolo con un nivel. En 1928, los alemanes, los Baughman, vendieron la propiedad y se marcharon a vivir al sur de Australia para de este modo incorporarse a una comunidad luterana de mayor tamaño; una locura, puesto que la granja marchaba viento en popa.

El granero era demasiado grande y demasiado peculiar para los Sullivan, que sucedieron a los alemanes. Y para Henty, que compró la propiedad a los Sullivan en 1950. Estaba construido para satisfacer prácticas algo ajenas a la industria agropecuaria local.

La planta baja estaba dividida en establos y cubículos para los caballos, pero con puertas que se abrían hacia dentro, de modo que los caballos tuvieran que dar un rodeo para salir. La idea era que, si la puerta batiente del establo quedaba abierta, el caballo permanecería dentro antes de dar aquel rodeo, hasta que lo llamaran para salir. El gallinero estaba conectado a una polea y un gancho, y una cuerda que pasaba por el gancho levantaba el gallinero del suelo del granero para dejarlo fuera del alcance de los zorros. Habían montado también un aparejo, dependiente asimismo de poleas y ganchos, que garantizaba que el gallinero se elevara sin complicaciones.

El interior de las paredes del granero estaba recubierto con planchas de madera de pino de una calidad que hoy en día (o al menos eso le explicó Tom a Hannah) se reservaría solo para la fabricación de muebles. El heno se almacenaba en la segunda planta, que no era un altillo, sino un segundo piso perfectamente construido y con tres trampillas, la mayor de ellas para el heno, otra probablemente para el cereal ya limpio y la tercera para el forraje, suponía Tom.

Y Tom le indicó a Hannah que se fijara en un detalle. En el suelo de losas de granito había unas ranuras cinceladas que iban a parar a un desagüe que vaciaba su contenido en una poza que había fuera del granero y que en la actualidad quedaba oculta por la vegetación.

—¿Para qué es? —preguntó Hannah.

—Para la matanza —respondió Tom—. De cerdos, corderos; de terneros, podría ser también. Para que corra la sangre. Santo cielo. Esa gente pensaba en todo.

Una escalera con peldaños, en vez de una escalera de mano, facilitaba el acceso a la planta superior. Hannah quiso ver qué había. El tejado era de planchas de pino, iguales que las que revestían las paredes. El espacio entre el techo y las baldosas del suelo era suficiente para crear una zona de almacén por la que poder moverse de pie. Cajas de madera compartimentadas, cubiertas de polvo, similares a las cajitas para clasificar el té, pero cuadradas, estaban llenas de revistas en alemán, libros en alemán. Material que por algún motivo los Baughman decidieron dejar allí.

Hannah se cernió sobre ellas embelesada y utilizó un pañuelo para retirar el polvo de las portadas de las revistas. *Jugend, Simplicissimus, Pan, Puck.*

—Tom, ¿cómo es posible? Son revistas de arte y satíricas. ¿Un granjero alemán? ¿Que tuviera estos gustos?

—No tengo ni idea. Lo único que sé es lo que oyó comentar el tío Frank. Que eran alemanes, que tenían cuatro niños. No sé.

—Y los libros, los libros.

Tallada en madera, en la parte delantera de aquella zona de desván, justo debajo del gablete, había una ventana dividida con parteluz con un pestillo y bisagras. El cristal tenía suciedad adherida. Tom rascó el óxido del pestillo con su navaja de bolsillo y tiró con fuerza de la ventana para abrirla.

La ventana les llegaba a media altura del cuerpo y disfrutaron del aire fresco y de hasta donde les alcanzaba la vista: la totalidad de la granja, el río, las colinas, los meandros abandonados, las ovejas paciendo en los verdes prados de la zona norte.

—Venderemos la tienda —dijo Hannah—. E instalaremos aquí la nueva librería.

—¿Qué? —Tom se quedó mirándola—. ¿Qué dices que haremos?

—¿Es que no lo ves?

—No.

—¿No lo ves?

—Un poco. ¿Qué tengo que ver?

Hannah estaba riendo.

—¿No lo ves? Los libros. —Hannah señaló las cajas de madera—. Tom, cariño mío, esto es una señal.

—Una señal.

Hannah se vanagloriaba de no creer en las señales.

—¿Por qué no? Mi forma de pensar ha cambiado. Las señales son buenas. Las señales están por todas partes. La señal de los alemanes. «Hannah, linda chica judía, utiliza nuestro granero para tus libros, por favor».

Tom introdujo la mano por debajo de la blusa roja de Hannah hasta posarla en su zona lumbar. Le recorrió un escalofrío por el cuerpo. En Hannah, el mundo; en Tom, manzanas y peras, las ovejas, los puntos que tenía que reparar en el coche. Pero, entre ellos, una corriente eléctrica.

Tom deseaba que lo mirase de esa manera tan suya, como si estuviese demasiado loca para amar con normalidad, como si en un arranque de exceso fuera a cogerle la mano y mordérsela. Lo hacía, a veces. Y era lo que él quería: que ella tuviera más poder, más rabia, más alegría, más ambición.

—Han —dijo—, la gente no vendrá hasta aquí.

—¿Tú crees?

—Esto es una granja. La gente no vendrá hasta aquí para comprar un libro.

Hannah sonrió.

—Haré que vengan.

24

La gente de Budapest, Hannah Babel incluida, acabó comprendiendo que los rusos eran los que tenían la última palabra. Normalmente, los rusos daban a conocer tan bien sus deseos entre bambalinas que ni siquiera era necesario decir nada en público. Eran discretos incluso en asuntos como el asesinato. Nunca arrojaban los cadáveres a las calles, sino que los enterraban sin hacer ruido. En la medida de lo posible, prevalecía la sensación de que los húngaros estaban decidiendo su propio futuro. Los comunistas húngaros de 1919, que a tanto habían aspirado, habían obtenido permiso para regresar de su exilio en Moscú y poder reanudar su carrera profesional. Los rusos les dijeron: «No os volváis locos», y hombres y mujeres con cabezas llenas de canas aceptaron la sugerencia, aunque no sin cierta acritud.

En noviembre de 1945 se celebraron elecciones democráticas. No era descabellado pensar que el pueblo húngaro apreciaría lo que los rusos habían hecho por él durante los meses transcurridos desde el final de la guerra —dividir las grandes fincas y redistribuir la tierra entre los pobres— y que, en consecuencia, votaría mayoritariamente al partido comunista húngaro. Pero no.

Los húngaros votaron a un partido de campesinos conservadores y cristianos practicantes que aprobaba las reformas agrarias, pero rechazaba a sus arquitectos. Hubo muchos sentimientos heridos. De 1946 en adelante, los rusos dejaron de lado las sutilezas y lucharon por establecer un Estado socialista con un único partido. Lo consiguieron. Por supuesto.

Hannah, que regresó a Budapest a principios de 1946, fue directamente al apartamento de la calle Nagymezo que había sido su hogar marital hasta 1944. No tenía motivos para pensar que el apartamento seguiría vacío, pero lo estaba. Era un piso precioso, en un edificio *art nouveau,* con ventanas con cristales de colores en los dos baños y el salón. Precioso, excepto por los recuerdos. Michael, Leon.

Parte de las cosas que había dejado atrás cuando la familia huyó al campo estaban allí a su regreso. La mayoría, de hecho. Solo faltaban los dos sofás azules; las alfombras, la mesa de madera de la despensa. Estaban incluso los cuadros, hasta que tuvo que vender tres de ellos a precio de saldo para poder comer.

Cuando intentaba imaginarse algún tipo de plan, un futuro, lo único que le venía a la cabeza era una palabra: «Inútil». Las ambiciones de hombres obstinados y llenos de odio se habían apoderado de ella y la habían arrastrado a cruzar fronteras, y, ahora, un nuevo grupo de hombres ambiciosos había cogido el relevo.

Aunque al menos, ahora, conocía a los rusos, los entendía. Nunca estarían dispuestos a devolver Hungría a los húngaros. Tendría que encontrar la manera de explotarlos. Disfrutaba de la ventaja de que a esas alturas hablaba su idioma bastante bien. Pero no podía revelarlo rápidamente. Tenía que elegir su momento. De lo contrario, recelarían, y, en un ruso, el recelo incita el remedio de una pena de cárcel. Tenía que gestionar la situación con cuidado.

Se enteró de que un capitán del contingente militar vinculado al ala política era algo menos inflexible que sus camaradas; lo habían visto sonreír. Su tarea consistía en deambular por las calles con una cámara Leica de 35 milímetros y fotografiar las pintadas contrarias a los rusos que pudiera encontrar, aunque, por otro lado, le gustaba también fotografiar chicas guapas. A través del cristal de un escaparate de una tienda de Lipótváros, lo había visto, con su colorada cara de niño y sus labios rosados y húmedos, dirigirse a las mujeres empleando un húngaro espantoso: «¡Rusia! ¡Iván! ¡Fotografías bonitas!». Las chicas más jóvenes huían despavoridas, pero las mujeres le permitían tomar fotografías. Buscaban un inicio, una oportunidad de pedir un favor, pensando que tal vez Iván pudiera conseguirles unas medias o una ración de mantequilla.

Una de las callejuelas que cruzaba Deák Ferenc Utca atraía a patriotas todas las noches y el capitán ruso se acercaba cada mañana a esa calle para registrar con su cámara las infamias. Hannah decidió pasearse por aquella calle, vestida de tal modo que destacase su figura, y detenerse en el momento adecuado a retocarse el lápiz de labios (de Toruń; así como el precioso espejito de bolso). El joven capitán apareció enseguida, vio a Hannah y enfiló la callejuela con una sonrisa radiante iluminando sus mofletes. Hannah permitió que intentara explicarse en húngaro durante un par de minutos y acto seguido le reveló que hablaba su idioma.

Tropezó con los adoquines de lo feliz que se sintió. Quería tomar un café con ella. ¿Sí? ¿Accedía? Accedió. Té y galletas, fotografías de su esposa y de su hija, de tres años de edad. Y de un icono que había rescatado de las ruinas de una iglesia en Lodz, que guardaba a modo de curiosidad. ¿Querría posar Hannah para él? No en la calle, sino en un apartamento que compartía en Belváros con otro oficial. Sí.

El apartamento era sorprendentemente luminoso. Hannah esperaba encontrarse un espacio minúsculo, un lugar lejos de los barracones donde el capitán y su camarada pudieran disfrutar de las mujeres que quisieran. Pero estaba perfectamente barrido y no había ni una mota de polvo; los platos se estaban secando sobre el fregadero. Los suelos estaban desnudos, pero no eran toscos. Encima de la chimenea, un retrato del camarada Stalin allí donde en su día debía de haber habido un Jesucristo crucificado. Dos pulcras habitaciones en la parte de atrás, una cama estrecha con sábanas blancas y limpias en cada una de ellas. Las ventanas de la sala daban a una calle con tiendas y tráfico.

La pulcritud de ama de casa venía por parte del camarada del capitán, Vasili Vasilovich, un teniente tímido de cabello oscuro nacido en un suburbio de Leningrado. Hannah vio de inmediato en él el tipo de chico que sufre noche y día dolorosos pensamientos sobre chicas desnudas, envueltas en declaraciones de amor. Vio, asimismo, que su alegre capitán querría fotografiarla desnuda. Se negaría, pero prolongaría la situación, haría tal vez pucheros. Y, cuando llegara el momento, le pediría que le buscase un puesto de trabajo en la biblioteca central Szabó Ervin. Su buen expediente universitario la respaldaría, hasta cierto punto.

El capitán aceptó con elegancia la negativa de Hannah a desnudarse para su cámara. La fotografió en lo que calificó como su estilo «clásico», aunque de vez en cuando le pidió que se mostrara más «desenfadada», fumando un cigarrillo, mirando al objetivo apoyando la barbilla sobre una mano, con una sonrisa provocadora. Vasili Vasilovich le regaló un perfume —comprado o adquirido de manera subrepticia— y cocinó para los tres.

El hecho de que Hannah hablara ruso le sirvió para granjearse las simpatías del capitán y del teniente hasta tal punto que en ningún momento se sintió amenazada por una posible posición de fuerza por parte de ellos. Permitió que los rusos le dieran un beso en la mejilla, que le acariciaran la mano, pero más allá de eso... no.

Escuchó todo lo que había que escuchar sobre la familia de Vania, sobre los padres de Vasili y su hermana tullida, los consoló cuando lloraron (todo el rato) y brindó por el camarada Stalin con cerveza, coñac y vodka. Bailaron polcas y valses al son de discos obtenidos casi legalmente cuando Iván Ivanovich le dio el soplo a un distribuidor de tabaco sobre el advenimiento del monopolio estatal sobre los cigarrillos: el gramófono y los discos fueron el modo que tuvo el distribuidor de tabaco de agradecerle el poder disponer de tiempo suficiente para deshacerse de todo su inventario.

Un puesto en la biblioteca. ¿Cómo conseguirlo? Budapest estaba gobernada por una autoridad municipal, que a su vez estaba gobernada por un general ruso. A nivel de puestos municipales de baja categoría —como por ejemplo el de bibliotecaria—, los húngaros funcionaban por su propia cuenta. Sin emplear, naturalmente, a nadie que hubiera sido en su momento fascista, ni a anticomunistas; por lo demás, ningún problema. Los funcionarios rusos estaban más preocupados por asuntos como la hiperinflación.

Vania habló con un funcionario político que controlaba el personal del general e incluso al mismo general. El funcionario estaba en deuda con Iván Ivanovich porque le proporcionaba café de excelente calidad y quesos de Crimea procedentes del mercado negro. Le dijo a Iván Ivanovich que enviara a Hannah a la biblioteca tal día y que preguntase por tal persona, que la pondría en nómina. Le pagarían en rublos. No mucho, pero mejor que aquella basura húngara. Y en cuanto a encontrar alguna manera de entretenerse en la biblioteca, que hiciera lo que le apeteciera.

E hizo lo que le apeteció. De las veinte personas que trabajaban en la biblioteca, la mayoría estaba allí por enchufe y no tenía ni idea de libros. Pero unas pocas estaban apasionadamente locas por la colección. Hannah se juntó con los apasionadamente locos y se las ingenió para mantener la cordura.

El jefe de la biblioteca, un hombre ansioso y agotado con más de setenta años y que tenía por costumbre suspirar antes de empezar una frase, le dijo a Hannah que su trabajo consistiría en verificar el estado de los libros al ser devueltos al mostrador desde las trece salas de lectura del edificio.

Y verificar, dos veces al día, que los libros se hubieran colocado en su debido lugar, cosa que nunca sucedía.

La colección de la biblioteca era soberbia: libros en siete idiomas importantes y también en idiomas minoritarios del Imperio austrohúngaro. El edificio era una monstruosidad neobarroca que en sus tiempos había sido un palacio: brillo, oro, espejos y teca barnizada por todas partes. Aunque, sorprendentemente, era fácil acostumbrarse a aquello. Lo mejor de todo eran los libros. Le alegró descubrir que la biblioteca no se había visto sujeta a ninguna purga de autores judíos. Hannah, con guantes blancos, giraba las páginas de los manuscritos prerrenacentistas, algunos con tapas de madera de peral labrada, sopesando con agrado el peso de la vitela cargada de ilustraciones.

Lette llegó a Budapest para instalar allí su hogar después de haber pasado dos años en Debrecen. El duelo por su marido había tocado a su fin y un nuevo esposo había ocupado ya su lugar, Isaiah, arquitecto. De forma casi imposible de creer, había sobrevivido a las brigadas de trabajo integradas por judíos que los húngaros y los alemanes habían explotado hasta la muerte durante el último año de guerra.

La pareja se instaló a vivir con Hannah, y así fue como Hannah conoció a Stefan, sobrino de Isaiah, de veintisiete años, uno de los pocos varones judíos de su edad que aún vivía en Hungría. Había llevado una vida salvaje en las calles desde abril de 1944 hasta la llegada de los rusos a principios de 1945. Guapo, seguro de sí mismo, con una energía violenta y nihilista, venía a cenar al apartamento y se sentaba en el sofá tarareando canciones de películas de Hollywood. Se encogía de hombros cuando le pedían que hablase, aunque luego, sin previo aviso, empezaba a charlar.

Isaiah había formulado una pregunta sobre las intenciones de los rusos con respecto a los judíos.

—Oh, los judíos, los judíos, el otro día coincidí con uno, con su *talit,* su filacteria y su preciosa kipá, y me contó un cuento de hadas de lo más sofisticado. Incluso los nazis tenían una historia más verosímil que lo que contó él. Incluso los rusos. Tuve que estrangularle.

Isaiah sonrió.

—Nadie te toma en serio.

—No, no..., no me toman en serio. No se toman lo que sale de mi culo en serio. Ni lo que meo se lo toman en serio. ¡Nada de nada! Excepto esto.

Cogió un plátano del frutero; Lette había encontrado dos en el mercado armenio.

—Tómate mi plátano en serio. ¡Por supuesto que sí! Se trata de un plátano muy serio.

Hannah le gustaba. Decía que se casaría con ella, que la llevaría de luna de miel a las cataratas del Niágara y que la empujaría al agua. Estaba estudiando en la academia de arte dramático y cinematografía, a ratos.

—¿Sabes cuál es la mejor película que harás en tu vida? —le decía a Hannah—. La película que no hagas. Planifícalo todo primero. Escribe el guion. Busca los actores. Y luego, el primer día de filmación, despide a los actores y quema el guion.

Pero en la cama se pegaba a ella como un niño. Una banda de gamberros armados con navajas de afeitar le había llenado la espalda de cortes para obligarlo a reconocer que era judío. Había conseguido escapar, pero las cicatrices seguían allí. Hannah lo consolaba. Stefan solo toleraba la ternura a oscuras. Con luz, llegaba a exasperarla; se mofaba de su insistencia por intentar encontrar lo mejor y lo peor de la gente. Y, sobre todo, la sacaba de quicio cuando la imitaba hablando sobre el amor y sobre preocuparse por los demás.

—Soy Stefan Cariño —decía—, soy el cariño de Hannah. Llámame cariño y yo te llamaré amor mío. Soy tu amor mío cariño y tú eres mi amor mío cariño. Pero Lette no es ni amor mío ni cariño. Lette es la cariño bolita rellena. Lette es la cariño bolita rellena de Isaiah. Rolliza y feliz.

Pero se casó igualmente con él. Stefan le decía:

—Hemos elegido nuestra fantasía, ¿no te parece? Y es una fantasía bonita: un matrimonio, una jupá, un viejo rabino de Kecskemét con unos bigotes canosos muy largos. Y con mala dentadura, sí, pero ¿qué se puede esperar después de los nazis?

Era un borracho, pero no de los peores. No pegaba. Se sentaba con su botella y se entretenía elucubrando planes que serían normalmente típicos de un adolescente: la construcción de colonias de hormigas subterráneas para humanos y el derretimiento de los casquetes polares mediante explosiones atómicas para que Budapest pudiera tener una playa. Se decantaba por otras ideas por su carácter ofensivo. Convertir Auschwitz en un parque de atracciones. Con limonada que cayera de las duchas. Y los hornos destinados a preparar pasteles.

A veces, el matrimonio desaparecía. Stefan se ausentaba durante semanas. Hannah lo buscaba por todo Budapest.

Lo encontraba viviendo en una chabola a orillas del río, en una fábrica de galletas abandonada, en las ruinas de una guardería judía. Le atraían los lugares decrépitos, cualquier espacio que respirara miseria, desesperanza. En un sentido que solamente él entendía, le hacía feliz tener los pies en un charco de fango con restos de basura arrastrados por el viento acumulándose contra paredes desmoronadas. Y Hannah se decía: «¿Por qué me he casado con él? Soy una niñera».

A lo mejor pensaba que podía convertirlo en un hombre nuevo. A lo mejor podía convencerlo de que se pusiera un traje limpio, de que asistiera a diario a la academia, de que dejara de lado la botella, de que sintiera el amor o, como mínimo, de que en su corazón hubiera un poco de calidez. Hannah le hacía los trabajos que podían presentarse sobre papel, le escribía los guiones, pero la filmación quedaba fuera de su alcance. Lo expulsaron de la academia, un día de triunfo para Stefan. Pasó luego unos meses consagrado de nuevo a la pintura, su primer amor. Pintaba a Hannah desnuda tres o cuatro veces por semana. Y a chicas que conocía en la calle.

Hannah le encontró un puesto en la biblioteca; se inventó un puesto. Stefan se encargaría de poner en marcha un nuevo catálogo en latín. (Hablaba latín, por supuesto que lo hablaba, su obsolescencia lo convertía en el idioma perfecto para él). Un catálogo que no beneficiaría a nadie, aunque, de todos modos, al ritmo que Stefan trabajaba tardaría cien años en tenerlo a punto.

Por suerte, el trabajo le gustaba. Se sumergió en tiempos pasados hasta abandonarse por completo y Hannah comprendió por primera vez que la miseria y la suciedad eran para Stefan una vía de escape. Sentía entusiasmo por los edificios en ruinas, por los solares llenos de escombros, y el pasado era un espacio interminable de desechos, de tiempo muerto donde nada podía ya volver a pasar.

Hannah no se equivocaba con el ritmo de trabajo de Stefan: pasó meses creando las entradas para una colección de diez volúmenes consistente en un estudio del siglo xv sobre la anatomía del alma.

Hannah le añadía agua a todo lo que él bebía, cantidades minúsculas, en secreto, y de este modo, muy poco a poco, fue reduciendo la cantidad de alcohol que entraba en su organismo. Le sorprendía, aunque no le preocupaba en absoluto, la facilidad con la que había adoptado el engaño como táctica.

Un efecto curioso de que Stefan estuviera en todo momento más consciente fue su implicación con una banda de malhechores de la universidad y de la academia de Bellas Artes, viejos amigos que lo habían apostado todo a expulsar a los comunistas. El apartamento se convirtió en el lugar de reunión del bullicioso grupo. Lette e Isaiah, que vieron enseguida los problemas que aquello podía acabar acarreando, se mudaron a otro piso.

Isaiah les dijo a los estudiantes que estaban locos si pensaban que la muerte de Stalin serviría para cambiar algo en la Europa del Este. «¿Sabéis quién llegará después de Stalin? ¡Más Stalins!». Hannah estaba segura de que Isaiah tenía razón, pero se rindió a aquel momento, se permitió contagiarse de la alegría de los amigos de Stefan, preparaba comidas para diez o quince personas, se dejaba rodear la cintura por brazos de jóvenes eufóricos que soñaban con la idea de llevársela a la cama (eso nunca se lo permitió) antes de salir a asesinar enemigos.

Pero ¿por qué le importaba a Stefan la revolución? ¿Democracia, era eso lo que quería? Cuando Hannah se lo preguntaba, Stefan adoptaba una actitud inusitadamente evasiva. «Bueno, ya sabes, un poco de libertad, ¿a quién no le gusta eso?». Sus ojos brillaban de dicha cuando cruzaba la puerta con sus amigos cargado con sacos de arpillera llenos de botellas que se convertirían en cócteles Molotov.

4, 5, 6 de noviembre de 1956... su vida era eso. Tres días. Y a su regreso al apartamento, todas esas noches, le hizo el amor a Hannah como un loco, después de muchos meses de apenas tocarla. Se había subido a un tanque soviético con Milan, de la academia, y le había ayudado a taponar la boca del cañón. ¡Días embriagadores!

Y entonces murió, lo trajeron al apartamento y lo tumbaron en la mesa de la cocina; tenía un orificio del tamaño de una bola de billar mancillando la piel blanca de su pecho.

Hannah le cerró los ojos azules, le besó los labios, recorrió la vorágine de las calles en lucha en busca de un rabino.

Después de rezar el *kadish,* Paul, el líder de la cohorte de Stefan, le rindió honores con un epílogo: «El más valiente de todos nosotros. Nada le detenía. Un guerrero por la libertad».

Hannah, observando la escena, escuchando aquellas palabras, se dijo para sus adentros: «Y esto me lo digo a mí: se acabaron los maridos. Lo único que quieren todos es morir».

Los rusos tuvieron su victoria. Subió al poder un gobierno títere. En cuestión de un mes, el fuego de la revolución se había enfriado. La gente decía: «Es lo que nos toca. Habrá que vivir con ello». Y los que no podían vivir con ello acabaron fusilados o encarcelados.

La biblioteca volvió a abrir después de un breve intervalo cerrada. Cuando Hannah regresó, empezó a pasar más y más tiempo leyendo entre las montañas de libros. Se decía: «La vida no me importa. Los libros son mucho mejor». Leyó todo lo escrito desde el Renacimiento en adelante: sobre escatología, sobre las expediciones al Nuevo Mundo, manuscritos sobre la vida de las aves. Debido a algún fallo de la administración, seguían pagándole en rublos, tanto su sueldo como el de Stefan.

Después de varios años más disfrutando de aquella prebenda, decidió emigrar. A algún sitio. A América, podría ser. Inglaterra. Francia. ¿Australia? Hubo una coincidencia. Había estado leyendo un artículo en el suplemento literario de *The Times* sobre la obra de Patrick White. ¿Sería una señal? No. Pero entonces decidió que sí que lo era y empezó a investigar. Vio que con sus idiomas y sus diplomas de música podía dar clases en los institutos de Australia.

Australia. ¿En serio? Lo único que conocía de aquel país era Patrick White. Ah, sí, y que había canguros.

25

Hannah compró un coche familiar tipo furgoneta de segunda mano, un FB, en febrero del año siguiente y se dedicó a recorrer el estado reuniendo cajas de libros, a veces quinientos ejemplares de una tacada. Su objetivo era conseguir unos treinta mil ejemplares, que podría acomodar perfectamente en la nueva tienda. Nunca se había sentido tan feliz.

Vendió la librería de Hometown a Ron Coombes, el dentista, que tenía intenciones de montar una tienda grande dedicada a la pesca y complementarla con libros sobre la trucha y el bacalao. A lo mejor con un par de ejemplares de *El perfecto pescador de caña,* para dar a la colección un toque de clase. Todo ello pensando en el momento de la jubilación, que estaba aún a diez años vista; entretanto, Kerry O'Connell, famoso en el condado por ser el hombre que capturó una trucha arcoíris de dos kilos trescientos gramos con una Twistie armada con un anzuelo de tres puntas, se ocuparía de la tienda.

El FB era más grande que cualquier vehículo que hubiera conducido hasta la fecha. Era emocionante. Ya no tenía su pequeño Austin, lo había dado de entrada, y no lo echaba de menos. En Templestowe, compró la biblioteca entera de un intelectual italiano que había muerto hacía seis meses y la transportó en el FB en dos viajes. Los hijos del hombre, ya adultos, le dijeron: «Llévese los libros. Si quiere pagar alguna cosa por ellos, denos cien dólares». Había sido profesor de la Universidad de Milán antes de que sus hijos lo trajeran a Australia cuando se jubiló. Todo estaba en inglés, el idioma con el que el difunto impartía sus clases. En su sello exlibris podía leerse, en inglés: «Este libro pertenece a Emmanuel Vittorio del Pierro». También estaba escrito en italiano, y con un grabado representando una calavera, pero con pelo largo.

Fue por todas partes; la campiña estaba viva después de las lluvias de otoño, incluso en el lejano noroeste. Tom la acompañó solo una vez, a recoger el legado de un fallecido en Nagambie. Andaba como un loco, ocupado con la granja de Henty y con la carpintería de la nueva librería de Hannah. Hector y Sharon asumieron la gestión de la propiedad del tío Frank después de llegar a un acuerdo para compartir los beneficios que diera. Vivían en la casa de Henty. Las dos chicas, Sylvie y Sue, iban cada día al instituto, y cantaban con su dulce voz de soprano mientras esperaban el autobús junto a la carretera: *These Boots Are Made for Walkin', Yellow Submarine, Raindrops Keep Fallin' on My Head*.

La nueva librería, el granero de los alemanes, albergaría en la planta de arriba los libros de segunda mano que Hannah había conseguido a lo largo de sus excursiones. Los libros nuevos, los de la librería de Hometown, estarían en la planta baja. Tom construyó las estanterías con la reserva de vigas de madera de cedro que había utilizado para la antigua librería. Estas eran más altas que las primeras que fabricó; Tom tenía que instalar escaleras con rieles tanto en la planta de arriba como en la de abajo. Dejó en manos de Hannah la tarea de pulimentar con cera de abeja las viejas planchas de madera de pino de la pared y del suelo, libres todas ellas de nudos, estupendas planchas de veintitrés centímetros de ancho.

Una tarde, empapado después de solventar un pacto de suicidio que habían hecho veinte ovejas que pretendían ahogarse en el río, encontró a Hannah sentada encima de un caballete para serrar, absorta en una novela. Levantó la vista al oírlo llegar y sonrió.

—¿Has estado nadando, Tom?

Por primera vez perdió los nervios con ella. ¿Se pensaba que aquello era un campamento de vacaciones? ¿Se pensaba que conseguiría abrir la tienda si se pasaba el día con el culo sentado mientras los suelos esperaban a que acabara su capítulo? Retrocedió ante su enfado, como si hubiera estado a punto de abrir los brazos para recibirlo y se hubiera visto obligada a dar dos pasos atrás.

—Tom, lo siento.

—Yo también lo siento, Han. Siento no poder confiar en que cumplas con tu parte del trabajo. Es lo único que te pido. Que cumplas con tu parte del trabajo mientras yo cumplo con la mía. Aquí no estamos en Budapest, con tus amigos artistas. ¡Esto es la puta Australia!

Hannah no pudo evitar echarse a reír.

—¿En Budapest con tus amigos artistas? —Fue una risa burbujeante y la saliva estuvo a punto de alcanzar la cara de Tom—. Tom, cariño mío, Tom. Lo siento, lo siento, lo siento. ¡Oh, Dios mío!

Y la risa emergió de nuevo de la misma manera. Tom detuvo su avance furibundo hacia ella y sonrió. Entendió a qué se refería. Hannah se puso de puntillas y le dio un beso.

—Mis amigos artistas —dijo—. Madame Babel y sus amigos artistas.

—He quedado como un paleto, ¿verdad?

Hannah lo abrazó.

—Madame Babel y sus amigos artistas le invitan a la inauguración de su librería artística. Su librería y también la de Tom... Tom el gallito. Se pondrá sus botas de trabajo para la ocasión y dirá: «¡Cagoendiós!».

—Los australianos no dicen «cagoendiós». Eso lo dicen los de los barrios bajos de Londres. Ignorante.

—¡Así que eres un gallito pero fino! Qué tonta es esta Madame Babel. Tendrías que hacerme el amor, ¿sabes? ¿Por qué no me llevas dentro y me haces el amor, señor Gallito?

Y así lo hizo. A pesar de todo. Luego, volvió a la librería y se puso a trabajar con ropa seca.

Por muy bonita que fuera la librería de Hometown, el granero la superó. Hannah colocó sus rótulos en hebreo en la puerta de cristal que Tom le había instalado para que siguiera siendo la librería de los corazones solitarios. Hannah publicó anuncios en las revistas literarias trimestrales, *Meanjin, Overland;* en la sección de libros del *Age* y en el *Australian,* de Rupert Murdoch. Las mujeres de la CWA siguieron tan ocupadas como siempre trabajando en nombre de la librería. Hannah ofreció conferencias sobre poesía en todas las escuelas del condado para fomentar el espíritu lector. Los estudiantes la escuchaban con atención, porque era muy posible que aquella señora estuviera loca y podía acabar haciendo alguna cosa interesante.

Mantuvo los anuncios del *Age* durante tres meses, todo el tiempo que pudo permitirse costear. Informaba a los lectores de los anuncios de que la experiencia de hojear libros en el granero de las idílicas tierras de Henty generaría un efecto de alegría y dicha en su corazón, más o menos eso. Un poco excesivo, sí, pero había que tener en cuenta que era publicidad.

La nueva librería de los corazones solitarios se inauguró sin fanfarria en la primavera de 1971, justo a tiempo para que los primeros visitantes se quedaran embobados con las payasadas de los corderos recién nacidos. Y la gente vino, sorprendentemente. Y mejor aún, compró libros. Había que justificar el desplazamiento desde el pueblo. La literatura australiana empezaba a estar de moda y Hannah trató de destacar esos libros en sus anuncios. «Es tu país. Léelo». *Bring Larks and Heroes y Pícnic en Hanging Rock* eran muy populares. Y, por una feliz coincidencia, la librería estaba convenientemente cerca de atracciones turísticas de renombre como los puentes de granito y los yacimientos auríferos de Mississippi Hole. Merecía la pena echarle un vistazo.

Maggie empezó a trabajar a tiempo completo en la tienda. Como queriendo anunciar su compromiso con el puesto, prescindió de sus espléndidas trenzas y pasó a recogerse su melena oscura en un moño alto. Y llevaba gafas, de las que había prescindido durante todo el tiempo en que estuvo esperando que su novio fugado se arrepintiera y regresara a sus brazos. El novio y su ausencia habían dejado de atormentarla. Hannah se preguntaba si Maggie habría tomado a las bibliotecarias de las películas de Hollywood como modelo de su nueva personalidad y pensaba que tal vez estaba destinada a soltarse el pelo un día, olvidarse de las gafas y ganarse el corazón de un atractivo desconocido.

Y entonces, en un día soleado y alegrado por un coro de pájaros, llegó la carta de Tennyson y Moore, y las florecientes estructuras de felicidad y plenitud que Hannah y Tom se habían esforzado en construir se tambalearon y cayeron.

26

El pastor envió a la madre de Trudy, Monique, y a su hermana Tilly a hablar con ella para hacerla entrar en razón. Trudy iba diciendo por ahí que su hijo tenía que marcharse a vivir con Tom. Decía, además, que eso era lo que quería Peter y que así se lo había comunicado al pastor.

El pastor le dijo a Trudy:

—¿Te consideras, acaso, incompetente? ¿Estás diciéndome que no eres capaz de criar a tu propio hijo?

A lo que Trudy le respondió:

—Sí, soy una incompetente y no me veo capaz de criar a mi propio hijo.

La madre y la hermana de Trudy sabían que explicarle a Trudy lo que decía Jesús sobre la obediencia y las familias no serviría de nada; a Trudy no le gustaba Jesús últimamente. Y se mostraba insistente: Peter tenía que volver con Tom. Había hecho muy mal apartándolo de Tom. Y los castigos tenían que acabarse. Ya.

Trudy se refería a las zurras. Peter recibía una zurra semanal. Jamás se había castigado a un niño con aquella regularidad. Obligada a mirar, Trudy se veía capaz de hacer cualquier cosa con tal de terminar con el castigo, con la correa. No sabía qué hacer para acabar con aquello, pero empezaba a sentirse desesperada. Su vida entera le parecía un error. Un error garrafal. Lejos de la sala donde se impartían los castigos, sumida en la angustia mientras su hijo permanecía encerrado bajo llave en otro cuarto, se repetía para sus adentros: «Aquel hombre te quería. ¿Por qué no lo viste?».

Peter tampoco paraba de murmurar. Tendido en su camastro, se decía: «Paso de todo». Pero no pasaba. Los días de castigo, tenía que entrar como en trance: intentaba dejar de creer que todo aquello fuera real, incluso el dolor. Ignorar a Judy Susan cuando le retorcía las orejas y le tiraba del pelo era fácil. Aquella mujer le traía sin cuidado. Se reservaba para sus sesiones con el pastor en el primer banco de la iglesia. El pastor se sentaba en el banco, de lado, con la cabeza vuelta hacia Peter, las piernas cruzadas, un codo descansando en la parte superior del banco, la barbilla apoyada en la mano. A lo largo de toda la entrevista esbozaba una sonrisa amable. Peter no respondía a ninguna de las preguntas que le planteaba. Guardar silencio era en aquel momento el único placer de su vida.

—Peter, ¿sabes lo que significa vivir en el amor de nuestro Salvador?

—Peter, ¿sabes lo oscuro que llega a ser el infierno?

—Peter, ¿comprendes que Judy Susan te castiga por amor?

El pastor tenía la costumbre de dejar una hoja en el banco, entre Peter y él. Llevaba las preguntas escritas en ese papel, también flechas que señalaban diversas notas en la parte lateral de la página. Peter echaba de vez en cuando una mirada para intentar leer lo que ponía en las notas. «¿Sabe que está siendo cruel con Dios? Recordarle lo del consuelo de Jesús». Y aquel día, la palabra «tutor» en el interior de un círculo.

—¿Sabes lo que significa la palabra «tutor», Peter? Significa que voy a hacerme responsable de ti. Que seré tu padre.

Lo que habría respondido Peter de haber bajado su nivel de dignidad para dirigirse al pastor, habría sido: «Usted no puede ser mi padre porque Tom es mi padre».

—Habrá castigo —dijo el pastor—. Sé que aún te duele el trasero de lo del pasado lunes. Y, cuando el trasero está todavía dolorido, duele más, ¿verdad?

Peter no replicó.

—Y, Peter, que sepas que no serán diez, sino veinte. Que no le diré al señor Bosk que pare. Serán veinte.

Peter se encogió de hombros con indiferencia. Aun con solo siete años de edad, tenía la intuición suficiente como para ver que, cada vez que el pastor lo castigaba, él se erigía como ganador. Aunque era lo mismo que les sucedía a las víctimas de torturas: la sensación de triunfo no existía. Y no por ello dejaba de doler. Dolía mucho.

El pastor, inquieto, cambió de postura en el banco. Peter se dio cuenta de que había levantado un dedo de la mano que tenía descansando sobre la rodilla. Era una señal de impaciencia, o eso al menos imaginó Peter. Bien.

—Me gustaría contarte una historia —dijo el pastor— sobre mi vida antes de encontrar a mi hermano en la figura de Jesucristo. —El pastor cambió de nuevo de postura—.

Durante muchos años fui maquinista, Peter. Durante muchísimos años. Conducía locomotoras por todo el estado. Trenes de carga, trenes de pasajeros. Judy Susan no era mi esposa por aquel entonces. Mi esposa era Margaret. Ella me dio dos hijos, Walter y Carlisle, por el apellido de soltera de Margaret. ¿Sabes lo que es el apellido de soltera, Peter?

Peter podría haber negado con la cabeza sin romper con ello su voto de silencio. Pero no lo hizo.

—Es el apellido de una mujer antes de casarse y adoptar el apellido del marido. Margaret Carlisle. Me dio dos hijos, Walter y Carlisle, como te he dicho. Mis dos chicos murieron siendo adolescentes, Peter. Se ahogaron con la corriente en Kilcunda, uno intentando salvar al otro. Eran chicos fuertes, guapos, inteligentes. Pero se ahogaron con la corriente en Kilcunda. Peter, ¿sabes lo que es tener el corazón roto? Seguramente no. Sientes un dolor tan grande en el corazón que crees que jamás podrás volver a sentir paz. El corazón roto. Mi corazón se rompió, Peter. Y el corazón de Margaret se partió por la mitad. Luego empezaron las hemorragias nasales y el doctor Smithers, de Moorooduc, le recomendó a mi esposa que visitase a un especialista. ¿Sabes lo que es un especialista, Peter? Un experto. Descubrió que tenía un trastorno cerebral. Mi esposa Margaret se volvió loca y tuve que ingresarla en una institución. Jesucristo acudió entonces en mi ayuda. Su amor es muy fuerte, Peter. Un amor muy fuerte. Cuando Margaret perdió su batalla, tomé a Judy Susan como esposa. Pero Jesucristo me aceptó como su hermano. ¿Y sabes qué, Peter? Te guiaré hacia Jesús aunque me cueste la vida hacerlo. Lo haré. —Le acercó la punta del dedo al pecho—. Y ahora, puedes marcharte.

Aquella historia no conmovió en absoluto a Peter. Ni siquiera era verdad. Margaret seguía con vida. Trabajaba en la cocina; era vieja y frágil y solo desempeñaba pequeñas tareas. Y siempre guardaba silencio, excepto cuando hablaba con Peter. No muchas palabras, pero siempre amables. Y su cerebro funcionaba a la perfección.

Lo que preocupaba a Peter era aquello del «tutor». Peter decidió que mataría al pastor si se convertía en su padre. No sabía cómo, pero lo haría. Lo mataría.

El castigo tuvo lugar tal y como estaba anunciado. Veinte golpes de correa. El señor Bosk se detuvo cuando llevaba quince, pero el pastor hizo un gesto de asentimiento en vez de detener la zurra. Peter acabó sangrando. Trudy chillando. Tilly dio la sensación de que iba a decir alguna cosa, pero al final se quedó callada. Por primera vez, y con los últimos golpes, Peter acabó gritando.

27

Eyre Heath Moore, de Tennyson y Moore, informó a Tom por escrito de que su anterior esposa, Gertrude Christina Hope, que residía actualmente en el campamento de Jesús, en Isla Phillip, había expresado su deseo de que su hijo, Peter Carson, que residía actualmente en el campamento de Jesús, en Isla Phillip, quedara bajo custodia de Tom Hope con carácter permanente. Informaba asimismo a Tom de que el pastor Gordon Bligh, que residía actualmente en el campamento de Jesús, en Isla Phillip, había remitido una solicitud al Departamento de Servicios Sociales para Menores del estado de Victoria, solicitando ser nombrado tutor legal de Peter Carson aduciendo la incompetencia mental de la madre, Gertrude Hope, que estaba actualmente al cuidado del pastor Bligh en el campamento de Jesús, en Isla Phillip. Que el padre del niño, Barrett Carson, había fallecido en Brisbane en octubre de 1969 y no realizaría, por lo tanto, ninguna solicitud para hacerse con la custodia del niño. Si

Tom deseaba ejercer sus derechos legales en el asunto, Eyre Moore le animaba a buscar un representante legal. Tom encontraría adjuntas cuatro cartas escritas para él por Gertrude Hope en el transcurso de los seis últimos meses. El pastor Bligh había confiscado en su día aquellas cartas, pero las había entregado ahora siguiendo el consejo de Eyre Moore. Eyre Moore había leído también un total de dieciséis cartas escritas a Tom por Peter Carson, confiscadas asimismo por el pastor Bligh, pero no se las había remitido a Tom porque consideraba que incluían afirmaciones de carácter problemático que no habían sido corroboradas.

Las cuatro cartas de Trudy eran la misma carta escrita cuatro veces. En la primera frase de todas las cartas podía leerse: «Solo verás esta carta si el pastor da su aprobación». Tom había pospuesto comentarle a su esposa lo de las cartas (lo que revelaba su contenido no sería acogido por ella como una buena noticia), pero ahora, sentado a la mesa de la cocina a las diez de la noche, le entregó las cinco cartas a Hannah, empezando por la comunicación de Eyre Heath Moore y continuando por la más antigua de las cuatro cartas de Trudy.

Querido Tom:
Solo verás esta carta si el pastor da su aprobación. ¡Querido Tom, fui muy mala esposa! ¡Tú me querías intensamente y a mí me dio igual! Pero tengo una cosa muy importante que decirte. Y es la siguiente. Quiero que Peter viva contigo. El ambiente del campamento de Jesús no es bueno para él. Peter te quiere. Ha intentado dos veces volver contigo y ahora el pastor lo tiene encerrado con llave, primero por las noches, pero ahora

también durante el día. Peter es muy valiente. Me sien-
to orgullosa de él. Pero, querido Tom, soy una mala
madre y no sé cuidarlo como debería, pero lo quiero y
lo que pasa solo es que no soy una buena madre y en mi
cerebro se mezcla todo por culpa de este terrible error
que cometí, recuérdalo, cuando te abandoné no solo una
vez, sino dos veces, y luego pasé aquella época espanto-
sa con Barrett que, me alegro decir, ya murió, en Bris-
bane. Peter te quiere y sé que tú quieres sinceramente
a Peter, eso es lo único que comprendo de verdad, que-
rido Tom. Tiene que estar contigo. Sé que te has vuelto
a casar y confío en que esta vez disfrutes de un matri-
monio muy feliz. Confío en que tu nueva esposa quiera
a Peter, es lo que espero de verdad, y que Peter pueda
vivir una vida muy, muy feliz en la granja.

Tu esposa de otros tiempos, Trudy, con amor.

Hannah permaneció encorvada en su silla. La vida se
esfumó de su rostro. Tom estaba preparado, consciente de
lo que iba a decir.

—Por supuesto, el niño tiene que estar contigo —dijo
Hannah.

—Sí —contestó Tom.

—Y yo tengo que irme.

—No, Hannah. No.

—Sí, Tom. No pienso vivir con un niño. Otra vez no.

Tom confiaba en poder convencerla. Y seguía aún confiando en ello. Hannah decía siempre las cosas con mucha
seguridad. Con mucho dramatismo. La convencería. Ya la
había convencido un par de veces en el pasado. Se lo permi-

tiría. No llevaría las cosas tan lejos, hasta el punto de abandonarlo. Rezaba a Dios para que no lo hiciera.

—Déjalo por ahora, cariño. Ya hablaremos del tema mañana.

Hannah no replicó. ¿La había visto alguna vez tan macilenta, tan demacrada? Tom le cogió la mano y se la besó. Los dedos se contrajeron.

—Sírveme una copa, Tom.

—¿Whisky?

—Coñac.

Tom, dolorido, le sirvió el coñac. Jamás habían hablado sobre aquel tema, marido y mujer, sobre lo que pasaría si Peter volvía a casa. Porque sabían que sería el final de todo, que Hannah se sumergiría en una cueva llena de espectros.

Bebió el coñac muy despacio, entró en el cuarto de baño, se cepilló los dientes. En la cama, Tom la atrajo hacia él. Le dijo:

—Cariño, amor mío, mi querida Hannah. No me dejes nunca.

Cuando se despertó con la alarma del despertador a las cinco —más tarde, porque Hector y Sharon se ocupaban ahora del ordeño—, Hannah se había ido.

28

arpó de Bremerhaven rumbo a Melbourne a bordo de un transatlántico lleno de familias holandesas rebosantes de optimismo. Nueve semanas después de embarcar, estaba enseñando a los niños de un pueblo del Mallee las canciones de Schubert y Cole Porter. Era abril de 1966. Los niños se cansaron de Schubert en cuanto lo oyeron por primera vez, pero se entusiasmaron rápidamente con *You're the Top*.

El Departamento de Educación le proporcionó una casa junto a un camino de tierra que iba hacia los huertos. Tenía que compartirla con una pelirroja hipernerviosa llamada Rhodie que lloraba por las mañanas antes de ir a la escuela y por las tardes cuando volvía a casa. Decía que los niños de su clase eran groseros con ella. Hannah le dijo un día: «Pégales un bofetón». Rhodie lo intentó, pero no sabía hacerlo. Después de quince días de lloros, Hannah decidió entrar en la problemática aula de la pobre chica con una pistola Beretta que había sido de su segundo marido. La dejó encima de la mesa de Rhodie y dijo: «Utilízala si es necesario».

La casa era un poco escasa en cuanto a mobiliario y decoración. La mayoría de las pertenencias de Hannah, incluyendo su piano, estaban aún pendientes de llegar a Melbourne. Clavó con chinchetas tres de sus encantadores bordados coptos en los que se representaban niños y niñas con rizos oscuros cargando cántaros desde un pozo. Animada, Rhodie sacó de un enorme baúl de madera varios dibujos rarísimos de un hombre con un casco de color negro. Su originalidad dejó pasmada a Hannah, que esperaba —por esnobismo, tuvo que reconocer— dibujos sentimentales de jóvenes mujeres leyendo cartas de amor.

—Los hizo un hombre que conoció mi madre antes de casarse —le explicó Rhodie, agradecida por el entusiasmo mostrado por Hannah—. Ahora es famoso.

Rhodie siempre se quedaba en la escuela hasta las cinco, asistiendo a reuniones y preparando su plan de clases para el día siguiente. Hannah llegaba a la casa vacía a primera hora de la tarde, perpleja ante aquella última escala de su absurdo viaje por la vida. Se sentaba en el peldaño de la entrada trasera con un gin-tonic y contemplaba el jardín desprovisto de valla, con su gigantesco pimentero en una esquina, sus descuidados trozos de césped. El tiempo era abrasador a diario. Le gustaba el calor, y era lo único de su nuevo hogar que la hacía feliz. El azul del cielo era varios tonos más intenso e insistente de lo que recordaba haber visto nunca en Europa.

Estaba acostumbrada a observar la belleza dirigiendo el alma hacia su fuente, vacía de cualquier miedo. Pero aquí estaba perpleja, desconcertada. ¿Quién era el propietario de aquella tierra? Decían que los aborígenes que vivían recluidos en un campamento en las afueras de la ciudad. Pensó: «Iré a verlos». Pero sus colegas de la escuela le dijeron que mejor no. Que los aborígenes no le contarían nada.

Pero decidió ir igualmente. A pesar de su escasa experiencia como conductora, se compró un coche viejo, un coche australiano, con el volante a la derecha, una rareza. Byron, un amigo, menos convencional que el resto de sus compañeros en la escuela, le había dibujado un mapa. «Muéstrate respetuosa, no es necesario que te lo recuerde».

Cruzó un río grande y sucio flanqueado por gomeros con las ramas descuidadas, con un follaje que le hizo pensar en una mujer que se ha arriesgado a cometer el desastre de cortarse ella misma el pelo. En el otro lado del río, varias pistas de tierra se adentraban entre los arbustos. Tomó lo que esperaba que fuese una pista bien señalizada y, en cuestión de minutos, la pista terminó y comprendió que se había perdido. Al dar marcha atrás, atascó el coche entre dos gomeros con el tronco de color muy claro.

Era simplemente cuestión de desandar a pie la pista hasta llegar a la carretera, pero Hannah volvió a perderse, una y otra vez. Al principio rio, pero luego empezó a asustarse. Jamás en su vida había conocido un silencio tan implacable como aquel. Excepto cuando el canto de un pájaro lo rompía o se oían crujidos entre los matorrales. De pronto, un chirrido hostil, como un ataque de arpías, y una cantidad enorme de pájaros blancos con cresta amarilla sobrevoló su cabeza. A última hora de la tarde, con el sol aún alto e intenso, fue localizada por una familia de los aborígenes que andaba buscando. Se plantaron en su camino: dos mujeres, un hombre alto y sonriente con una camiseta azul de tirantes, tres niños descalzos. Se detuvo en seco y se quedó mirándolos, sorprendida.

—¿Qué le ha pasado, señora? —dijo el hombre—. Se ha perdido por aquí, ¿no?

Los niños y las dos mujeres se echaron a reír; una alegría sincera.

Hannah señaló a sus espaldas.

—Mi coche...

En diez minutos la llevaron hasta el coche. Uno de los niños, un varón, caminó todo el rato a su lado hablando sin cesar sobre la ciudad de Mildura, los helados que podían encontrarse allí, la tienda de fotografías, los coches. Durante el recorrido, una de las mujeres detuvo a Hannah y le indicó que debería quitarse los tacones y andar descalza. Obedeció. Era evidente que aquella gente de piel oscura, los aborígenes, la consideraban una idiota rematada, la pobre.

El hombre —¿el padre?— consiguió sacar el coche de entre los árboles con facilidad. Hannah ya les había pedido demasiado. No les sugirió que le enseñasen el campamento. ¿Tendría que ofrecerles algo de dinero? Había cargado con su bolso durante su inútil vagabundeo por las pistas. ¿Les parecería de mala educación si les daba un billete de diez dólares? Lo hizo de todos modos.

—Para helados —dijo.

El hombre se encogió de hombros. El niño parlanchín cogió el dinero dando un salto de felicidad.

Le aconsejaron conducir el coche despacio mientras la familia la seguía. Y la siguieron hasta que llegó a la carretera. Salió entonces del coche, le estrechó la mano al hombre —que le había dicho que se llamaba Jonathan— y le dio efusivamente las gracias, dio las gracias a toda la familia. Y puso rumbo a su casa.

Rhodie estaba en la cama con Kurt, el profesor alemán de matemáticas que había viajado hasta Australia con el mismo acuerdo que Hannah. Rhodie se quedó abochornada; Kurt no tanto.

Hannah se sentó en el escalón de la puerta de atrás y, bajo la luz del crepúsculo, bebió a sorbitos su gin-tonic. La familia había estado hablando casi todo el rato en su propio idioma. Y el sonido de aquel idioma había empujado hacia un rincón su húngaro, su alemán, su ruso y su inglés. Byron le había contado que, después de la famosa noche de los cristales rotos, un grupo de aborígenes se había desplazado hasta las puertas del consulado alemán en Melbourne para protestar por el trato que estaban dando los nazis a los judíos.

Sentada en el escalón, pensando de nuevo en aquel hombre de piel oscura, se dijo: «Ahora lo entiendo». Pensó en las tribus blancas del mundo desembarcando de sus naves para someter a gente que no era blanca y que no tenía más que un conocimiento rudimentario de las armas de fuego. O ninguno. Suspiró. ¿Y ella qué sabía? Dentro de la casa, Rhodie y Kurt estaban discutiendo. Oyó que Rhodie gritaba: «Sí, pero ¿cuándo, cuándo, cuándo?».

Después de cuatro meses en la escuela de Mallee, la enviaron a Swan Hill, río abajo. Le sentó francamente mal y decidió llamar por teléfono al Departamento de Educación. Acabó en manos de un funcionario que simplemente le dijo: «Firmaste un contrato, pequeña».

Se había encariñado de Rhodie y francamente dudaba que la pobre chica fuera a sobrevivir sin ella. Y se había encariñado también de Byron, con quien compartía cama, a pesar de los cuatro hijos exigentes que tenía y de su mujer, que recelaba de ella, y con razón.

La casa que le dieron en Swan Hill era prácticamente una copia de la de Mildura. Pimentero, césped desigual, sin valla que interrumpiera la vista desde el escalón de atrás hacia los pastos que empezaban a adquirir el matiz verde del verano. Compartía la casa con una chica tan neurótica como Rhodie e igual de guapa. La chica se llamaba Stephanie —Steph— y utilizaba en sus discusiones con su novio las mismas frases que más empleaba Rhodie. *You're the Top* volvió a erigirse como la canción favorita, Schubert se vio rechazado de nuevo.

La sensación de movimiento detenido preocupaba a Hannah, no solo por la duplicación de casas y compañeras de vivienda, sino también por el desconocimiento de la gente. Le gustaban los australianos: buenas personas, pero con escasas diferencias entre ellas. En Budapest, salías a pasear cualquier día y sabías que te cruzabas con sinvergüenzas, visionarios, tiranos, ángeles. Aquí, no. La gente siempre sonreía, siempre estaba alegre. Demasiado. A menudo, interpre-

taban mal sus expresiones. Ella pretendía decir alguna cosa
irónica, satírica; los australianos lo consideraban desagradable. Y, santo Dios, el tergal. Todas las mujeres iban vestidas
con tergal.

De Swan Hill a Hometown, al cabo de cinco meses. Las
pertenencias de Hannah habían llegado por fin, entre ellas
la más importante: el piano. Le asignaron una casa un poco
alejada del pueblo, en la carretera que subía a la montaña. La
guapa profesora de primer curso con quien tenía que compartir la casa, Valerie, tenía una relación escabrosa con su
novio y unas dificultades terribles con los formularios del
trimestre. Ninguna novedad.

Ni con la mejor voluntad del mundo, Hannah consiguió encontrar el optimismo necesario para hacer frente por
tercera vez a todo aquel absurdo asunto. Cuando llevaba un
mes de curso, encontró la casa de Harp Road y se mudó a
ella. No sabía si podría seguir con la escuela. Las clases que
le habían asignado eran principalmente de primer curso. Los
niños eran mayores que la edad que tenía su hijo antes de
Auschwitz, pero, de vez en cuando, notaba en ellos particu-
laridades que le llevaban a recordarlo con una fuerza y un
detalle inusitados. Y cuando sucedía aquello, su corazón se
sumía en una desolación más fría que el día más frío del
invierno y la sangre le circulaba por el organismo como un
líquido aletargado y espeso.

Puso anuncios en busca de alumnos. Piano, flauta. Por
aquella época, era como si una fuerza invisible impulsara a
los padres a invertir su esperanza en el talento de sus hijos.

Se mostraban ávidos por escuchar a su hijo o a su hija interpretando a Beethoven en un teclado, a Mozart en una flauta. Si decidía dejar la escuela cuando terminase su contrato, Hannah tenía alumnos más que suficientes para salir adelante. Y lo hizo.

29

Se despertó en la oscuridad, murmurando para sus adentros como si estuviera loco. Repetía una y otra vez: «Volverá». La rabia se apoderó de él. Pero ¿qué estaba pidiéndole? ¿Que rechazara a un niño que estaba desesperado por vivir con él? Eso no podía pedírselo.

Su deambular por la casa siempre terminaba igual. Se dejaba caer en una silla, junto a la mesa de la cocina, y empezaba a menear la cabeza de un lado a otro, con impotencia. Veía sombras en la cocina, como si fueran los fantasmas con los que su esposa se había ido a vivir. Hannah era su sangre, era el aire que respiraba. Entre la muchedumbre del mundo, ambos estaban marcados para poder encontrarse. La veía entre las sombras y le suplicaba que volviera.

Recorrió el pueblo buscándola, luego el condado entero. Llevaba siempre encima una fotografía de ella, un retrato de primer plano. «¿Han visto ustedes a Hannah? ¿Han visto a esta mujer? Es mi esposa». Una tarde, en un lugar al que ella jamás habría ido, un pequeño pueblo de la parte norte del río, la vio doblando la esquina de la oficina de correos y dejó el coche en medio de la calle para salir tras ella. La llamó a gritos. Cada vez que la veía volvía a desaparecer, a doblar otra esquina, o, de repente, estaba en el lado opuesto de la calle, con un camión de troncos interponiéndose entre ellos. Después ya no la vio más. Estaba perdiendo la cabeza. Empezaba a tener visiones.

Le preguntó al jefe de la oficina de correos si había llegado recientemente alguien al pueblo, una mujer de unos cuarenta años, guapa, con el cabello largo y ondulado, con una furgoneta FB de color rojo.

El jefe de correos, un hombre con gafas bifocales, le respondió:

—No.

—¿Puede ver bien con esas cosas? —le preguntó Tom.

No pretendía ser maleducado, pero el hombre se lo tomó a mal.

Trabajaba a diario hasta tarde para compensar el tiempo perdido en aquellas desesperadas expediciones de búsqueda. Hector le echaba una mano. Trabajaba en las dos granjas. Un día le dijo:

—Señor Tom, la señora no quiere estar con ese niño, con ese tal Peter. ¿Entendido? Pero escúcheme bien. Mi civilización tiene tres mil años de antigüedad. Ha pasado de todo, y muchas, muchísimas veces. De modo que sabemos lo que nos hacemos. Y le diré que esa mujer, Hannah, le quiere. Sí, sí. Se nota. Volverá con usted. Porque fuera no hay vida para ella. Así que volverá. Esos nazis, que los jodan por lo que hicieron.

Tenía que pensar en otras cosas, en Peter. Cogió el coche y fue a Shepparton para ver una vez más a Dave Maine. Buenas noticias. Había habido cambios en la legislación y Tom podía ser reconocido legalmente como un adulto importante en la vida del niño y podía reclamar su custodia.

Dave, con el mismo traje gris oscuro que llevaba dos años atrás, le pidió a Tom que le confirmase que Trudy y él estaban casados durante todo el tiempo que el niño vivió con ellos dos. Sí, estaban casados. Y Tom había desempeñado el papel de padre, ¿no era eso? Sí, era eso.

—Hablando en sentido estricto, y siempre y cuando declaren a la madre mentalmente incompetente, tú eres el siguiente, Tom. Según la nueva legislación. Has desempeñado el papel de padre durante cinco años seguidos. Pero en cuanto a tu exesposa, Tom, me da la sensación de que ese diagnóstico de «mentalmente incompetente» es de cosecha propia. ¿Tienes tú también la misma impresión?

—No creo que haya ningún médico implicado, no. Imagino que habrá llegado a la conclusión de que ese tal pastor Bligh es un inútil. Y de que quiere sacar a Peter de ese lugar.

Dave Maine se detuvo a pensar y empezó a masajearse la piel flácida de su cara con ambas manos.

—Mira, Tom, la ley ve con malos ojos los autodiagnósticos de este tipo. Prefiere un par de cartas de gente entendida que respalden las palabras de quien interpone la demanda. Los de servicios sociales, además, podrían también intentar hacerle un examen, o ingresar a esta tal Gertrude, a Trudy, en una clínica. A lo mejor lo que pasa simplemente es que está agotada. La verdad es que el noventa por ciento de las madres de Australia están agotadas en un momento u otro. No pueden decir: «Necesito echar una siesta, quédate con el niño». ¿Y por qué no puede largarse de allí? Podría traerte al pequeño Peter, entregártelo y seguir con su vida. Aunque eso no puede hacerlo, claro está, si lo que pretende es que todo quede debidamente sellado y firmado.

Tom asintió.

—Dave, a mí me da la impresión de que tiene miedo de Bligh. Y que nunca dejará a Peter al cuidado de ese hombre. Ella, sí. Pero no Peter. Aún tiene ciertas agallas.

Dave Maine haría ciertas pesquisas. Y les comunicaría a Trudy y a Bligh que Tom Hope había contratado sus servicios. Pero Tom, sin garantías de que las cartas que pudiera enviar a Trudy acabaran llegándole, le pidió a Dave Maine que redactara la carta allí mismo para poder llevarse una copia con él. Tres días más tarde, dejó a Hector y su familia a cargo de todo, subió al coche y puso rumbo a Isla Phillip, al campamento de Jesús.

Durante todo el trayecto no pensó en Peter, sino en Hannah. «¿Y si supiera que no voy a volver a verla nunca más? ¿Cómo sería capaz entonces de querer a Peter? ¿Cómo lo lograría?». Había oído la historia de la desaparición del hijo de Hannah. Mientras estaba rodeada por barracones y alambradas de un lugar creado para el asesinato. Con todo ese dolor en su corazón le habían rapado el pelo. Cada una de sus miradas ese día había estado destinada a localizar a su hijo, y al día siguiente, y así durante dos semanas. Hasta que una especie de espectro polaco, una judía con autoridad que llevaba tres años en Auschwitz, le había dicho a Hannah Babel que el niño, su Michael, se había ido por la chimenea. Que no quedaba nada de él. Ni un diente, ni una uña.

De camino al campamento de Jesús, Tom dijo en voz alta:

—Lo siento por tu hijo. Pero tienes que volver, Hannah.

El campamento de Jesús estaba desierto. Tom inspeccionó los edificios y el terreno sin ver un alma. Entonces, como salida de la nada, apareció a su lado una niña vestida con la túnica verde informe que vestían en aquel lugar. Se plantó a su lado, en paz consigo misma, canturreando alguna melodía. Tom le preguntó dónde podía encontrar al pastor Bligh. La niña interrumpió su canción para decirle:

—El pastor está en la iglesia.

Domingo. Claro. La niña señaló el edificio de la iglesia, coronado por una cruz blanca gigantesca.

—La gente no está aquí —dijo—. La gente está en la iglesia grande. Yo no voy.

—¿No vas a la iglesia? —preguntó Tom. Se agachó para hablar con la niña. ¿Tendría seis años? Su cabello era un amasijo de rizos oscuros, sus ojos negros como el azabache. El cabello de Hannah—. ¿Y cómo es eso?

—Por gritar —dijo la niña.

—¿En serio? ¿Por qué?

—Por cosas —respondió la niña.

Y, sin previo aviso, soltó un grito tan potente que Tom cayó al suelo, espantado.

—Gritos así —dijo la niña.

—Sí, vaya grito —replicó Tom—. ¿Y tu mamá y tu papá?

—Mamá está en la iglesia grande. Siempre me manda fuera para que no grite.

—¿Cómo te llamas, pequeña?

—June.

—June, ¿conoces a un niño que se llama Peter?

—Sí.

—¿Y está Peter en la iglesia grande?

—Sí. Delante del todo.

—¿Y la mamá de Peter? ¿Está allí también?

—La mamá de Peter es Trudy.

—¿Está en la iglesia grande?

—Sí. Delante del todo.

Tom se dirigió hacia la iglesia. Y June consideró adecuado seguirlo. Estaban entonando un cántico, *Qué grande es tu presencia*. El volumen subió en potencia cuando Tom abrió la pesada puerta de madera. La muchedumbre llenaba a rebosar la iglesia y su anexo. Los feligreses estaban de pie, hombro con hombro, algunos con niños pequeños en brazos, tal vez para que pudieran ver mejor al pastor Bligh. Sin dejar de entonar el cántico, la gente se giró para mirar a Tom sin mostrar ni una pizca de aprobación a su presencia.

La iglesia no tenía ni decoración ni obras de arte; paredes y techo pintados de blanco, sin ninguna imagen de Jesús; solo un jarrón con crisantemos amarillos adornaba una mesa rectangular colocada al lado de un crucifijo blanco, una réplica en miniatura del crucifijo del exterior. Hileras de bancos barnizados a lado y lado de un pasillo que se prolon-

gaba hasta los dos escalones que llevaban a lo que servía
como altar, la mesa con las flores y la cruz blanca, y hasta un
atril sencillo de madera. En los muros laterales se abrían
ventanas abovedadas con cristales de colores donde se representaban imágenes de san Juan Bautista junto a un río y
la cabeza de san Juan ofrecida sobre un plato de oro. El
plato estaba representado de tal manera que podría haber
sido también un halo.

El pastor Bligh, vestido de blanco, estaba detrás del
atril, robusto, poderoso. Su mata de cabello blanco le otor-
gaba un sobrecogedor aspecto de personaje del Antiguo
Testamento. Cantaba a viva voz, sin que nadie lo superara
en volumen, con la cabeza levantada, los brazos extendidos.
El acompañamiento venía por parte de un órgano Hammond
tocado por una mujer con el cabello tan blanco como el del
pastor y vestida con una túnica chillona, del color de las
mandarinas.

Tom, más alto que la mayoría, estiró el cuello para ver
a Peter y Trudy, que según la información recibida estaban
delante, pero los movimientos oscilantes de los feligreses al
ritmo del cántico le obstaculizaban la vista. El pastor, sin
embargo, sí que vio a Tom. Clavó la mirada en él. Al terminar el cántico, pidió silencio y fue obedecido.

—Tenemos un visitante —dijo el pastor—. El señor
Hope. El señor Tom Hope. —Todas las caras se volvieron
hacia Tom—. Le pediré que espere fuera hasta que acabemos
el servicio, señor Hope. Si hace el favor.

Hubo una conmoción en la parte delantera de la iglesia.
Trudy y Peter se habían levantado y buscaban con la mirada
a Tom, que se había quedado al fondo. Tom agitó la mano

para hacerse visible. Trudy no era lo bastante ágil como para abrirse paso entre la muchedumbre, pero Peter sí. Se sumergió, gateó y serpenteó hasta alcanzar a Tom, que lo levantó en volandas y lo estrechó fuerte. El niño le llenó la cara de besos, como un perro completamente arrebatado de afecto.

Tom rio y lo apretujó, pero era el único que reía allí. La expresión de la cara de los feligreses era de perplejidad, si no de censura. Cuando Trudy consiguió llegar hasta él, Tom aceptó su beso. ¡Santo cielo! Trudy estaba hecha un desastre, con los ojos hundidos en una piel amoratada, el cabello cortado a trasquilones.

—Tom, Tom, coge a Peter y vete corriendo —le dijo en voz baja—. Coge a Peter y huye de aquí.

La multitud se apartó para abrirle paso al pastor.

—Venga conmigo —le dijo a Tom.

Y cruzó el anexo para salir al aire libre. Peter siguió en brazos de Tom, envolviéndolo por la cintura con sus flacas piernas.

Su destino era la oficina del pastor, un edificio de fibrocemento con una robusta puerta verde con cerradura doble. El pastor introdujo las dos llaves, abrió la puerta y, con cierta impaciencia, les indicó a Tom y a Trudy que pasaran. Las paredes estaban decoradas con fotografías enmarcadas del pastor de joven, posando al lado de locomotoras y en andenes de estaciones, y una en un ring de boxeo, levantando las manos enfundadas en guantes.

El pastor Bligh se quitó la túnica por la cabeza y la dejó sobre el respaldo de una silla giratoria anticuada. Se quedó en camiseta azul de manga corta, tirantes, pantalón oscuro y zapatos negros.

—Señor Hope —dijo—. Señor Tom Hope.

Tom liberó uno de los brazos con los que sujetaba al niño y aceptó la mano extendida del pastor.

—Preferiría ser claro y directo, señor Hope. Si no abandona ahora mismo esta propiedad, le pegaré un guantazo. Se lo prometo.

Lo dijo con una sonrisa de oreja a oreja, como si pretendiera dividir el impacto de su saludo entre la genialidad y la amenaza.

—Seguramente pretende marcharse de aquí con Peter. No puede. Peter se queda aquí. Trudy se queda aquí.

Trudy habló entonces, con voz apenada y suplicante.

—Pastor, quiero irme. Ya no quiero a Jesucristo. Quiero irme.

—Y yo te digo que no te irás. Te lo digo por última vez.

Peter se giró de espaldas al pastor y abrazó a Tom con más fuerza.

—No puede retener a Trudy y a Peter aquí si lo que quieren es irse —dijo Tom—. Ambos acaban de dejar muy claro que quieren marcharse.

El pastor Bligh, sin la más mínima muestra de preocupación, levantó la barbilla e hizo un gesto de asentimiento. Extendió la mano para abrir un cajón de su mesa.

—Probablemente no lo sepa, señor Hope. Pero Trudy firmó un documento delante de un médico y de un juez de paz declarándose incompetente para hacerse cargo de Peter y solicitando que yo adopte el papel de tutor. ¿Cuánto hace de eso, Trudy? ¿Tres días? Sí, hace tres días.

Trudy emitió un gemido.

—¡Yo no quería, Tom! ¡No quería!

El pastor Bligh exhibió el documento que acababa de sacar del cajón sujetándolo por las dos esquinas superiores.

—Quería que dejase de hacerle daño a Peter, Tom. Tom, el pastor le hace daño a Peter. Con una correa. Le hace daño.

Tom se quedó mirando la cara pálida y demacrada de Trudy, sus labios extrañamente contorsionados, las comisuras hacia abajo, como si se hubiera detenido en medio de un grito.

—¿Qué?

—El pastor castiga a Peter, Tom. Con una correa.

Fue como si de golpe hubiera descendido una neblina roja. Tom dejó a Peter en el suelo. Dio un paso hacia el pastor.

—¿Le hace daño al niño? ¿Es eso cierto?

—¿Que si le hago daño a Peter? No. Lo que le hace daño es su desobediencia. Sus mentiras le hacen daño. Su traición a Jesús es lo que le hace daño.

La mano de Tom salió disparada y agarró al pastor Bligh por la garganta. Tom no se había peleado con nadie en la vida, jamás había cogido a un hombre de aquel modo. Pero era excepcionalmente fuerte. Era capaz de coger una bala de heno del prado y colocarla encima de dos más en un camión, de levantar un poste de madera de eucalipto rojo y clavarlo en vertical en un hoyo previamente excavado.

—Escúcheme bien —dijo—. Si alguna vez vuelve a hacerle daño a este niño, yo le haré daño a usted, pastor. Eso se lo prometo.

Siguió sujetando al pastor por el cuello durante algunos segundos más, para subrayar sus palabras. Rabioso, se dirigió con brusquedad a Trudy.

—Esto tiene que solucionarse legalmente. Traigo conmigo una copia de una carta de David Maine. Léela. El original está ya de camino por correo certificado.

Tom se volvió hacia el pastor y le dio un bofetón en la cara con el dorso de la mano. El golpe noqueó al pastor, le obligó a retroceder un par de pasos, le dejó despeinado y con la dentadura postiza torcida. Se dejó caer con fuerza sobre la silla giratoria y, después de unos segundos de pausa, se recolocó con prisas la dentadura.

—¿Ha bastado con esto? —dijo Tom.

Por su expresión, parecía capaz de cometer un asesinato.

El pastor Bligh levantó una mano en un gesto de claudicación.

Tom cogió de nuevo a Peter en brazos.

—Esto hay que hacerlo de manera legal, Peter. ¿Me entiendes? Tenemos que hacerlo correctamente. Vendré a buscarte y te llevaré conmigo a la granja. Volveré. Por el momento, quédate con mamá. Este hombre no volverá a hacerte daño. Pero, por el momento, quédate con mamá.

Peter asintió con aquella seriedad tan característica, mirando a Tom a los ojos.

Tom se dirigió entonces a Trudy.

—Cuídalo. Volveré.

Dio un paso hacia la puerta y entonces, como si se lo hubiera pensado mejor, dio media vuelta y besó a su exmujer en la frente.

La niña, June, se había quedado en el sendero de guijarros blancos que llevaba hasta la oficina. Tom se detuvo un instante para posar la mano en su cabeza de rizos oscuros y darle las gracias. Justo cuando llegaba a la valla, el grito ensordecedor de June lo dejó paralizado. Seguía donde acababa de dejarla, aplaudiendo suave y lentamente.

—¡A que es fuerte! —le gritó a Tom.

30

El grito de June se oía con tanta frecuencia en el campamento de Jesús que ya no sorprendía a nadie. El pastor Bligh, mirando por la ventana de su despacho hacia el lugar donde Tom había aparcado el coche, no prestó la más mínima atención a la niña y su locura. Estaba esperando que Tom subiera al vehículo y se largara. Había tomado una decisión.

En cuanto el coche se puso en marcha, le dijo a Trudy:

—Habrá castigo. —Y a continuación—. Quedaos aquí. De pie. Sin tocar nada.

Cerró la puerta con llave a sus espaldas, haciendo superflua la orden dada a Trudy, y se dirigió a la iglesia. Los feligreses no habían abandonado aún el edificio, ni siquiera se habían sentado. Ni lo harían, hasta que el pastor Bligh así se lo dijera. Cruzó la muchedumbre para ir al altar, levantó la mano y pronunció la oración que daba fin a la ceremonia.

—Podéis marcharos —dijo después. Sabía que la mayoría de los presentes debía de haberse percatado de la marca roja que le había quedado en la cara y de la sangre que se le había secado ya en la nariz. Llamó al señor Bosk—: Necesito tus servicios, Leo.

La hermana de Trudy, Tilly, y su madre, Monique, fueron convocadas a la sala de juegos. Y también Judy Susan, que había sido ya informada de la confrontación del pastor con Tom Hope y había limpiado la sangre seca de la cara de su marido con un paño húmedo. Roja de rabia, declaró que se encargaría personalmente de ir a buscar a Trudy y al niño para el castigo, cogió las llaves que le dio el pastor y decidió administrar un adelanto de bofetones y tirones de orejas.

—En cuestión de minutos tendremos a un par de personas que sentirán muy mucho lo que han hecho —dijo—. Y no contéis con las lágrimas. Las lágrimas no os llevarán a ningún lado.

Trudy se había casado con Tom sin apenas pensarlo cinco minutos. Los periodos de reflexión concienzuda nunca la habían llevado a nada, de modo que en general se decantaba por lo primero que le venía a la cabeza: abandonar a Tom, liarse con Barrett, plantar a Barrett y volver con Tom, dejar a Tom, incorporarse a la comunidad cristiana de Isla Phillip. Y ahora, cuando pasó por delante de la cocina, se le ocurrió entrar y armarse con el cuchillo de carnicero que utilizaba cuando le tocaba por turnos preparar la comida.

Para hacer realidad esa inspiración, gritó: «¡Corre!», y Peter salió disparado, y Judy Susan detrás de él. Los feligreses seguían dispersándose, entre ellos varios hombres, mujeres y niños que respondieron de inmediato al grito de Judy Susan de: «¡Detened a ese niño!».

Trudy, entretanto, entró corriendo en la cocina donde Margaret, la primera esposa del pastor Bligh, estaba preparando el cordero. Trudy fijó la mirada en el cuchillo que Margaret tenía en la mano, en aquella cara arrugada demacrada por el rencor, y sin cruzar palabra le imploró a la mujer que le entregase el cuchillo. Margaret miró fijamente a Trudy y enseguida apartó la vista, como si necesitase unos segundos de intimidad. Abrió a continuación la mano y dejó que Trudy le cogiera el cuchillo. Trudy lo escondió rápidamente bajo la manga de su túnica verde, sujetándolo por la empuñadura.

Cuando emergió de nuevo al caos que reinaba en el exterior, Peter estaba siendo devuelto a la jurisdicción de Judy Susan por un fornido chico de catorce años llamado Nicky Mack, que lo arrastraba por el cuello.

—¡Lo tengo, señora Bligh!

Judy Susan felicitó a Nicky y le encomendó la responsabilidad de arrastrar a Peter hasta la sala de juegos, donde le esperaba el castigo. A modo de recompensa, Nicky tendría permiso para ver la azotaina y actuaría como testigo. (Nicky se mostró encantado en aquel momento. No tanto después, cuando la policía de Newhaven lo emplazó a prestar declaración y le resultó difícil recordar cualquier cosa que no fuera la sangre).

El pastor se encargó personalmente de dejar al aire el trasero de Peter para la sesión de castigo. Cuando Leo Bosk se presentó con la gruesa correa de cuero, se dio cuenta enseguida de que algo iba mal. Y se mostró preocupado. No tenía ningunas ganas de administrar la correa contra las encendidas nalgas de Peter y dudaba que el pastor Bligh estuviera en su sano juicio. Nunca había visto que el pastor se implicara de aquella manera en una zurra; nunca lo había visto impulsado por la rabia.

Leo, con el niño retorciéndose ya en su regazo, expresó su opinión.

—Creo que no deberíamos, pastor.

—¿Qué dice? —replicó el pastor Bligh—. ¿Que no deberíamos? ¡Pues yo digo que sí y así se hará, señor Bosk! ¡Cuarenta golpes!

—No, pastor. No.

Judy Susan intervino para recordarle a Leo Bosk que en el campamento de Jesús la palabra del pastor era ley, y que si el pastor decía que había que administrar cuarenta golpes, o cuatrocientos, era el deber de Leo Bosk hacer lo que se le ordenaba, y sin remilgos.

—Tenemos reglas —dijo Leo—. La palabra del pastor no es la ley. Tenemos reglas. Y no pienso hacerlo. No pienso azotar con la correa a este niño otra vez. Miren lo que le he hecho ya.

Judy Susan, acalorada enemiga de la desobediencia en el campamento, o donde fuera, escupió a Leo Bosk en la cara. Cogió la correa, y habría administrado personalmente los cuarenta golpes de castigo de no ser porque Trudy impidió que su hijo sufriera más castigos cruzando rápidamente la sala en dirección al pastor Bligh y hundiéndole la hoja del cuchillo de carnicero en el estómago.

El pastor, perplejo, abrió los brazos y enlazó a Trudy y, por unos breves instantes, pareció que bailaran, Trudy sujeta por el pastor Bligh, que se tambaleaba a derecha e izquierda con el rostro contorsionado. Luego cayó muerto al suelo, con el mango de hueso del cuchillo sobresaliendo de su vientre.

Leo Bosk dejó rápidamente a Peter en el suelo y se arrodilló junto al pastor para ver si retirándole el cuchillo conseguía revivirlo. Judy Susan estaba temblando, mesándose el pelo. Tilly empezó a chillar, subiendo cada vez más de volumen. La madre de Trudy salió corriendo de allí. Nicky se quedó boquiabierto ante la enorme cantidad de sangre que empezó a manchar la camisa azul del pastor en cuanto le retiraron el cuchillo. Trudy se acercó con serenidad a su hijo y le subió el calzoncillo y el pantalón.

Peter miró una vez, y una segunda, al pastor muerto. Trudy le dijo al oído:

—Enseguida llegará la policía.

Y Peter asintió.

31

Las mujeres de la CWA siempre habían aceptado la opinión de Hannah en todo lo que tuviera que ver con la librería y la venta de libros, en parte porque la librería era suya y en parte porque era inteligente y judía y, por lo tanto, tenía que saber cómo ganar dinero. Además, había sufrido en la guerra, con los terribles alemanes, y lo más probable es que supiera de qué hablaba cuando decía que Tolstói, Dostoyevski y Turguénev tenían que estar presentes en la biblioteca de cualquier escuela. Les proporcionaba resúmenes de los libros que intentaban introducir en las bibliotecas, resúmenes que leían en voz alta cuando iban a visitar a las bibliotecarias de los institutos.

Pero la autoridad de Maggie —Maggie, que luchaba valientemente por mantener a flote la librería de los corazones solitarios—, no, no aceptaban en absoluto la autoridad de Maggie. Cuando Maggie les daba resúmenes, las mujeres decían: «Tal vez». Y dejaban allí los libros, por casualidad o expresamente, los libros de Patrick White, Joseph Furphy y Rolf Boldrewood. Con Jane Austen se mostraban más dispuestas a claudicar. Decían: «Nosotras sabemos lo que quieren, cariño». Antes de tomarse aquellas vacaciones no programadas, Hannah había pedido cincuenta ejemplares de *Donde viven los monstruos* para las escuelas de enseñanza primaria, pero las mujeres los dejaron en la librería, languideciendo. Demasiado raros.

Maggie lloraba, en secreto. Cuando Tom se pasaba por allí, tres o cuatro veces a la semana, levantaba la vista del mostrador con una pregunta dibujada en la cara. ¿Alguna noticia? Aunque sabía la respuesta. Tom tenía siempre una expresión seria, o retraída. Le decía: «Buen trabajo, Mag, eres una maravilla». O «Buen trabajo, Mag, sigue así». Pero nunca decía: «Poco puedo decirte, Mag, me duele el corazón». Ojalá le dijera eso. Porque entonces ella replicaría: «A mí también. ¿Dónde está? Esto no puede ser. ¿Por qué se ha ido? Si la queremos mucho, Tom».

Pero llegó un día en que llegó al límite de su paciencia. Aprovechó la oportunidad un viernes, cuando Tom entró en la librería a darle la paga, para suplicarle información.

—¿Qué? —dijo Tom—. ¿Disculpa?

Era el viernes después del domingo de su visita al campamento de Jesús. Dave Maine ya le había comunicado que su exmujer había asesinado al pastor Bligh. Presuntamente.

—Tom, no sé nada. Cuéntame.

Había huido de él una segunda esposa y la verdad era que habría preferido no comentarlo con nadie. Pero superó su renuencia. Con Maggie sentada en el taburete de madera, detrás de la caja registradora, con un matrimonio eligiendo libros en la planta de arriba y con Penny Holt, que había aprovechado su día libre en la fábrica de pinturas para buscar libros infantiles de la editorial Ladybird para su nieta, Tom le habló en voz baja sobre Auschwitz. Sobre el marido de Hannah, Leon, que murió menos de una semana después de llegar allí, de su hijo —Michael, se llamaba—, que había desaparecido para siempre. Y de la promesa que se había hecho Hannah: que nunca más volvería a ser madre, ni daría de comer ni vestiría a un chiquillo, ni leería cuentos, ni se sentaría junto a la cama de un niño durante horas, ni le presionaría la lengua con una cuchara para abrirle un canal para que pudiese respirar, ni aguantaría toses, ni rezaría las oraciones de su fe en voz baja, ni daría gracias a Dios con gritos de alegría cuando se recuperase.

—Y ahora, creo que Peter volverá a vivir en casa. Te conté ya lo de Peter una vez.

—¿Cómo?

—¿Cómo qué?

—¿Cómo es que viene a vivir aquí?

—Su madre apuñaló a un pastor.

—¿Qué?

—Tengo que irme. Ya hablaremos. Eres una maravilla.

La promesa de Hannah. Lo que Tom no dijo, lo que no pensó en decir, pero creía, era que todas las promesas se podían ir al infierno. Eso era lo que podía sacarse, lo que podía recogerse del dolor de su corazón. Las promesas podían irse al infierno; eran como piedras colocadas a modo de fronteras que soportaban todo tipo de condiciones climatológicas y cambios de estaciones, que no se alteraban, aunque todo lo que las rodeaba se estuviese alterando a diario; en aquel mundo floreciente cambiaba todo, pero las piedras permanecían inalterables.

David Maine le mandó un telegrama: «Llámame, es urgente». Y algo más. Tom, que recogía el correo a diario, esperando noticias de Hannah igual que las había esperado de Trudy, leyó el mensaje en cuanto Johnny Shields se lo entregó. Las conjeturas daban a entender a cualquiera que estuviera interesado en el asunto que Tom había experimentado la desgracia de la huida de una segunda esposa, y Johnny Shields se quedó a la espera para poder incorporar algún detalle más al conocimiento público de aquel desastre.

—Es de Dave Maine, de Shep —dijo Johnny—. ¿Qué dice? No lo he leído, te lo juro.

Tom, mirando el papel amarillo con el entrecejo fruncido, dijo:

—Quiere que le llame.

—Ah, ¿sí? ¿Y lo harás?

—Pues claro que lo haré, Johnny.

—¿Es sobre el niño? ¿Sobre ese chiquillo que siempre tenías correteando por aquí?

Durante sus treinta años como cartero de correos, Johnny había desarrollado algún tipo de habilidad psíquica que de un modo u otro le comunicaba cosas que era imposible que supiera. Aquella pericia de Johnny estaba totalmente aceptada en Hometown, no como una intromisión en la vida de los demás, sino como una cuestión puramente sobrenatural. Era capaz también de predecir el tiempo que haría con meses de antelación. Habría predicho la gran inundación si la gente hubiera querido escucharle. Sus consejos, pese a ser breves, eran siempre sensatos.

—Tráete para acá a ese mocoso, Tom. Cuando el niño vivía aquí eras un tipo mucho más feliz. Haz que vuelva. —Y añadió, con menos énfasis—: Y haz que vuelva también tu parienta. Es buena gente.

¿Sería solo un estado de ánimo? ¿O sería algo más perenne?

En cuanto Johnny se fue, Tom se dirigió a un rincón de la granja donde no pudieran encontrarlo ni ovejas ni humanos. Se sentó sobre el tronco de un gran eucalipto que había caído hacía ya décadas, cuyas ramas habían sido serradas para que no bloquearan el recorrido del coche al pasar y cuya corteza correosa se iba desprendiendo a pedazos. Hacia el oeste se veían los prados, teñidos de verde gracias a las lluvias de otoño, donde pastaba el ganado de Matty Pearce. En las laderas, debajo de los árboles del té que coronaban las colinas, los helechos se habían vuelto ya marrones, lo que significaba que los zorros empezarían pronto a bajar hambrientos y harían locuras de todo tipo con tal de saborear gallinas tiernas.

A un tiro de piedra de donde se había sentado Tom, los patos joyuyo se habían congregado para sacar el fruto de las bellotas caídas de los árboles plantados por los luteranos cincuenta años atrás. Los patos no podían romper las cáscaras, tenían que confiar en que Tom pasara con el coche por encima de las bellotas y las aplastara. Cuando tenía tiempo, a Tom le gustaba coger el coche y pasear un rato por encima de las bellotas mientras los patos lo observaban con aprobación. Hannah lo había acompañado en aquella tarea un par de veces. «Eres un buen vecino para los patos», le decía. Eso era algo de él que le gustaba, que fuera excesivamente sentimental para ser granjero y lo compensara con su capacidad de resistencia. «Ayudamos a los patos, vendemos libros. ¿Cómo he llegado hasta aquí? No tengo ni idea. Pero te quiero, Tom. Para siempre. Te querré siempre».

«Siempre» era una palabra poco fiable. Jamás tendría que pronunciarse. Una palabra como «siempre» podía acabar matando gente.

Tenía aún el telegrama en la mano. Llamaría a Dave Maine; le diría que podía ir a buscar al niño cuando quisiera. Peter. Y con esto correría el telón sobre su vida con Hannah. Hector había dicho: «Tres mil años de historia. Lo sabemos todo. Volverá». Pero no volvería. Hannah mantendría hasta el final su tan preciada promesa.

Cansado, ese era el estado de ánimo de Tom. El modo en que sus piernas obedecían las órdenes de su cerebro de trasladarlo de un lugar a otro; eran fastidiosas y estúpidas. Su cuerpo, todo lo que en él colaboraba para ir arrastrándolo hacia delante; eso era estúpido. Observarlo todo, como ahora, las colinas, los eucaliptos rojos que flanqueaban el meandro abandonado, Beau con su morro cada vez más gris mordisqueando las moscas que se aproximaban a su pelaje... estaba cansado. Cansado de la extenuante tarea de seguir vivo y respirar.

Estaba agotado por la circulación constante de los recuerdos. Imágenes de Hannah vestida de verde y buscando exasperada el segundo zapato del par que iba con el vestido, y desnuda, con aquella cintura fabulosa que abarcaba en su totalidad con el brazo; y leyéndole encantada el *Age* mientras él sudaba serrando la cabeza de un encastre tipo cola de pato.

«Tom, este país tuyo es maravilloso. Dicen que Harold Holt fue secuestrado por un submarino chino. Que hay nuevas pruebas. ¡Ojalá sea cierto! Es la tontería más grande que he oído en mi vida. Espléndido».

Antes de Hannah, nunca había pensado en Australia, y luego ella se la había mostrado. ¿Cómo seguiría adelante sin ella? Aunque fuese en las cosas más rutinarias y sencillas de la vida, ¿cómo lo haría sin ella?

Se quitó el sombrero y se golpeó el muslo con él. Los patos se asustaron y empezaron a corretear a derecha e izquierda, las hembras roznando como becerros. Pero enseguida vieron que no era nada y volvieron encantados a comer bellotas. Todo aquello era demasiado para él. Y Peter regresaría a casa. Mejor seguir adelante, mejor pensar. Mejor utilizar aquellos brazos estúpidos que colgaban de sus hombros. Las preferencias del corazón siempre son para el otro. El corazón dice: «Oye, tú, muéstrame quién es el otro».

Y el otro ya no era Hannah, sino Peter. Tom suspiró y bajó la vista hacia la hierba que se extendía entre sus rodillas abiertas. El chico había sufrido. Había que cuidarlo. Que quererlo.

Entró en la casa y llamó a Dave Maine, que le dijo:

—Sí, es tuyo. La documentación está en la oficina regional de Benalla.

De manera que, a la mañana siguiente, Tom cruzó la campiña en dirección a Bonnie Doon y allí se incorporó a la autopista Midland rumbo a Benalla. Se entrevistó con una mujer tímida y desaliñada de los servicios sociales que respondía al poco adecuado nombre de Desiree. Firmó la documentación. Una semana más tarde, condujo hasta el campamento de Jesús y Tilly le hizo entrega de Peter. Una maleta, medio vacía. El lugar seguía de duelo, silencioso como un cementerio.

Solo quedaban allí un par de personas con algo de locura en el cuerpo, y una de ellas era Judy Susan. Con el pelo rojo rapado, rompió a llorar cuando vio a Tom y empezó a aporrearse la cabeza con los puños. Y cuando recorría con Peter el sendero de guijarros blancos que conducía hasta la verja de la entrada, llegó corriendo la pequeña June, la otra loca. Se detuvo en medio del camino y gritó. Y encantada empezó a saltar a la pata coja sobre una pierna, luego sobre la otra, riendo a carcajadas.

32

La habitación de Peter estaba tal y como la había dejado. Cruzó el umbral con un suspiro de alivio. La colcha de Mim Coot, de la feria de la CWA, imágenes de urracas y de algún martín pescador bordados a punto de cruz. Se derrumbó sobre la colcha, enterró la cara en ella, agitó las piernas. Cuando se giró, tenía los ojos llenos de lágrimas. Los niños no lloran de felicidad, razón por la cual lo que estaba experimentando no era simplemente alegría. Se sentó entonces en el borde de la cama y le dijo a Tom con énfasis que no pensaba volver nunca al campamento de Jesús, jamás.

—Nunca jamás —dijo Tom—. Te lo prometo, colega.

—Pero, Tom, lo digo en serio. No puedo volver allí.

—No volverás, Peter.

—De verdad, Tom. No puedo volver.

—Jamás.

Había visto un puñal clavado en las entrañas del pastor y era posible que albergara aún sentimientos encontrados con respecto a todo lo que había presenciado. La que había empuñado el cuchillo de carnicero era su madre. Y la que había arrestado la policía de Newhaven era su madre. El pastor Bligh había muerto, lo cual era bueno. Pero como consecuencia de un asesinato, lo cual tal vez no era tan bueno. Lágrimas en sus ojos; rencor, dolor, sentimientos complicados hacia una madre que le había salvado de cuarenta golpes de correa que podrían haber acabado con él, sí. Podría visitar a su madre, le había dicho Tom, si acababa ingresando en la cárcel, pero Tom sería la persona responsable de él. Albergaba sentimientos cambiantes con respecto a su madre, aunque no muy cambiantes.

Huevos revueltos para comer y seis tomates cherry fritos, cortados por la mitad. Dos rebanadas tostadas de un pan de molde de harina de trigo que Willy McNiff había traído por la mañana y había dejado en un estante del porche, lejos del alcance de Beau. Un vaso de leche de las vacas Ayrshire. Tom se sentó a la mesa con el niño, inclinándose hacia delante sobre sus brazos cruzados, sin hambre para comer. Beau, detrás de la puerta, gimoteaba para entrar y al final recibió permiso para hacerlo y babear sobre las rodillas de Peter. Sin ganas de comer, Tom..., y sin ganas tampoco de contarle al niño lo que estaba a punto de contarle.

Un chucho muerto por un disparo y se te planta un hombre en la puerta de tu casa armado con un rifle y con la convicción de que el asesinato mitigará su dolor. Una mujer rebosante de ternura y amor se aleja de un niño porque el de ella fue asesinado. Y encima de todo esto, un hombre loco de orgullo que muere en el suelo de una sala de juegos infantiles por una puñalada en el abdomen.

Los asesinatos pertenecían a un territorio de experiencias del que Tom huía igual que huía de cualquier tipo de olor pestilente. Obcecarse con el asesinato era contaminar tu hogar. Le habría gustado ser el hombre que hubiese arrancado el rifle de las manos a Bernie Shaw antes de que disparara; ser el hombre que le hubiese dicho al pastor: «Déjelos marchar», y que el pastor le hubiese hecho caso; ser el hombre que hubiese estado junto a Hannah en Auschwitz reteniendo a su hijo en los instantes en que ella perdió la consciencia.

Lo que le pedía al mundo era un rebaño de ovejas que poder alimentar con buenos pastos; frutas que maduraran como respuesta a unos cuidados inteligentes; una docena de amodorradas vacas Ayrshire; tomates cherry que brotaran de ramas de un metro de alto; una esposa amada que gestionara una librería en un granero con tablas de suelo de madera de roble enceradas.

—Peter, ahora somos también propietarios de las tierras de Henty. Las compré.

Peter levantó la vista del plato, invitando a Tom a continuar, y volcó de nuevo su atención en los huevos revueltos. No siempre podemos distinguir la felicidad, la felicidad más intensa, sin la evidencia de la risa, aunque sí es posible experimentar la sensación de felicidad más enorme de tu vida detrás de una expresión seria y contenida. Al menos siendo adulto. Normalmente no con solo ocho años de edad.

Peter estaba inmensamente feliz, sin desear demostrarlo. La sensación había ido creciendo en su interior mientras observaba a Tom preparando los huevos revueltos. Aunque no es muy habitual que suceda, él estaba en el lugar del mundo donde más deseaba vivir. El hecho de que se hubieran terminado las azotainas no tenía nada que ver con su estado de ánimo. Era simplemente Tom. A menudo, Hannah miraba a su marido por el simple placer de mirarlo, con el corazón y el alma unidos en una corriente única que fluía hacia él. El sentimiento más activo en el amor que experimentaba Peter en aquel momento era el de la admiración, que se hacía patente incluso en la fuerza que sugería el antebrazo de Tom al remover los huevos y la leche en la sartén.

—Henty, lo viste alguna que otra vez. Bastantes, de hecho. Y conociste también a Juliet, claro. Le gustabas mucho. ¿Lo recuerdas?

Peter respondió con un «Hum...». No recordaba ni a Henty ni a Juliet.

—Bueno, el caso es que les dispararon. Les dispararon y murieron. Bernie Shaw. ¿Te acuerdas de Bernie, el que vino por aquí alguna vez a ayudarnos con la recolección?

Peter movió la cabeza en sentido afirmativo. La historia giraba en torno a algo malo. Pero le daba igual.

—La cuestión es que Henty mató al perro de Bernie. Y Bernie se enfadó mucho.

—¿Los mató el señor Shaw?

—Así es. Se volvió loco. Con un rifle del veintidós. De modo que las hijas de Henty heredaron la granja porque sus padres murieron. Y entonces me la vendieron.

—Entendido —dijo Peter.

Había acabado los huevos revueltos y estaba ahora pinchando con el tenedor los medios tomates cherry, de uno en uno.

—Pues eso —añadió Tom—. Una tragedia.

Peter levantó el tenedor y lo agitó en el aire.

—Necesitamos más hombres, Tom. Con dos granjas, necesitaremos más hombres.

—Así es. Por supuesto. Y luego está la librería.

Peter puso cara de sorpresa y ladeó la cabeza.

—La librería de Hannah —explicó Tom—. Te acuerdas de Hannah, ¿no?

Peter se mostró evasivo.

—Mi mujer. Estaba en casa cuando viniste la última vez. Hannah.

Tom esperaba alguna muestra de reconocimiento, pero no llegó.

—Tenía una librería en el pueblo, pero luego, cuando compramos la finca de Henty, la trasladó al granero. Maggie está ahora allí. La lleva ella. A Maggie no la conoces.

Peter se metió en la boca la última mitad de tomate cherry, cogió la tostada que quedaba y le dio un mordisco. No tenía nada que decir con respecto a Maggie.

—Y ahora te cuento lo de Hannah, viejo amigo. Tenía un hijo, un poco más pequeño que tú. Lo mataron en la guerra. En la gran guerra que hubo antes de que tú nacieras. Hace mucho tiempo. Hannah es de Hungría. ¿Has oído alguna vez hablar de Hungría?

Peter negó mínimamente con la cabeza, medio giro a la izquierda y medio giro a la derecha. Bebió de un trago la leche y le quedó un bigote blanco. Lo hizo desaparecer con la lengua.

—Y lo echa de menos. Muchísimo. A Michael.

Sin darse cuenta, Tom se había ido inclinando más y más encima de la mesa. Al caer en la cuenta, se echó hacia atrás. No quería alarmar al chico. Se apartó de la frente el pelo rubio, suspiró, y desvió la mirada unos segundos.

—Se ha marchado una temporada, Peter. Una temporada corta, una temporada larga, no lo sé. Tal vez para siempre. No puedo decirlo. Pero si vuelve, sé amable con ella, colega.

En el campamento de Jesús, Peter había desarrollado la costumbre de escuchar con cautela. No dijo nada en respuesta a la petición de Tom. Su felicidad seguía inalterable. El niño pequeño, el niño muerto, no albergaba hacia él ningún tipo de pensamiento. ¿La guerra? Había asistido con Tom a una ceremonia para celebrar el Día Anzac, y dos veces más en el campamento de Jesús. Había visto a hombres, que ya no eran jóvenes, luciendo medallas en el pecho, medallas y cintas de colores. El pastor Bligh también llevaba medallas y cintas sobre el traje azul. Y había encabezado una marcha con todos los hombres del campamento, habían desfilado por las viviendas y luego habían ido a la iglesia.

Tom miró al niño con alegría, aunque no lo bastante potente como para superar su desazón.

—¿Sabes qué, colega? Estarás bien cuidado. ¿De acuerdo?

Aquellas palabras —que podían haber sido otras, pero con el mismo mensaje— alimentaron la felicidad de Peter y dieron como resultado la primera sonrisa que esbozaba en dos años. Se revolvió en el asiento.

Tom matriculó a Peter en la escuela de primaria de Hometown, pero le concedió una semana para que estuviese tranquilo por la granja. Le presentó a Hector y a su familia. Hector lloró a moco tendido. Tenía delante un chico con pelo negro y los ojos de Ezequiel, y él nunca tendría un hijo varón, sino solo chicas que se burlaban con dulzura de él y cantaban canciones de la radio, acompañándolas con movimientos sincronizados de las manos y cara de éxtasis. Sharon lloró a moco tendido. Un chico, bello como Jesucristo, y ella jamás tendría un niño como aquel, solo dos hijas que se mofaban de ella sin piedad y no hacían ni caso de nada de lo que les decía.

Peter gritó de alegría al ver el tamaño de los rebaños de Henty y la cantidad de corderos, que tenían ahora siete meses de edad. Tom y él recorrieron la tierra rojiza del huerto bajo el cielo azul del otoño y luego echaron un vistazo a los cuatro diques de Henty, en las laderas del valle. Habría que contratar mano de obra, tres hombres, dos de ellos para trabajar todo el día con las ovejas y uno en el huerto de Henty. Era casi demasiado grande, comentó Tom. Necesitaría un segundo tractor con segadora, comprar un camión con remolque para la temporada de preparación de las balas de heno en vez de alquilar el viejo camión de Bon Treadrow, y sería de segunda mano, no nuevo, dijo Tom. Un GM de tres toneladas estaría bien; Peter lo acompañaría cuando fuera a mirar lo que había en oferta en la feria de camiones de Bendigo.

Y mientras paseaban, dijo Peter:

—Tengo una idea, Tom.

—¿En serio, colega? Veamos, adelante.

Tener un único rebaño gigante con todas las ovejas y tenerlas en la finca de Henty, donde había pasto de sobra por la zona de los meandros abandonados. Tom señaló que necesitarían un año para conseguir que los rebaños de la granja del tío Frank dejaran de empecinarse en cruzar la carretera, que las ovejas eran muy cuadriculadas en cuanto a sus costumbres. Pero que era una idea muy inteligente.

Luego, la librería. Maggie, que era más eficiente cada día que pasaba, interrumpió su trabajo el tiempo suficiente como para poder abrazar a Peter, darle la bienvenida y enseñarle las dos plantas de la tienda. Con dieciocho años de edad, Maggie había adoptado la mentalidad de una persona de edad madura, cargándose con muchas responsabilidades y resoplando con escarnio ante las sugerencias (por parte de Tom) de que tendría que salir más.

Al día siguiente, Tom subió en coche con Peter hasta el punto más alto de los pastos de la finca de Henty. Quería que el niño disfrutase de toda la vista, desde las colinas que ascendían hacia el este, en la finca del tío Frank, hasta los meandros abandonados de la de Henty, donde se alzaban los eucaliptos rojos. Quería ver al niño maravillado y entonces susurrarle al oído: «Todo esto será tuyo».

Pero luego se lo pensó mejor. No quería que el niño pensara que estaba atado de por vida a la granja. Quería que Peter estudiara en la universidad, en la gran ciudad, y que fuera... lo que le viniera en gana. Cualquier cosa. Tom había llegado a la granja de un modo indirecto; no estaba casado con aquel suelo arcilloso. Pensó sobre todo en la libertad: norte, sur, este y oeste. Que el niño disfrutara de la libertad. Que la libertad se convirtiera en su sustento durante años y años. Que se criara como una buena persona y supiera lo que era mejor para él, qué era lo que quería, en vez de criarse de forma retorcida, con fisuras y grietas, para acabar entregando su corazón a una mujer enloquecida por el dolor, enloquecida por Auschwitz, tan loca que su recuperación era imposible.

Peter contuvo la respiración ante la belleza del paisaje: el lento río de aguas verdes, su amplitud bajo el puente de granito; la colina y los huertos de la granja del tío Frank, con sus perales, sus manzanos y sus nectarinos con las hojas ya doradas; los gigantescos cipreses junto a la valla de la carretera. Y más cerca, el ganado adulto, levantando el morro húmedo para olisquear a aquellos humanos mágicos que a veces arrojaban heno en las orillas de los meandros abandonados.

Durante cinco días seguidos, Peter pasó tres horas en la librería, con Maggie. Jamás había estado en una librería y estaba deslumbrado con ella, con tantos libros, con sus lomos a la vista. Paseaba arriba y abajo por las estanterías, leyendo en voz alta los títulos y el nombre de los autores, como si aquella cosecha de plenitud escondiera un placer de algún tipo, poético, quizá. Maggie lo seguía, ayudándole con la pronunciación, y Peter le daba seriamente las gracias cada vez que le ayudaba a superar un obstáculo. Maggie lo guiaba hacia los títulos que pensaba que le gustarían, animándole a leer sus favoritos. Peter decidió finalmente sentarse en una silla al fondo de la tienda y sumergirse en la lectura de un libro de *Los Cinco*. Luego, al tercer día, empezó *La isla del tesoro*.

Peter, su adicción a la lectura y la sincera aprobación del niño hacia su persona, rescataron a Maggie de su aislamiento. Un día —era posible—, se convertiría en madre de un niño como aquel. Si encontraba otro Tom. Si existía otro

Tom. O con aquel Tom, si Hannah no regresaba. Podía pasar. ¿Quién decía que no podía pasar algún día?

Llegó otra carta de Dave Maine. Más papeleo antes de que el Departamento de Servicios Sociales para Menores pudiera formalizar la custodia permanente de Peter. E información: al parecer, Trudy sería juzgada por asesinato. La opinión del forense y del fiscal general era que la vida del niño no había corrido peligro. Lo cual era una lástima, puesto que el Tribunal Supremo tenía un historial importante de sentencias moderadas por homicidio involuntario. Con toda probabilidad, el niño sería reclamado como testigo. De todos modos, si alguien estaba dispuesto a correr con los gastos de un buen equipo de abogados —¿tú, Tom?—, seguía existiendo la posibilidad de que la pena fuera menor.

Tom le respondió aquella misma noche para decirle que buscaría el dinero necesario. Y, como consideraba que debía hacerlo, le explicó a Peter, con diplomacia, que su madre sería juzgada por asesinato. Fue una hora más tarde, al ir a dormir, cuando Peter comentó el tema.

—Ojalá no lo hubiera hecho.

Y un minuto después:

—Lo hizo por mí.

33

Quería al niño; y el niño lo adoraba, pero el amor de un niño se desarrolla sin ningún tipo de esfuerzo especial. Seis semanas sin Hannah y Tom seguía deteniéndose a diario en medio de sus tareas rutinarias para menear la cabeza con preocupación y secarse los ojos pensando en todo lo que no podía compartir. Los maridos pueden ser de una forma o de otra, pero Tom estaba hecho para aquello: una esposa, charlas cariñosas, fidelidad. Lo que sucedía era que había elegido mal.

Aquellas muestras de aflicción eran frustrantes. Las lágrimas y los suspiros te califican de algo. Consideraba que incluso la alegría, que siempre había corrido por su sangre (no últimamente), era mejor mantenerla como un asunto privado. Por carácter era un hombre que habría sido capaz de liderar la victoria en la Melbourne Cup o de extraer una espada legendaria de una piedra sin traicionar ni por un instante el tumulto de su corazón. Pero Hannah lo había empujado al melodrama.

Durante la última semana, había arremetido contra sí mismo, se había aporreado la cabeza con los puños. Podía atacarle en cualquier momento. Mientras sacaba un piojo del cuello de una oveja, mientras recortaba los pelos de la cola de las vacas Guernsey para eliminar la porquería que se les quedaba adherida, mientras cambiaba la tapa del colector del coche y se planteaba, como si estuviera loco, aporrearse el dedo con la llave inglesa, el dedo anular.

Nunca con el niño cerca. Tom seguía mostrándose alegre y feliz delante de él. Cada día, esperaba a Peter en la parada de autobús, en la carretera, e iba andando con él hasta la casa, contándole las historias habituales de la granja: cómo le había lavado a Stubbie sus ojos ciegos con una solución que le había preparado Don Ford, el veterinario; cómo había disparado contra un zorro que tenía el tamaño de un perro pastor. ¿Tan grande, en serio? Sí, tan grande. Bueno, casi.

Pero Peter se daba cuenta de que Tom no era el hombre que había sido. Una tarde, desde la ventana de su habitación, había visto a Tom inmóvil en el patio de atrás, con la cabeza gacha, levantando las manos y dejándolas caer luego hacia los costados. Le tenía preocupado, pero no le hacía preguntas. Había dejado atrás el campamento de Jesús con un mapa de las pasiones mucho más detallado de lo que cualquier niño de ocho años pudiera llegar algún día a poseer, o a necesitar.

Tenía que ver con aquella señora, dedujo Peter. Con la mujer de Tom, que se había marchado. Peter no consideraba que Tom necesitase a aquella señora, pero intuía que en el mundo que lo rodeaba estaban en juego fuerzas extrañas. En su madre, cuando apuñaló al pastor. Y en Judy Susan, que se había rapado el pelo. En el señor Bosk, cuando sumergía las manos en agua hirviendo para demostrar que le sabía mal lo de las zurras. Y en la anciana, la primera mujer del pastor, que se asomó a la puerta de la cocina cuando sacaron el cuerpo del pastor de la iglesia en una camilla y empezó a gritar: «¡Adiós! ¡Adiós!».

El objetivo fijo de su vida había sido volver con Tom. Y se había hecho realidad. Pero ahora veía aquellas manos caídas en sus costados, la cabeza gacha... Confiaba en que se le pasara.

Una mañana de mayo. George Cantor, que no se había dejado ver desde la boda de Tom con Hannah, se plantó en el umbral de la puerta del taller de Tom proyectando una sombra sobre el suelo con manchas de aceite. Tom, con el corazón compungido, como solía sentirse a menudo, pero encontrando consuelo en el trabajo duro, levantó la cabeza del banco de trabajo. Se quedó mirando a George, con sus ochenta y dos años, su cabello plateado y su chaqueta de lana de tweed, y la premonición de que iba a recibir buenas noticias le llevó a sonreír.

—¡George!

—Señor Tom Hope. ¿Puedo pasar?

—Por supuesto. Por supuesto.

George llevaba la kipá algo más hacia atrás de lo que era habitual en los judíos, igual que el día de la boda; una manía de los de su sinagoga en Budapest, según Hannah. También porque le gustaba que la gente se fijara en sus rizos sedosos. Un presumido.

—Tiene usted muy buen aspecto, George, si me permite el comentario.

George se había acercado al banco de trabajo y observaba con curiosidad la tarea que acababa de interrumpir. Ignoró el cumplido y se inclinó sobre los cerrojos que Tom estaba limpiando con Penetrene y papel fino de lija.

—Le daría la mano —dijo Tom—, pero las tengo sucias.

George resopló, extendió una mano y se la estrechó.

—Soy ingeniero. Manos sucias, ¿y eso qué importa? —Y dijo a continuación—: Caramba con estos cerrojos, Tom. Son antiguos.

—Del granero. La librería. He pensado que tenía que darles un homenaje por haber alcanzado cierta edad.

George hizo un gesto de aprobación al ver el trabajo que Tom estaba dedicando a las piezas. Había conseguido recuperar el brillo metálico de los cerrojos y eliminado hasta el más mínimo puntito de óxido.

—La tienda, sí —dijo George—. Me gustaría verla.

Tom lanzó una mirada inquisitiva a George. Ya no estaba tan seguro de que le esperaran buenas noticias.

—¿Ha venido hasta aquí para ver la librería?

—Tal vez. ¿Puedo?

Tom se limpió las manos con una toalla azul vieja que guardaba colgada de un clavo justo encima de su banco de trabajo.

—No querrá ir caminando —dijo—. Está en la otra finca. Casi un kilómetro.

George sonrió a regañadientes y se señaló las piernas con ambas manos.

—Siendo muy optimista diría que puedo conseguirlo. ¿Sabes qué? Hoy me siento optimista, Tom. Demos un paseo. Tengo el coche aparcado fuera, pero lo dejaremos aquí.

A la derecha quedaba el prado de la carretera, donde vivían Stubby y Jo en lo que más o menos venía a ser una residencia de ancianos de lujo, puesto que ambos estaban muriéndose, a ritmo lento, tan mayores eran que no podían seguir viviendo por mucho más tiempo. A la izquierda, el prado de rehabilitación para las ovejas que se hacían daño con la alambrada y se les infectaban las heridas, y también para las que habían sufrido los golpes de otras ovejas que se convertían en malhechoras y que, por motivos misteriosos, machacaban a sus hermanas. Para las ovejas con heridas y cortes, antibióticos, y para las ovejas maltratadas, el consuelo verbal de Tom y unas caricias entre las orejas.

El cielo parecía eterno con su parálisis otoñal: los robles que flanqueaban el camino de acceso iban tornándose dorados, gradualmente. Pero a Tom le resultaba imposible sintonizar con la serenidad de la estación. Estaba seguro de que George no se habría desplazado hasta allí desde la ciudad de no tener noticias de Hannah. ¿Tan malo sería detenerse y decir: «¡George, por favor, por el amor de Dios!»?

Pero ¿para qué? ¿Para mostrarse ávido de noticias? No. Para Tom, la felicidad era como un fugitivo; cuando aparecía, había que animarla para que cogiera confianza, alentarla. Si se mostraba excesivamente estridente, se retraería entre las sombras, quizá para siempre. Dijo, pues:

—Le escribí, encontré su dirección en la agenda de teléfonos.

—Efectivamente —replicó George.

—Y le llamé también. Tres veces. Pero siempre me colgó.

George asintió, despacio, para subrayar que aceptaba la culpa. Siguió caminando, con sus zapatos de dos tonos, beis y marrón, durante unos diez minutos más, deteniéndose a menudo para admirar cualquier cosa, tanto cercana (las ovejas del refugio) como lejana (las hayas mirto de los pastos de las colinas, de tonalidad más intensa que los eucaliptos que las rodeaban), antes de hablar por fin de la misión que lo había llevado hasta allí. Lo hizo sin mirar a Tom, dirigiendo los ojos y la sonrisa hacia las hayas.

—Hannah —dijo.

—¿Sí?

—¿Qué está haciendo?

—¿Haciendo?

—¿Qué está haciendo, Tom?

—No lo sé.

—Se está vengando de Dios.

—¿Qué?

George había detenido sus pasos y se había girado hacia Tom, mirándolo desde sus... ¿cuánto sería? ¿Un metro setenta?

—¿No lo entiendes?

—No, George, no lo entiendo. ¿Dónde está?

George emprendió de nuevo la marcha.

—Le quitaron a su hijo en Auschwitz. ¿Lo sabes?

—Lo sé.

—Dijo «nunca más». Se lo dijo a Dios. «Nunca más». Por eso.

Llegaron a la verja de la entrada. George la había cerrado después de entrar. Y quiso que Tom se diera cuenta del detalle que había tenido.

—A los granjeros les gusta que cierres la verja.

—Gracias, George. Pero ¿dónde está Hannah?

—Dios le permite amar. Y luego se lleva al niño. Nunca más.

Tom guio a George por la carretera con precaución. En aquel tramo, el límite de velocidad aceptado, que no el legal, era el que te viniera en gana. George intentó detenerse en medio de la carretera para seguir hablando, pero no le fue permitido. Lo hizo en cuanto superaron el asfalto y cruzaron la verja que daba acceso a la antigua finca de Henty.

—¿Has oído lo que te he dicho, Tom? Dios nos permite amar. Es todo lo que podemos pedirle. Aunque, si se convierte en una catástrofe, es terrible. Pero Dios nos permite amar.

—¿Dónde está Hannah, George? ¿Puede decírmelo?

—El niño. ¿Lo tienes contigo? ¿Dónde está?

—Está en la escuela. Se llama Peter. ¿Dónde está Hannah?

George levantó los hombros y los dejó caer.

—Todo el mundo la quería, Tom. ¿Lo sabes? Era muy quisquillosa. No a este, no a ese otro. Y entonces, sí a Stefan. Sí a Tom. Toda su familia murió. Toda mi familia, Tom. No debería hablar de felicidad. Pero lo haré. No a todo el mundo. No a mí. Sí a Tom.

En la zona de aparcamiento que había junto al granero Tom vio un autocar verde de Valley Tours. Los pasajeros estaban subiendo a bordo cargados con bolsas de la librería. Era una de las innovaciones impulsadas por Maggie. Había solicitado a la empresa que gestionaba visitas por el valle dos veces por semana que hiciera una parada en la librería. Los turistas se aventuraban en un par de antiguas minas de oro acompañados por Teddy Rich, un fanático de la historia; contemplaban el río en las cascadas y la maravilla del Mississippi Hole; compraban pasteles de carne y empanadillas en la panadería de Stella, en Hometown; observaban fascinados el puente de granito, más arriba de la granja del tío Frank; y hacían una última parada en la librería antes de regresar a la ciudad. «El granero luterano alemán mejor conservado de Australia se ha convertido ahora en la librería más bella de Australia. Encontrarán en ella un amplio surtido de libros nuevos y de segunda mano». Texto original de Maggie.

Vio a Hannah al otro lado de la ventana antes de que ella lo viera a él. Estaba despidiendo al último cliente del autocar. George apoyó una mano en la espalda de Tom.

—Me ha dicho que la dejara en la librería. Me ha dicho también: «Ve a buscarlo, George. Si está enfadado, no le digas nada». Así que he ido a buscarte. Me parece que enfadado no estás. Perdónala, Tom. Ha estado estas seis semanas en mi apartamento. Sin decir palabra, como un zombi.

Tom se había quedado paralizado. Era como si nunca se hubiera marchado de allí. Estaba sonriente, diciéndole alguna cosa agradable a una mujer con un voluminoso moño de pelo amarillo y una bufanda de lana enorme, innecesaria en un día cálido como aquel. Lo primero que sintió Tom fue una intensa, dolorosa y desagradable punzada de amor. Luego rabia. George, con la mano posada donde la tenía, debió de notarlo en el cuerpo de Tom. Se colocó delante de él, le cogió la mano y se la presionó con fuerza entre las suyas. La mirada de Tom estaba clavada más allá de George, en Hannah, que seguía sin percatarse de su presencia.

—Tom, escucha mis palabras. Por favor. Esta locura que ha hecho..., perdónala. Si le das la espalda, está acabada.

Hannah acababa de verlo. Levantó la barbilla y fijó la mirada en su marido. Pero entonces titubeó, agachó la cabeza. Cuando levantó la cara de nuevo hacia Tom, su desesperación era evidente. Le indicó con un gesto que se acercara. Tom permaneció clavado donde estaba un minuto más, hasta que finalmente entró en la tienda. Maggie salió corriendo para darles más intimidad.

El autocar, que emprendía ya la marcha, hizo sonar la bocina dos veces. Hannah levantó la mano y se despidió. La mano descendió luego muy lentamente.

—Tom.

David, el canario, encima de la caja registradora, se había recuperado de su sopor y gorjeaba algo que debía de ser jerigonza incluso en idioma de pájaro.

—¿Qué demonios ha pasado, Hannah?

Con un vestido de color oro muy claro que Tom no le había visto nunca, Hannah movió muy despacio la cabeza.

—¿Me voy?

El pasado se esfuerza en influir en lo que sigue, intenta alcanzar la inmortalidad. Y en aquella estancia llena de libros, de madera resplandeciente pulida con cera de abeja, se cernía el espectro de Auschwitz, el hijo muerto, un marido muerto, las cabezas rapadas, los condenados, los zapatos apilados junto a la puerta de acceso a una cámara subterránea.

Pero con igual insistencia, milagrosamente, también la felicidad: retazos de felicidad, algunos bastante amplios. Un vestido blanco arrugado y alisado con una plancha, pasado luego por la cabeza, el olor del almidón, el calor del tejido. En el espejo basculante, moviéndose de un lado a otro, la promesa de lo que está aún por llegar. Hannah conservaba todavía aquel vestido cuando conoció a Tom muchos años más tarde, se lo puso para él, se lo quitó por la cabeza mientras él estaba tumbado en la cama un domingo por la tarde. Él había intentado decir alguna cosa, pero las palabras se le quedaron atrapadas en la garganta. Y ella le había dicho: «Nos amamos», y diez segundos después estaba entre sus brazos.

Ahora, el día de su regreso, Tom dio tres pasos y la atrajo hacia él, la sujetó con tanta fiereza que podría incluso haberle hecho daño. Con la boca pegada al oído, le dijo:

—Nunca jamás, jamás. —Pero su enojo tenía que salir. Retrocedió un paso y, poniéndole las manos sobre los hombros, la miró furioso, alertándola—. ¿Crees que todo el mundo siente esto? ¿Crees que es normal? No lo es, Hannah. No puedes escapar corriendo así sin más.

Hannah apartó la vista, en su cara una expresión que no era aún de penitencia. Movió la cabeza de un lado a otro, las lágrimas se empezaban a acumular en sus ojos. No fue hasta aquel momento cuando Tom se dio cuenta de que sus rizos eran más cortos. Quiso decirle: «Déjalos crecer de nuevo», pero no pudo, dada la situación.

Hannah consiguió hablar por fin.

—Tom, tenía que marcharme. Y tenía que volver.

Esto era lo que Tom se temía, si volvía, cuando volviese: palabras que rezumaran el caos que tenía en su interior, cuando todo lo que tenía que decir era justo lo que George había dicho, que había cometido un error.

—Hannah, si vas a quedarte, decídete. «Tenía que marcharme y tenía que volver». ¿Y después qué? ¿«Es que tengo que volver a marcharme»? Ya basta, Hannah. Te quedas. Y cuidas de Peter. Y, si no puedes, pues tendremos que tomar caminos separados, Hannah. No puedo volver a pasar por esto, a despertarme cada mañana enfermo de preocupación. Una cosa que aprendí de Trudy es que, si tu mujer no te quiere, no hay esperanza. Todo es fingido.

Hannah emitió un gemido, breve, truncado. Maggie y George, que observaban la escena a través del panel de la puerta de entrada, compartieron un murmullo de alarma.

—¿Piensas que quería marcharme? ¿Estás loco? Tom, se sentó a mis pies. Pensaba que le protegería, porque era su madre. Y en cuestión de segundos desapareció. ¿Dónde se fue? A una pesadilla.

—¿Y crees que la respuesta es esta? ¿Otra pesadilla?

Hannah se quedó quieta, fijó la mirada en David. Le sonrió, animando al pájaro, que se explayó en un trino aún más exuberante. Debió de concebir aquel intento de ganar tiempo para no decir nada sobre equivalencias. La pesadilla de la que Tom estaba hablando no podía compararse con llevarse a un niño para que fuera asesinado. Decir aquello no habría desembocado en nada bueno.

—Tom, quiero volver.

Durante un breve intervalo de tiempo no hubo más palabras.

—Quiero volver. Quiero quedarme. Peter..., cuidaré de él. Sé que no le gusto, pero da igual. Cuidaré de él.

Tom apartó la vista. Se había cruzado de brazos, transmitiendo la impresión de un estado mental más obstinado del que tenía en realidad. Los descruzó.

—Sí, vuelve, Hannah.

Ella sonrió.

—¿Es lo que quieres?

—Sí.

—¿Puedo volver?

—Sí. Por favor.

El dolor de Polonia se acurrucó en los rincones, desterrado por el momento por los libros y la cera de abeja. Y por aquella vuelta a casa. Una mujer vestida con harapos empezó a ver el campo de exterminio empequeñecerse, alejándose lentamente; una mujer que había vivido lo suficiente como para amar, casarse, recordar el calor de un vestido planchado, había disfrutado de un tipo de victoria. Podría decirse. Y eso no había que desperdiciarlo, a buen seguro.

Encima del mostrador estaba el libro de contabilidad con tapas de tela verde donde llevaba la cuenta de los ejemplares vendidos a lo largo de tres años. Las ventas no habían alcanzado aún la cifra mágica de los veinticinco mil títulos. Pero era fácil imaginarse que en cuestión de pocos años aquella cifra quedaría eclipsada.

34

*L*os cargos fueron al final de asesinato, no de homicidio imprudente. Todos los esfuerzos de Bunny Gorman, el abogado defensor de Trudy, para convencer al fiscal de que entrara en razón, habían fracasado. Pero lo que el juez le comentó a Gorman, en privado, fue: «Machaca con los atenuantes».

Peter no fue requerido como testigo y, por lo tanto, no tenía ninguna necesidad de asistir al juicio en el Tribunal Supremo. Pero Tom dijo que debía asistir, y Hannah se mostró de acuerdo. Les concedieron permiso para estar presentes en la sala y les dieron prioridad ante los simples mirones. Trudy mantuvo la calma durante los preliminares, bien vestida, con el cabello cortado en la medida que la hacía resultar más atractiva. Miró de reojo a Peter de vez en cuando, le sonrió, y en una ocasión levantó la mano para saludarlo.

La madre y la hermana de Trudy también estaban presentes, destrozadas, llorando. Y Judy Susan, flaca ahora como un palillo, con el cabello creciéndole muy lentamente. En la sala, la gente hablaba en voz baja. Gorman y el juez parecían mantener una muy buena relación y el juez se dirigió una vez al abogado defensor llamándolo «Bunny». Era como si todo lo que iba a suceder estuviera ya decidido y lo único que quedara pendiente fuera seguir un guion: Bunny murmurando sus líneas de texto, el juez interviniendo al llegar su momento, el Tribunal feliz de albergar un flujo tan agradable de las cosas. Trudy se declaró no culpable y el juez musitó: «Por supuesto, por supuesto».

Peter escuchó con atención todo lo que se dijo. Sonrió a su madre cuando ella le sonrió. Sabía que lo quería; sabía que había apuñalado al pastor para acabar con las palizas. Pero él no la quería, y, cuando le sonrió, lo hizo solo por ser amable. Recordaba a Trudy durante los primeros meses que pasó en el campamento de Jesús, cuando le hablaba a gritos sobre obediencia, cuando le decía que era tonto, cuando lo llamaba palurdo pueblerino.

Luego había cambiado: en vez de palurdo pueblerino lo llamaba pobre niño, pero el mal ya estaba hecho. Lo había alejado de Tom y a lo máximo que podía llegar era a ser amable con ella. O tal vez un poco más. Tal vez a sentir lástima. Sabía que su madre estaba loca.

Hannah también estaba loca, pero de un modo distinto. En los cuatro meses que habían transcurrido desde su regreso, Peter había notado que se acercaba él, pero luego se volvía a alejar. Hasta que ya no se alejó más. A menudo Hannah no podía evitar posarle una mano en el hombro y deslizársela por la espalda. La había visto mordiéndose el labio inferior. A la hora de la cena, a veces se quedaba sentada con el tenedor cerniéndose encima del plato mirándolo cómo comía.

Peter había cambiado en los dos años y medio que había pasado en el campamento de Jesús. Mucha de la gente que había conocido allí estaba mal de la cabeza (pero no como Hannah). En medio de aquella locura, él se había vuelto más tranquilo. Había tenido que luchar contra el pastor, sí, y jamás había desistido de su idea de regresar con Tom pero, por lo demás, había mantenido la calma.

Era como si hubiera un estanque de agua transparente dentro de él. Podía acercarse al estanque, arrodillarse y beber. Trudy decía: «Palurdo pueblerino», y él se encogía de hombros con indiferencia. Judy Susan decía: «¡Arderás en el infierno dentro de un caldero!», y él sonreía. El loco no era él. De eso estaba seguro.

Se daba cuenta de lo que le estaba pasando a Hannah. Su hijo había muerto y ahora lo quería a él. Se alegraba de que Tom le hubiera contado lo del niño de Hannah; de lo contrario, se habría alejado de ella. No le molestaba dejarse querer por Hannah. Siempre que veía que se le llenaban los ojos de lágrimas, le decía en voz baja: «No te preocupes».

Su alma de niño estaba llenándose, eso parecía. Pero no le hacía daño. Tenía a Tom.

Peter no puso impedimentos cuando Hannah dijo que le gustaría que el martes no fuese al colegio para poder ir con él en coche a la ciudad con el fin de que le tomaran medidas para un traje. Solos los dos.

Hannah le dijo:

—¿Quieres?

Y Peter respondió:

—Si quieres tú.

—Quiero que estés guapo para ir al juicio.

Se refería al día en que dictarían la sentencia, que se esperaba que fuera una semana después del veredicto. Bunny Gorman le había dicho a Tom, que era quien pagaba sus honorarios, que el veredicto sería de culpabilidad y que la sentencia podía ser de solo ocho años y medio, con libertad condicional a los cuatro.

«Jenny —y con ello se refería al juez, Jacob Jennifer— quiere devolverla lo antes posible a las calles, pero tiene que darle un escarmiento, por desgracia. Es un buen resultado».

La excursión para ir a encargar el traje incomodó un poco a Tom.

—Los australianos no visten a los niños con traje, Han.

—¿No? Pues deberían hacerlo. ¿Acaso todos los australianos tienen que parecer como si fuesen vestidos por el Ejército de Salvación?

—No nos complicamos la vida, cariño. Puede ir vestido con el uniforme de la escuela.

—No pasa nada, Tom —dijo Peter, encogiéndose de hombros.

El sastre era Isaac Glick, de Collins Street, al lado de los grandes almacenes Job's. La sórdida entrada y la escalera sin luz daban paso a tres estancias luminosas y amplias con paredes cubiertas con paneles de teca. Hannah no conocía personalmente a Glick, pero George Cantor sí y se lo había recomendado. Glick estaba acostumbrado a tratar con hombres que se ponían enteramente en sus manos, que se dejaban dominar, empujar y pinchar, que permitían que echase por tierra de malos modos sus sugerencias y a quienes podía mandar a callar si hablaban. Pero con Peter se mostró muy amable. El embrujo que Peter ejercía con Hannah funcionó también con Glick.

—Tenemos aquí a un chico muy guapo —dijo mientras le tomaba medidas a Peter, levantándole un brazo para medirle el contorno de pecho—. Un buen ejemplar.

Les mostró a Hannah y a Peter catálogos de distintas muestras de pañería, con piezas cuadradas de tela sujetas por un lado con un cartón. Mano a mano, se colocaron detrás de un mostrador largo de madera barnizada mientras Glick iba girando las muestras. Glick se quedó de nuevo impresionado con los comentarios de Peter: «Demasiado verde. No, esta es para un hombre mayor. No, el estampado me parece demasiado grande».

Lo que a Peter le gustó fue un tejido de hilo de lana con motivo de espiga de las Midlands inglesas. Una de las cosas buenas de aquel niño era lo sorprendente que llegaba a ser. Hannah no esperaba de él que mostrara interés alguno por el muestrario de tejidos, imitando a Tom, que antes hubiera bebido cicuta que dejarse arrastrar hasta una sastrería.

Glick le preguntó discretamente a Hannah si el niño era hijo suyo, habiéndose planteado previamente que quedaría mejor diciendo «hijo» en vez de «nieto». Hannah respondió, también en voz baja:

— Sí, es mi hijo.

Lo dijo sin la intención de que la respuesta llegara a oídos de Peter. Pero llegó.

Visitaron a Trudy en Fairlea. El juicio quedaría visto para sentencia el miércoles después de aquel martes de fiesta y se esperaba que el veredicto se emitiera el mismo día. La sentencia se anunciaría dos semanas más tarde. Trudy, que gozaba de la simpatía de las funcionarias de prisiones, obtuvo permiso para sentarse con su hijo y Hannah en un banco de los patios de Fairlea, sin apenas supervisión. Seguía vistiendo aún con ropa de calle.

Dijo que sabía que la declararían culpable e iría a la cárcel. Dijo que no le importaba. Peter aguantó estoicamente los mimos cariñosos de su madre.

—Me alegro de que estés con Hannah —dijo Trudy—. No he sido una buena madre. Pero te quiero.

Cuando regresaron paseando hacia el edificio administrativo, Trudy lo hizo de la mano de Peter. Lloró al despedirse. Le dijo:

—Sigue con Tom y con Hannah. Es lo mejor para ti. Pero ven también a visitarme.

Su autocontrol acabó rompiéndose. Cayó de rodillas y abrazó a su hijo; y siguió arrodillada mientras Hannah guiaba a Peter hacia la salida. Una corpulenta funcionaria de prisiones, una mujer con gafas con montura de carey y un zapato con alza ortopédica, dijo:

—Tranquila, tranquila, chica.

Volvieron a Hometown por la carretera conocida como el Black Spur, Peter callado, Hannah nerviosa como un flan. Temía que la hubiera oído. «Es mi hijo», había dicho.

Cada vez que miraba de reojo a Peter, le parecía ver una sonrisa cínica en sus labios. Cuando llegaron a Dom

Dom Saddle, el punto más alto del recorrido, ya no pudo aguantar más. Se desvió hacia la zona de pícnic que se extendía a la sombra de los robles y detuvo en seco el coche.

Sin separar siquiera las manos del volante, se volvió hacia Peter y dijo:

—¿Me has oído? —Su expresión conservaba la ternura que siempre estaba presente cuando hablaba con Peter, aunque complicada por la sensación de remordimiento—. ¿Me has oído cuando he dicho que eras mi hijo?

Peter, alarmado, pero controlando la situación, hizo un gesto afirmativo con la cabeza. Hannah apartó la mirada, mucho más turbada de lo que Peter consideraba necesario.

—Ha estado mal. Ha estado mal por mi parte.

Se volvió de nuevo hacia Peter.

—No soy tu madre —dijo—. Tu madre es Trudy. Lo siento, Peter. Lo siento muchísimo.

Abrió la puerta y salió del coche, dio unos cuantos pasos y se quedó quieta con los brazos cruzados, colocando el peso del cuerpo más sobre una pierna que sobre la otra. Se llevó una mano a la cara, pero enseguida la retiró, tal vez para no darle la impresión a Peter, que seguía en el coche, de que estaba a punto de echarse a llorar.

Ya hacía un mes que se había superado la mitad del invierno y los días se alargaban. A las cuatro de la tarde, el cielo estaba aún completamente claro. Las rosellas, víctimas de la escasez invernal de alimento, se congregaban en las ramas de los robles dispuestas a apurar cualquier resto de bocadillo o patatas fritas. Por los pies de Hannah pululaban media docena. Ignoradas, se abandonaron con pesimismo al picoteo de las cáscaras de bellota que pudiera haber por el suelo. En el prado que se extendía hasta el linde del bosque, los conejos, posados sobre las patas traseras, evaluaban la probabilidad de que de entre las rebanadas de pan cayera algo de zanahoria y lechuga.

Por encima de la zona de pícnic se alzaba una montaña, de forma cónica, con laderas densamente pobladas por serbales y eucaliptos rojos, hayas mirto, acacias. Pero el verde del tupido follaje cedía el paso en miles de puntos al blanco de los troncos muertos, a los cadáveres aún en pie de los árboles que ardieron en los incendios del Viernes Negro de 1939. Había pasado tiempo suficiente desde que se produjera la erupción de la montaña en llamas como para que emergiera un intrincado estampado de colores vivos y colores muertos. Era como si el floreciente follaje de los árboles vivos hubiera emprendido una importante campaña de apoyo a los troncos muertos, cercándolos, manteniéndolos firmes en muchos lugares.

Hannah no había salido del coche para contemplar la montaña, sino para hacer gestos de enfado, resoplar y llamarse a sí misma imbécil sin asustar a Peter. Le turbaba ver a Michael cuando miraba a Peter. El cabello negro, la expresión seria, la arruga de preocupación que se insinuaba cerca de sus ojos... Igual, aunque Michael era mucho más pequeño que Peter cuando desapareció.

Igual, pero diferente. Era como si hubiera estado leyendo un libro y por error hubiera girado dos páginas a la vez, como si se hubiera producido un salto de discontinuidad. Una pregunta al final de la última página, una escena, un episodio que no se retomaba en el comienzo de la página siguiente.

Si acababa queriendo a Peter, su luto terminaría. Si su luto terminaba, las SS habrían vencido. ¿Acaso no podía ir intimando cada vez más con aquel niño y seguir al mismo tiempo estando con Michael, cuando lo desvistieron, cuando lo agarraron, cuando lo mataron? No veía el camino, solo lágrimas. Se retorcía las manos, vivía episodios de rabia si sentía que el niño estaba forzándola a ser infiel.

Y, por otro lado —¿por qué no confesarlo?—, quería a Peter. ¿Por qué no confesarlo? Cuando la ternura brotaba de su corazón y le ascendía por la garganta, anhelaba cogerle la carita entre las manos. ¿Por qué no confesarlo todo... que temía volver a huir de allí, dejar solos a Tom y a Peter?

¿Lo haría? Cabía esa posibilidad. Aunque probablemente no. No.

Oyó que la puerta del coche se abría y volvía a cerrarse. Hannah miró por encima del hombro y vio que Peter se aproximaba tímidamente. Se quedó a su lado, mirando los conejos.

Hannah deseó al instante buscarle la mano y cogérsela; pero había un riesgo.

—Me gusta el traje —dijo Peter.

—¿De verdad? Tom se reirá.

Los conejos —seis en total, el jefe conejo a la cabeza, una bestia impresionante con penachos de pelaje negro en las orejas— mejoraron una vez más su posición, aunque solo levemente.

Hannah murmuró para sus adentros: «Ya basta». No estaba ni siquiera en el mismo continente donde había vivido Michael. Le daban miedo, simplemente, aquellas sandeces obstinadas que sobrecargaban su corazón. La horrible sensación de que había transportado las SS a Australia. La sonrisa de aquel oficial, su voz cantarina, sus impolutos guantes blancos, su seguridad.

Pensó: «Si es lo que sientes, podrías haber muerto. Hubo centenares de oportunidades. Ya puedes decir lo que te venga en gana, pero elegiste vivir».

Hannah se dio cuenta de que Peter estaba esperando alguna señal de que ya estaba recuperada. La inteligencia del niño le mostraba con claridad que tenía que llevarse bien con la mujer de Tom; que era un propósito complementario a la devoción que sentía por Tom. Y Hannah lo encontraba comprensible. Pero consideraba que era mejor tener mentalmente claro que acabaría queriéndolo como una loca y que él nunca llegaría a quererla.

Una lástima. Por el amor de Dios, tenía que dejar que siguiera siendo el niño que era. Había estado mirándolo mientras dibujaba una locomotora de vapor en un cuaderno para colorear, sacando la lengua de lo concentrado que estaba. Y con aquella amiguita que había hecho en la escuela —Kerry, la hija pequeña de Dulcie Nash—, viendo cómo jugaban a salpicarse y gritar en la presa de la finca de Henty. Había dejado que Sue y Sylvie lo achucharan, que le peinaran el pelo como ellas querían y que le dejaran la cara entera marcada con lápiz de labios.

Buscó a tientas su mano y la capturó. Peter no levantó la vista para mirarla, pero accedió.

Hannah se dijo: «Solo Dios sabe dónde acabará llevándonos todo esto». Deseaba poder abrazar a Tom. Era una bendición que no supiera nada sobre los campos de exterminio. Ojalá se mantuviera eternamente en aquella ignorancia. Suspiró con fuerza y Peter levantó rápidamente la vista.

—No pasa nada —dijo Hannah—. Estaba pensando en Tom. ¿Se acordará de la lista? ¿Qué opinas?

Peter frunció el entrecejo, reflexionando la respuesta.

—Tom es muy... —Buscó la palabra y volvió a levantar la cabeza hacia Hannah—. ¿Cómo se dice cuando haces siempre las cosas como tienen que hacerse?

—¿Ser una persona de fiar? —sugirió Hannah.

—Sí. Es muy de fiar.

Los coches transitaban a toda velocidad por la carretera pasado St. Ronans Well, y así siguieron ellos pasando de largo Narbethong, Buxton, Taggerty, Rubicon. El destino de dos o tres coches sería el condado de Hometown, donde Tom Hope estaba cerrando la librería dejando en su interior a David en compañía de treinta mil libros. Era aún pronto, pero a Maggie le había dado un ataque de conjuntivitis que la había dejado sin apenas ver nada y su madre había tenido que venir a buscarla para llevársela a casa. Tom, sin ayuda, había logrado gestionar con éxito un autocar lleno de turistas y tenía que pasarse ahora por el Cash and Carry y por la carnicería de Juicy antes de que cerraran. A ser posible. Vern Caldicott y su hija Mandy, que estaba de cajera, cerraban la parte del supermercado a las cuatro y media y atendían exclusivamente la sección de licores hasta las cinco y media. El pub abría más tarde, pero las bebidas alcohólicas eran mucho más baratas en el Cash and Carry que en el pub.

La lista, la lista de Hannah. ¿Dónde demonios estaba?

De camino al coche, Tom se palpó los bolsillos, los laterales y los de atrás, maldiciendo al mismo tiempo a Beau, que correteaba de un lado a otro, retozando, y saltaba y ladraba.

Tom dijo en voz alta:

—¿Seré capaz de acordarme de todo?

No. Pero allí estaba la lista, en el bolsillo de la camisa, y dio las gracias a Dios por encontrarla. Dejó que Beau saltase al interior del coche, se sentó al volante y enfiló la carretera a toda velocidad. A lo mejor en diez minutos conseguía llegar a las tiendas.

Echó un vistazo a la lista y luego la dejó en el asiento, entre Beau y él. «Setecientos gramos de solomillo de ternera, que te quiten bien la grasa; medio kilo de patatas pequeñas; acelgas, un manojo grande, que no estén mustias; media col; cuatro zanahorias grandes pero no demasiado grandes; un paquete de pimentón; harina con levadura, un paquete pequeño; cuatrocientos gramos de mantequilla; tres manzanas verdes; helado de chocolate, vainilla, fresa, en envase de plástico. Gracias, cariño».